Drago Jančar

Die Nacht, als ich sie sah

Drago Jančar, geboren 1948 in Maribor, gilt als der bedeutendste zeitgenössische Schriftsteller Sloweniens. 1974 wurde er wegen „feindlicher Propaganda" inhaftiert. Zahlreiche Preise, u. a. Prix européen de littérature 2012. Seine Romane, Essays und Stücke wurden in viele Sprachen übersetzt.
Zuletzt bei Folio: *Der Baum ohne Namen* (2010), *Nordlicht* (2012), *Der Galeerensträfling* (2015).

Drago Jančar

Die Nacht, als ich sie sah

Roman

Aus dem Slowenischen von
Daniela Kocmut und Klaus Detlef Olof

TransferBibliothek
FolioVerlag

„… unsere ausgedachten, aus Wirklichkeit gemachten Geschichten …“

H. C. Andersen

1

Heute Nacht hab ich sie gesehen, als stünde sie lebendig vor mir. Sie kam durch den Gang in der Mitte der Baracke, zwischen den Stockbetten, wo meine Kameraden im Schlaf ruhig atmeten. Sie blieb an meinem Bett stehen, sah mich eine Zeitlang nachdenklich an, irgendwie abwesend, wie immer, wenn sie nicht schlafen konnte und durch unsere Wohnung in Maribor irrte, am Fenster stehen blieb, sich aufs Bett setzte und wieder ans Fenster ging. Was ist, Stevo?, fragte sie, kannst du auch nicht schlafen?

Ihre Stimme war leise, tief, fast männlich, aber irgendwie verhangen, abwesend wie ihr Blick. Ich war überrascht, weil ich sie erkannt hatte, es war so deutlich die ihre, diese Stimme, die sich mit den Jahren irgendwo in der Ferne verloren hatte. Ihr Bild konnte ich mir jederzeit vor mein inneres Auge rufen, ihre Augen, ihr Haar, die Lippen, ja, auch ihren Körper, der so oft atemlos neben mir gelegen hatte, ihre Stimme aber konnte ich nicht hören; von einer Person, die man lange nicht sieht, geht zuerst die Stimme, der Klang, seine Farbe und Kraft. Sehr lange hatte ich sie nicht gesehen, wie lange?, überlegte ich, mindestens sieben Jahre. Mich fröstelte. Obwohl draußen die letzte Mainacht war und der Frühling dem Ende zuging, der Frühling des schrecklichen Jahres fünfundvierzig, und obwohl sich schon alles dem Sommer zuneigte und es draußen warm war, in der Baracke hingegen fast stickig von der Wärme der atmenden und dampfenden Männerkörper, überlief mich bei diesem Gedanken ein Frösteln. Sieben Jahre. *Über sieben lange Jahr,* hatte sie damals gesungen, meine

Veronika, *über sieben lange Jahr, da gibt's ein Wiedersehn,* sie sang dieses slowenische Volkslied, das sie besonders gernhatte, wenn sie traurig war und diesen abwesenden Blick hatte, mit dem sie mich auch jetzt ansah, *nur Gott im Himmel weiß, wann sieben Jahr vorbei.* Ich wollte ihr sagen, schön, dass du gekommen bist, wenn auch erst nach sieben Jahren, Vranac ist noch immer bei mir, wenn du ihn sehen willst, wollte ich sagen, dort auf der Koppel ist er, zusammen mit den anderen Offizierspferden, es geht ihm gut, er kann auf der Wiese laufen, er braucht nicht im Stall zu stehen, er ist in guter Gesellschaft, obwohl auch er deine Hand vermisst … wie ich sie vermisse, wollte ich sagen, aber meine Stimme blieb mir in der Kehle stecken, etwas Gurgelndes und Dumpfes kam aus meinem Mund statt der Worte, die ich sagen wollte. Ich dachte, du lebst in der Burg am Fuß der slowenischen Berge, ich wollte sagen, und reitest du dort auch? Ich streckte die Hand aus, um ihr Haar zu berühren, aber sie wich zurück, ich gehe jetzt, sagte sie, du weißt ja, Stevo, dass ich nicht bleiben kann.

Ich wusste, dass sie nicht bleiben konnte, wie sie vor sieben Jahren nicht bleiben konnte, als sie unsere Wohnung in Maribor für immer verließ; wenn sie dort nicht bleiben konnte, wie hätte sie dann hier bleiben können, in der Baracke des Gefangenenlagers, unter schlafenden Offizieren der königlichen Armee, über die, aufgehängt an der Barackenwand dort neben der Tür, die Fotografie des jungen Königs wacht, in der Uniform eines Gardeleutnants, die Hand auf den Säbel gelegt, die Fotografie eines Königs, der ohne Königreich geblieben ist, unter seinen Getreuen, die ohne Vaterland geblieben sind. In dem Augenblick wieherte laut ein Pferd, ich hätte schwören können, dass es Vranac war, vielleicht hatte sie sich auch ihm gezeigt, bevor sie für immer gegangen war, vielleicht hatte er vor Freude gewiehert, als er sie in der Nähe spürte, als sie vielleicht, wie früher immer, die Hand auf seine Nüstern gelegt und gesagt hatte, Vranac, jetzt werde ich dich satteln.

Das war in der Nacht, nun ist es Morgen und überall im weitläufigen Lager sammeln sich die Soldaten zum morgendlichen Fahnenappell, noch immer hissen wir jeden Morgen die Fahne, eine Armee ohne Waffen, am Tor gehen englische Soldaten auf und ab und beobachten gelangweilt das morgendliche Gewimmel, die entwaffneten Soldaten der königlichen Armee, die aus den Zelten kommen, die Offiziere, die in Baracken untergebracht sind, noch immer bereit, über die slowenischen Berge zurückzumarschieren, ins Innere, in die bosnischen Wälder, wo eintreffenden Berichten zufolge der Guerillakampf gegen die kommunistischen Machthaber immer stärker wird. Und ich betrachte mein Gesicht im Spiegel und weiß, dass es nichts mehr gibt, keine Veronika, keinen König, kein Jugoslawien, die Welt ist in Stücke gegangen wie dieser gesprungene Spiegel, aus dem mich Teile meines unrasierten Gesichts ansehen. Ich habe nicht den Willen, mich einzuseifen und zu rasieren, den Gürtel strammzuziehen, mich in Ordnung zu bringen und zum Appellplatz zu gehen, ich sehe dieses Gesicht, über das sich in dieser Nacht Veronika gebeugt hat, und ich frage mich, ob sie mich überhaupt wiedererkennen konnte. Bin das überhaupt noch ich, Stevan Radovanović, Major, Kommandeur der Kavallerie-Schwadron der ersten Brigade, ehemaliger Hauptmann der Drau-Division, den in Maribor die Frau verlassen hat und dessen Soldaten sich hinter seinem Rücken über ihn lustig gemacht haben? Nun lacht niemand über ihn, es lacht überhaupt niemand über jemanden, weil niemandem zum Lachen zumute ist, jetzt sind alle irgendwie erbarmenswert, eine geprügelte Armee, die von kommunistischen, von Waffen und Taktik unbeleckten Wilden aus der Heimat vertrieben wurde, ist das überhaupt noch mein Gesicht, diese Augen, diese Nase, diese Wangen, durchschnitten von den Sprüngen im Spiegel, der an der Wand im Waschraum der Baracke hängt. Diese Augenringe von den durchwachten Nächten, die aussehen wie Blutergüsse, diese grauen Strähnen an den Schläfen, die aufgesprungenen Lippen und das schwarze Loch in der Reihe gelber Zähne. Dieses Loch, da war einmal ein Zahn, noch vor einem Monat, da ist an der Wand eines Bauernhauses das Geschoss eines Granatwerfers in den Bergen oberhalb von Idrija explodiert und mir ein Stein- oder Metallsplitter direkt in den Mund geflogen, sodass ich im Nu voll Blut war, aber es stellte sich heraus – nachdem ich zu mir gekommen war und mir das Blut abgewaschen hatte –, dass mir Gott sei Dank nur ein Vorderzahn fehlte, die Lippen waren allerdings ordentlich zerfranst, jetzt sind sie nur noch gesprungen, nur der Zahn fehlte mir dort irgendwo nahe der italienischen Grenze, gegen die wir uns zurückgezogen hatten, um uns zu reorganisieren, wie uns gesagt worden war, um zurückzuschlagen, wie uns gesagt worden war, doch dann haben wir uns vor Palmanova kurzerhand ergeben. Ergeben, was denn sonst, obwohl uns gesagt worden war, dass die Engländer unsere Verbündeten seien und dass wir gemeinsam mit ihnen auf die Kommunisten einschlagen würden. Einige Tage lang trugen wir noch Waffen, dann kam der Befehl, sie zu übergeben, das heißt, wir ließen zu, dass uns die englischen Soldaten schmachvoll entwaffneten, den Offizieren ließen sie ehrenvoll die Pistolen ohne Munition, vor wenigen Tagen nahmen sie uns auch die noch ab, noch das letzte Zeichen der Würde, wir sind keine Armee mehr, das ist das Ende, *finis,* du Königreich Jugoslawien, das Ende der Welt.

Vor sieben Jahren, als Veronika Maribor verließ, habe ich zum ersten Mal gedacht, das sei für mich das Ende der Welt. Aber jetzt sehe ich, dass das ein kleiner persönlicher Schmerz war, das Leben ging weiter und die Armee, der ich mit Leib und Seele angehörte, war noch immer da, ihre Ordnung und Disziplin, ihre berühmte Artillerie und Kavallerie, die Infanterie, alle Truppengattungen von der Glorie der Schlachten an der Kolubara und am Cer umstrahlt, wir waren Nachfolger und Erben des serbischen Sieges, eines der größten in der europäischen Geschichte, wir Offiziere waren geachtet und geschätzt, die Welt war noch immer heil und das Leben hatte trotz Veronikas Weggang seinen Sinn. Kaserne, Manöver – die Pflichterfüllung überdeckt schon von sich aus die persönliche Trauer, gibt einem das Gefühl der Ehre und die Verteidigung der Heimat das Gefühl einer höheren Sendung, der persönliche Verlust muss sich dem unterordnen. Ich war ein mustergültiger Offizier, das muss ich von mir schon sagen, an der Akademie habe ich die allgemeinen und speziellen Prüfungen mit Auszeichnung absolviert, bei allen Manövern, die in jenen Jahren immer häufiger waren, erntete meine Einheit Lob.

Im Frühjahr des Jahres siebenunddreißig wurde meine Kavallerie-Schwadron von Niš nach Ljubljana versetzt. Soweit ich es verstand, handelte es sich um eine taktische Verstärkung der Drau-Division, die wegen der politischen Ereignisse in Deutschland zur zentralen Verteidigungsmacht der Nord- und Westgrenze des Königreichs wurde.

Wie überall, fand ich mich auch dort gut zurecht. Das Leben eines Soldaten sind nicht die Städte, in denen er zeitweilig leben muss, sondern die Kaserne, der Exerzierplatz, die Armee, mein Leben, das waren die Armee und – die Pferde. Ich war, das muss ich schon sagen, der beste Reiter in der Einheit, die ich befehligte. Es ist nicht einerlei, ob ein Kommandeur aus der Schreibstube oder bei Manövern aus einem Geländewagen Befehle erteilt – ein Kommandeur, der an der Spitze seiner Einheit reitet, ist etwas völlig anderes. Von meinen Soldaten verlangte ich, was ich schließlich auch von mir selbst verlangte, regelmäßiges Exerzieren auf dem Reitplatz, Beweglichkeit, Geschicklichkeit, Pflege der Pferde, Sauberkeit, frisches Wasser, der Striegel in der Hand war für mich genauso wichtig wie der gezogene Säbel, mit dem man in den Angriff reitet, oder wie der Karabiner auf der Schulter, den man auch während des Reitens herunternehmen und durchladen muss. Die Kavallerie ist die edelste Gattung des Militärs. Die Kavallerie spuckt auf die Infanterie hinunter, pflegte Major Ilić zu sagen, wenn er gut gelaunt war. Wenn er gut gelaunt war und sagte, dass die Kavallerie auf die Infanterie hinunterspucke, fand sich immer einer, der dazusagte: und schifft auch auf sie ... Wir waren gut gelaunt, wir waren stolz wie die polnischen Ulanen, die mutigste leichte Kavallerie, die die Welt kennt. Außerdem liebte ich Pferde, ich war zum ersten Mal geritten, als ich sieben war, mein Vater war Pferdehändler, ich kümmerte mich um die Pferde und redete schon seit meiner Kindheit mit ihnen, nicht zufällig landete ich in der Kavallerie. Und mit ihr, mit der Kavallerie, wenn ich jetzt darüber nachdenke, vermutlich auch nicht zufällig in Ljubljana.

Dort bin ich Veronika begegnet.

Zu ihr brachte mich – ihr Mann. Und zu ihrem Mann brachte mich mein Kommandeur, Major Ilić. Ich kann mich genau an jenen Vormittag im Sommer erinnern: Es war heiß, im Hemd mit aufgekrempelten Ärmeln beaufsichtigte ich auf dem Reitplatz eine Übung im Wenden auf der Stelle. Dann ließ ich die Rekruten Volten reiten und die letzten Minuten mit lockerem Zügel zu den Stallungen traben. Und jetzt, sagte ich, die feuchten Stellen am Pferderücken, vor allem unter dem Sattel, mit sauberem Wasser waschen. Dann der Striegel, klar? Ich vergaß nie, das zu befehlen, denn ich wusste, dass sie Faulpelze waren, alle Rekruten sind Faulpelze, sie würden das Pferd im Stall abstellen und sich selbst auf die erstbeste Wiese hauen, in den Schatten an der Stallwand, auch wenn dort der Dung liegt, ganz gleich wohin. Ich wollte ihnen noch erklären, warum Pferdepflege so wichtig ist, als ein Kurier kam, salutierte und sagte, Major Ilić lasse mich ins Hauptquartier rufen.

Mit ernster Stimme fragte er mich, ob ich bereit sei, eine ganz besondere Aufgabe zu übernehmen. Ich war immer bereit, jede Aufgabe zu übernehmen. Die Frau seines Freundes, eines hiesigen hohen und vornehmen Herrn, eine junge Dame, habe einen englischen Hackney geschenkt bekommen und würde nun auch gerne reiten lernen. Ich sah, dass sich der Ordonanzoffizier und der Schreiber, die mich aufmerksam ansahen, kaum das Lachen verkniffen. Statt dich mit dummen Rekruten herumzuschlagen, sagte Major Ilić, wirst du eine Zeitlang Reitlehrer spielen. Ich hatte keine Abneigung gegen die Arbeit mit dummen Rekruten, die sich unter meiner Führung am Ende fast alle in ausgezeichnete Reiter verwandelten, ich empfand Abneigung gegen den Gedanken, einer verwöhnten und reichen jungen Dame Reitunterricht zu geben, ich hatte ja schließlich alle allgemeinen und speziellen Prüfungen an der Akademie deshalb mit Auszeichnung bestanden, damit ich dem König und dem Vaterland dienen konnte. Auch auf diese Weise kann man dem König und dem Vaterland dienen, sagte Ilić, als hätte er meine Gedanken gelesen, außerdem ist es nur für zwei Monate, bei den Herbstmanövern führst du wieder die Schwadron an. Ich sagte, ich stehe zur Verfügung, was soll ein Soldat anderes sagen. Dann sah mir Ilić eine Zeitlang in die Augen. Stevan, mein Sohn, sagte er mit väterlicher Stimme, als würde er mich in eine Schlacht schicken, ich lege dir etwas ans Herz.

Offiziersehre, sagte er. Du weißt, was Offiziersehre ist.

Ich verstand, was er meinte. Dass mit der Dame mit pflichtschuldigem Respekt umzugehen sei. Ich weiß, sagte ich. Dann ist ja alles in Ordnung, schmunzelte Major Ilić. Und der Ordonanzoffizier, der sah, dass der offizielle Teil des Gesprächs beendet und der Major gut gelaunt war, setzte hinzu: Und pass auf, dass dich ihr Alligator nicht beißt. Jetzt lachten alle drei. Was für ein Alligator? Wirst schon sehen, sagte Ilić, rühr dich, du kannst gehen.

Ehe ich begann, den Sonderauftrag auszuführen, das heißt, König und Vaterland auf besondere Weise zu dienen, hatte ich noch den Gatten meiner zukünftigen Schülerin zu treffen. Wir trafen uns im Café Union, er hätte mich ja zu sich nach Hause eingeladen, sagte er, aber er wolle mich zunächst allein kennenlernen. Er war hager, groß gewachsen, hatte helles, glatt gekämmtes Haar, war tadellos gekleidet, als wäre er soeben einem Modejournal entstiegen, in dem englische Dandys gezeigt werden. Ich war in Uniform, und obwohl damals Offiziersuniformen überall Zustimmung und Bewunderung auslösten, fühlte ich mich im Vergleich mit ihm irgendwie linkisch. Der elegante Herr im weißen Anzug und in den weißen Schuhen war es offensichtlich gewohnt, auf Menschen, mit denen er zu tun hatte, sofort einen besonderen Eindruck zu machen. Er war in einem großen Automobil gekommen, wir tranken zwei Cognac, er sagte, dass der Unterricht angemessen bezahlt werde, was ich ablehnte. Ich hätte einen Befehl bekommen, es sei ein dienstlicher Auftrag. Er lachte: Ach, dieser Major Ilić, für den ist jede Angelegenheit dienstlich. Er war nicht sonderlich gesprächig, er fuhr im selben Atemzug mit dem fort, was er zu sagen hatte: Sie werden zunächst auf dem Reitplatz in Štepanjska vas üben, danach wäre es schön, wenn sie möglichst bald ein wenig herumreiten würde, auf Wiesen und in Wäldern, Veronika wünscht sich das sehr, sagte er, auch ich werde mich Ihnen anschließen, wenn die Sache so weit gediehen ist, wenn Veronika schon reiten kann. Das sei alles, er bat mich, ich solle auf ihre Sicherheit achtgeben, sie sei manchmal ein wenig unberechenbar, wahrscheinlich werde sie sofort alles können wollen, meinte er. Ich wollte Sie vorher kennenlernen, sagte er, mein Freund Ilić meint, Sie seien sein bester Offizier, ich sehe, dass er sich nicht irrt. Wie kann er das sehen, dachte ich, wo doch die ganze Zeit er geredet hat, und auch vom Militär hat er, wie er selbst zugegeben hat, nicht die leiseste Ahnung. Freilich, Menschen seines Schlags verstehen sich auf die Börse, elegante Kleidung und große Automobile, ja, auch auf Flugzeuge, er sagte, dass neben Pferden und Automobilen auch Sportflugzeuge seine Leidenschaft seien, vielleicht nehme er mich einmal mit über die Berge in der Umgebung, ich würde sehen, welch schönes Land Slowenien sei, auch Serbien sei ja schön, Sie sind aus Valjevo, nicht wahr? Ja, ich bin aus Valjevo, mein Vater hat Pferde verkauft, sagte ich und dachte, dass er solche reichen Leute kannte und wusste, dass sein Sohn nie reich sein würde, dafür aber würde er ein Offizier sein, was in Serbien mindestens ebenso viel, wenn nicht noch viel mehr wert ist. Ich war noch nie in Valjevo, sagte er, dort werden Zwetschken produziert? Und Zwetschkenschnaps, nicht wahr? Nein, sagte ich, dort werden die besten Soldaten produziert, wir lachten beide, ich war froh, dass alles so rasch erledigt war.

Am nächsten Tag, in der Nacht hatte es geregnet, es war ein frischer und klarer Morgen, brachte er sie mit seinem Automobil zum Unterricht, eine junge Dame in Reithosen. Er stellte uns einander vor, wir besahen uns das Pferd, ein langbeiniger englischer Hackney, dann sagte er so etwas wie: Ich übergebe sie in Ihre Obhut. Er küsste sie auf die Wange und raste mit seinem Automobil mit offenem Dach davon, in der Kurve winkte er noch einmal. Das Pferd hieß Lord, wie denn sonst, dachte ich, welchen anderen Namen hätte ihm eine reiche junge Dame sonst geben sollen? Aber es war ein schönes Pferd, es drehte den Kopf ein wenig zur Seite, als ich es streichelte, wurde aber bald zutraulich, es hatte einen hohen Gang und eine schöne Kopf- und Schweifhaltung. Ich sagte, dass ich meinen Rekruten, die Reiter werden wollen, zuerst sage, dass die Reitschule nicht mit dem Reiten beginne, sondern mit Striegel, Kardätsche und Kratzer zum Reinigen der Hufe.

Sie sagte, sie sei nicht mein Rekrut.

Ich schwieg, im selben Augenblick tat es mir schon leid, diesen „Sonderauftrag" übernommen zu haben. Schon möglich, sagte ich, aber ein Pferd muss immer gesäubert werden, bevor es gesattelt wird. Bei Pferden, die größtenteils im Stall stehen, wo sie zu wenig Licht bekommen, muss man das Fell jeden Tag pflegen, auch wenn wir sie reiten. Warum sind sie denn im Stall, fragte sie, warum laufen sie nicht frei herum? Warum sie im Stall sind? Das hatte mich noch nie jemand gefragt. Pferde sind freie Wesen, sagte sie, freier als Menschen, man müsste ihnen ermöglichen, auf Wiesen und in Wäldern umherzulaufen. Aber dann würden wir sie nicht reiten, sagte ich, wir würden die Kutschen und Wagen und Kanonen selber ziehen und die Armee besäße überhaupt keine edle und altehrwürdige Gattung, die Kavallerie heißt und der ich mit Stolz angehöre. Das ist jene stolze

Truppengattung, deren Ruhm in zahlreichen Schlachten von der englischen und französischen leichten Kavallerie vermehrt wurde, ganz besonders von den unerschrockenen polnischen Ulanen. Die Ulanen machten auf sie keinen Eindruck. Dass ihr die Pferde in den Krieg schleppt, ist völlig unmöglich, widersprach sie wieder, genau genommen unverantwortlich, sie könnten ja durch eine Bombe Schaden nehmen. Nicht durch eine Bombe, sagte ich, durch eine Granate. Bomben werden aus Flugzeugen auf Festungsanlagen abgeworfen, mit Granaten wird die Infanterie beschossen, auch die Kavallerie.

Aber warum?, zischte sie, was für ein Nonsens!

Gleich zu Beginn hatten wir uns in eine Debatte über Pferde und Kavallerie verstrickt. Ich sah, dass das nirgendwohin führte. Ich hörte ihren Bemerkungen nicht mehr zu, ich zeigte ihr, wie man Lord die Stalltrense anlegt, dann vorsichtig den Kopf bürstet, zwischen den Ohren und entlang der Stirnlinie, und dann mit der Kardätsche das Fell reinigt. Sie begann sich zu langweilen. Und wann werde ich reiten?, fragte sie. Ich schluckte meinen Satz hinunter, dass genau das auch jeder dumme Rekrut fragt. Ich sagte, ich würde den Unterricht absagen, wenn sie nicht vorhabe mitzuarbeiten. Sie sah mich wütend an und musste wohl ebenfalls einen Satz hinunterschlucken, gut, sagte sie, zeigen Sie mir, wie man die Hufe sauber macht. Aber glauben Sie nicht, dass ich sie sauber machen werde! Sie streichelte das Pferd, ihrer Meinung nach waren Pferde zum Streicheln da, wie Katzen, Lord blickte sie dankbar an, und ich biss die Zähne zusammen und machte weiter. Mit verschränkten Armen sah sie mir zu. Ich sehe, sagte sie nach einiger Zeit, dass Sie mit den Pferden schön umgehen. Ich erklärte, das sei das Alpha und Omega, ein Pferd fühle und wisse, wenn man mit ihm schön umgeht, wenn nicht, widersetze es sich einem. Stellen Sie sich vor, gnädige Frau, sagte ich so freundlich, wie ich nur konnte, stellen Sie sich vor, dass ein Pferd versagt, wenn es in den Angriff soll. Und das sagen Sie Ihren Rekruten?, sagte sie. Ja, das sage ich meinen Rekruten. Das heißt, Sie gehen nur deshalb schön mit den Pferden um, um Sie dann unter die Bomben beziehungsweise Granaten treiben zu können. Ich sagte wütend, dass wir auch uns selbst dorthin trieben, in der Schlacht an der Kolubara habe es Tausende Tote gegeben.

Aber warum?, fragte sie mit unschuldiger giftiger Stimme.

Für den König, antwortete ich, für König und Vaterland.

Sie schnaubte wie ein Pferd und lachte laut und höhnisch.

Am nächsten Morgen meldete ich mich bei Major Ilić zum Rapport. Ich bat ihn, mich von dieser Pflicht zu entbinden. Er fragte, was mich störe. Ich sagte, die gnädige Frau denke, dass die militärische Kavallerie, verzeihen Sie, Nonsens sei. Ach, das denkt sie?, sagte Ilić. Ja, und außerdem sagt sie, sie sei nicht mein Rekrut. Ilić lachte. Sie ist auch nicht dein Rekrut, mein lieber Radovanović, mit verehrten Damen muss man anders umgehen als mit Rekruten, na ja, fügte er hinzu, mit Frauen im Allgemeinen. Er sah aus dem Fenster. Hat sie dir erzählt, fragte er nach einiger Zeit, dass sie in Berlin studiert hat? Das hat sie mir nicht erzählt. Sie ist gebildet, sagte er, du kannst was von ihr lernen. Es stimmt aber – er schwieg eine Zeitlang, als würde er darüber nachdenken, ob er es mir sagen sollte –, dass die junge Dame ein wenig … wie soll ich sagen, ungewöhnlich ist. Mein Freund Leo Zarnik, ihr Ehemann, hat mir erzählt, dass sie vor einigen Tagen mit dem Zug nach Sušak gefahren sei. Niemand wusste, wo sie ist, und als sie zurückkam, sagte sie, sie sei zum Baden gefahren. Kannst du dir das vorstellen? Ich zuckte mit den Schultern, es schien mir nicht wichtig, mit dieser Dame würde ich mich nur so viel abgeben, wie mir aufgetragen worden war. Und das war nicht leicht. Ihr Großvater, sagte Ilić, hat angeblich halb Rijeka gebaut, warst du schon mal in Rijeka? Wie?, fragte ich, dort sind die Italiener. Ja, sagte Ilić, aber eines Tages werden wir wieder dort sein. Wenn du mit dem Schiff in den Hafen einfährst, diese großen Gebäude am Ufer, die Kaffeehäuser, all das hat ihm gehört. Diese Leute, mein lieber Radovanović, sind unvorstellbar reich. Unvorstellbar. Und die Armee will mit ihnen gute Beziehungen pflegen, hast du verstanden? Ich sagte, ich habe verstanden, aber ich fürchte, setzte ich hinzu, dass das der gnädigen Frau völlig egal ist. Sie wird nicht mitarbeiten, wie soll ich ihr das Reiten beibringen, wenn sie mir Befehle gibt? Außerdem hat sie keine Ahnung, wer die Ulanen sind. Die Ulanen?, fragte Ilić, was haben die Ulanen mit dem Reitunterricht zu tun? Er schwieg für einige Zeit. Es interessiert sie eben nicht, sagte er dann, sie interessiert sich für andere Dinge. Sie ist ein wenig, sagte Ilić, nicht nur ungewöhnlich, was soll ich sagen – exzentrisch. Ich habe gehört, fügte er hinzu, dass sie als Haustier einen Alligator hatte. Sie hat ihn auf der Promenade spazieren geführt. Kannst du dir das vorstellen? Kurz und gut, sagte der Major und sah mir in die Augen, jetzt weißt du alles. Danke, sagte ich, aber das hilft mir überhaupt nicht. Ich biss mir auf die Zunge, ich hatte angefangen, mit dem Major Konversation zu machen, das hätte ich nicht sagen sollen. Er wurde ernst. Und was soll ich meinem Freund Zarnik sagen? Dass mein Offizier, mein bester Offizier, abgesagt hat, weil seine Frau denkt, dass die Kavallerie ein Nonsens ist?

Ich weiß nicht, sagte ich, Sie können sagen, ich sei nicht für diese Arbeit geschaffen und würde zu meiner Schwadron zurückkehren.

Ilić wurde ernst. Hören Sie, Herr Leutnant, sagte er in einem amtlichen Ton, wie er ihn nur in dienstlichen Belangen verwendete. Sie, Radovanović, werden mich nicht beauftragen, was ich wem sagen soll. Ich habe Sie nicht hingeschickt, damit Sie mit dieser Dame über die Kavallerie diskutieren, damit Sie sie über die polnischen Ulanen und die Schlacht an der Kolubara unterrichten, sondern dazu, dass Sie ihr das Reiten beibringen. Verstanden? Ich sagte, verstanden. Und zum nächsten Rapport melden Sie sich erst, wenn das Ganze vorbei ist. Sie werden berichten, dass der Auftrag erfüllt ist und die Dame hervorragend reiten kann. Verstanden? Verstanden, Herr Major. Ich ging, ein wenig geknickt, aber auch in mein Schicksal ergeben. Mit dem Gedanken an eine junge Frau, die allein nach Sušak fährt und die Promenade in Ljubljana mit einem Alligator an der Leine auf und ab spaziert. Noch mehr aber mit dem Gedanken an Major Ilić. Von ihm hing meine Karriere ab. Manchmal war er ganz väterlich, er sagte zu mir: Stevo, mein Sohn. Wenn er mich zu siezen begann, wurde die Sache gefährlich. Ich dachte, ich hätte es noch schlimmer treffen können. Ich kannte ihn, was gerade eben vorgefallen war, war ein Zornesausbruch mittleren Grades, wäre er um einen Grad stärker gewesen, hätte er mit leiser Stimme gesagt: Marsch. Marsch in die Manege, verdammt noch mal.

Ich ritt mit meinem Vranac in die Manege und vereinbarte, dass er für die Dauer des Unterrichts dort im Stall bleiben solle. Ich beschloss, das Ganze zu beschleunigen, soweit es möglich war, je eher die Sache zu Ende war, desto besser. An jenem Morgen wartete ich vergebens auf sie. Auch sie hatte sich beschwert. Bei ihrem Mann. Er sagte es mir gleich aus seinem Auto heraus, dass seine Gattin einen zivilen Lehrer verlange. Er wolle es sich nicht mit Major Ilić verderben, der ihm seinen besten Offizier geschickt habe, und von mir erwarte er, dass ich mich wie ein Gentleman benehme, mich entschuldige und den Reitunterricht gentlemanlike zu Ende führe. Morgen machen Sie weiter, sagte er und fuhr davon, einen Arm auf die Autotür gelegt, der Wind zerzauste sein helles Haar.

Es hatte so angefangen, dass wir beide absagen wollten. Aber vielleicht war gerade deshalb die Fortsetzung umso leichter. Ich entschuldigte mich: … wenn sie es falsch verstanden habe, weil ich gesagt hatte, dass ich meinen Rekruten als Erstes sage, dass … und die gnädige Frau dann gedacht habe, ich behandle sie wie einen Rekruten … wo ich in Wahrheit … Ach, ist schon in Ordnung, sagte sie und lachte, geben Sie schon diese Kardätsche her. So war sie, Veronika. Urplötzlich konnte ihre Laune völlig umschwenken. Ich gab ihr die Bürste. Sie lachte und begann mit Eifer das Pferdefell zu bürsten.

Danach mieden wir Gespräche über Rekruten, Kavallerieattacken, Bomben und die Schlacht an der Kolubara, bald widmeten wir uns dem Satteln und bereits wenige Tage später der richtigen Körperhaltung beim Sitzen, der Beweglichkeit des Reitersitzes, der kräftigen Haltung im Lendenbereich und den lockeren Schultern, der Zügelhaltung und bald schon den ersten Schritten. Die junge Dame machte rasch Fortschritte. Mir schien, als habe sie verstanden, dass Reiten eine ganzheitliche Beziehung zwischen Pferd und Reiter bedeutet, und davor auch zwischen Schüler und Lehrer. Zu lernen, mit einem Pferd umzugehen, ist nicht nur eine technische Angelegenheit, man muss auch sein Vertrauen gewinnen, aber noch davor muss man seinem Lehrer vertrauen, wenn wir wollen, dass uns das Pferd vertraut. Ich sagte ihr nicht, was ich meinen Rekruten sage, dass man die Befehle des Lehrers bedingungslos zu befolgen und auszuführen hat, wenn wir wollen, dass das Pferd unsere befolgt und ausführt. Es schien, als würde sie dieses dreifache Verhältnis der Subordination langsam begreifen. Zum Glück wollte sie darüber nicht diskutieren, denn eine solche Debatte hätte zweifellos in einem neuen Streit geendet. Mir fiel das Ganze leichter, als sie eines Vormittags, als wir uns ins Gras setzten, zu mir sagte, ich solle ihr etwas über Pferde erzählen. Was ich ihr erzählen solle? Alles, was ich wisse. Das wird aber eine lange Geschichte, sagte ich, ich weiß viel. Dann erzählen Sie viel, sagte sie, stimmt es, dass früher, in Urzeiten, das Pferd so klein war wie ein Hund? Das stimmt, das waren so kleine Tiere, die in den Wäldern Sibiriens und Mitteleuropas lebten, und jetzt sind sie groß und schön, so wie Vranac und Lord. Ich erzählte ihr von Arabern und Lipizzanern, von Haflingern und Hannoveranern, ich erzählte ihr, wie ich seit meiner Kindheit mit Pferden gelebt hatte, mit den Pferden meines Vaters, die kamen und gingen, dass ich Vranac selbst aufgezogen habe, dass es mir gelang, ihn in die Armee zu bringen und ihn von Valjevo nach Ljubljana mitzunehmen … Über Ulanen und Schlachten, in denen auch Pferde getötet werden, nicht nur Reiter, sprach ich nicht mehr.

Glauben Sie, dass sie wirklich verstehen?, fragte sie, sie sehen einen schon so an, als würden sie einen verstehen, fügte sie hinzu.

Wenn ein Alligator einen versteht …, sagte ich vorsichtig, dann kann das auch ein Pferd.

Sie lachte. Davon haben Sie auch gehört? Natürlich, wer wohl nicht? Ein richtig süßer kleiner Alligator war das, sagte sie. Ich konnte ihn nicht allein zu Hause lassen, also nahm ich ihn manchmal mit auf einen Spaziergang durch die Stadt. Sie musste lachen, bestimmt bei dem Gedanken, was für eine Attraktion die kleine Bestie für die verwirrten Spaziergänger gewesen sein musste. Aber er verstand nicht jeden, meinen Mann jedenfalls nicht. Wissen Sie auch, dass er ihn einmal beim Baden in der Badewanne gebissen hat? Danach musste er aus dem Haus, der Alligator nämlich. Sie lachte. Um im nächsten Augenblick wieder ernst zu werden. Leo brachte ihn zum Tierarzt. Jetzt ist er ausgestopft. Leider ging es nicht anders.

Ich fragte nicht, wohin der Alligator ihren Mann gebissen habe. Ich verspürte eine ziemliche Abneigung beim Gedanken an dieses Tier in ihrer Badewanne. Auch wenn ich mir vorstellen konnte, wie die Dame den kleinen Alligator an der Leine auf der Promenade spazieren führt und wie das Tier, das eine andere Umgebung gewohnt ist, hinter ihr her trippelt … Und die Menge an Gaffern, der Gedanke an ein wildes Tier aus dem Sumpf in einer Badewanne erschien mir völlig unerträglich. Eine solche Welt und solche Menschen verstehe ich nicht. Zumindest damals dachte ich noch so. Von dieser kleinen Bestie sprach sie wie von einer Hauskatze. Sie schien traurig zu sein, weil das Tier eingeschläfert werden musste. Und überhaupt standen ihre Auslassungen über Pferde, diese freien Wesen, in einem ziemlichen Widerspruch zu einem Alligator, der in einer Prunkwohnung zu leben hat. Das sagte ich ihr nicht, ich wollte keinen neuen Streit, ich freundete mich mit dem Gedanken an, dass die junge Dame, wie Major Ilić meinte, eben ein wenig ungewöhnlich war und – wie reiche Leute oft – auch ein wenig exzentrisch. Sie war voller Gegensätze, das konnte man auch an ihren Stimmungen erkennen, die wie das Aprilwetter wechselten, einmal kam sie ganz heiter und mit einem Lächeln im Gesicht daher, dann wieder betrübt und vollkommen abwesend, manchen meiner Sätze hörte sie überhaupt nicht. Aber damit konnte ich mich nicht beschäftigen, zumindest damals noch nicht. Wir kamen aus verschiedenen Welten, zwei, die einander zufällig begegnet waren, in einem Monat oder weniger würde sie mit ihrem Mann wieder wegfahren und ich würde in die Kaserne zu meiner Schwadron zurückkehren. Obwohl nun alles zusammen Ähnlichkeit mit einer richtigen Reitschule bekam und wir uns doch um einiges besser verstanden, und obwohl ich mich dabei ertappte, dass ich mich an manchem Morgen regelrecht darauf freute, sie wiederzusehen, wünschte ich mir, dass das Ganze so bald wie möglich vorbei wäre.

Aber Pferde liebte sie wirklich. Vielleicht mehr als die Menschen. Mit der Zeit begann ich zu verstehen, warum es sie so aufgebracht hatte, dass wir Soldaten unsere Pferde in den Bomben-, das heißt Granathagel treiben. Es waren die letzten Augusttage, die langsam in den Herbst übergingen. Morgens meldete ich mich in der Kaserne, wo die Offiziere mit zweideutigen Bemerkungen über mein Doppelleben stichelten, die Vormittage verbrachte ich auf dem Reitplatz mit ihr und den beiden Pferden, ihr Mann und ich wechselten kaum ein Wort, wenn er kam, um sie abzuholen. Das geschah immer seltener, immer öfter wurde sie nämlich von ihrem Chauffeur gebracht und abgeholt. Leo Zarnik war ja wohl ein vielbeschäftigter Mann, nicht nur mit seinen Geschäften, sondern auch mit dem Abschuss von Wildschweinen und Rehböcken. Meine Schülerin schien das Töten von Tieren offenbar nicht zu stören. Es störte sie, dass wir unsere Pferde in den Krieg treiben, wo sie von Bomben, das heißt Granaten getroffen werden können. Ich sah, dass ihr Mann auf dem Rücksitz Jagdgewehre liegen hatte, einmal sagte er, er würde mich zum Scheibenschießen einladen. Aber offensichtlich hatte er seine Einladung im selben Augenblick schon wieder vergessen.

Als wir zum ersten Mal gemeinsam einige Volten in der Manege ritten, sie auf Lord, ich auf Vranac, und als sie recht geschickt absaß, applaudierte ich ihr. Ich muss zugeben, gnädige Frau, ich hätte nicht erwartet, dass Sie so rasche Fortschritte machen würden. Man könnte sagen, dass Sie schon reiten können. Und außerdem – es scheint, dass Lord Sie sehr gut leiden kann.

Mir scheint, sagte sie, besser als Sie.

Verzeihung, ich wollte sagen, dass er Sie schon als seine Herrin akzeptiert. Herrin, sagte sie, was für ein blödsinniges Wort. So ist es aber, sagte ich, wenn er Ihnen auf Befehl gehorcht, wenn er Ihre Worte versteht, dann sind wir schon gegen Ende unseres Unterrichts. Und wie erreicht man das?, fragte sie. Man muss mit ihm reden, sagte ich, und ihn berühren, dann versteht er, zwischen Mensch und Pferd wird ein starkes Band geknüpft ... Sie sah mich eine Weile an, dann fragte sie: So wie zwischen zwei Menschen? Ja, antwortete ich. Fast so.

Am nächsten Morgen kam sie in einer seltsamen Stimmung. Ich dachte, sie müsse wohl eine schwierige eheliche Nacht hinter sich haben wegen ihres Ausflugs nach Sušak oder eines neuen Alligators oder wer weiß weshalb, aber es war etwas ganz anderes. Ich habe darüber nachgedacht, sagte sie, was Sie gestern über Pferde und Menschen gesagt haben, wie man miteinander reden muss. Wir beide reden eigentlich sehr wenig miteinander, meinte sie. Das stimmt, gnädige Frau, sagte ich. Außer über Pferde, darüber haben wir viel geredet.

Sie lachte. Hören Sie schon auf mit der gnädigen Frau, Stevan, sagte sie. Dann blickte sie ein wenig abwesend über die Save auf die grünen Hänge der Berge. Haben Sie kein Mädchen, Stevan? Doch, sagte ich. Dann fiel mir ein, dass ich eigentlich nicht wusste, ob ich es noch hatte. Eigentlich weiß ich das nicht, sagte ich, ich hatte eines, in Valjevo, ab und zu bekomme ich noch einen Brief von ihr. Wie heißt sie, fragte sie. Jelica, antwortete ich. Ist sie schön? Ich zuckte mit den

Schultern, mir schien sie schön. Sie hat kastanienbraunes Haar, sagte ich verlegen.

Und wie nennt dich Jelica?

Stevo.

Na, dann bist du also Stevo. Kann ich dich so nennen wie deine Jelica?

Es benahm mir ein wenig den Atem. Ich bin Veronika, sagte sie, du kannst mich so nennen. Verstanden, gnädige Frau, sagte ich, als antwortete ich Major Ilić. Keine gnädige Frau – nur Veronika. Verstanden, Veronika. Noch gut, dass du verstehst, sagte sie.

Ich hatte nicht völlig verstanden, damals noch nicht. Vielleicht hatte sie es auch nicht verstanden. Aber etwas hatte dennoch begonnen. Wir fingen nun an, auch über andere Dinge zu reden, nicht mehr nur über Pferde. Ich erzählte ihr von der Šumadija, ihren weiten grünen Hängen und den Dörfern mit den Holzhäusern, vom Aberglauben und von den Hochzeitsfesten. Von Bauern, die die Saloniki-Front überlebt hatten. Von der Militärakademie. Sie erzählte von Berlin, dort hatte sie zwei Jahre studiert, sie stehe noch in Briefwechsel mit Freundinnen, die ihr über die Theater und Cafés schrieben, über die Boote und das Segeln auf einem See. Sie liebe diese Großstadt, sie sei geräumig und luftig. Das Leben in Ljubljana langweile sie. Alle kennen sich und keiner würde den anderen mögen. Deswegen laufe sie manchmal davon, fahre mit dem Zug ans Meer. Was ihr Leo dazu sagt, erzählte sie nicht. Von ihrer Familie auch nichts, außer von der Mutter, die allein in einer großen Wohnung lebe, seit sie zu Leo gezogen sei. Die Mutter, sie heißt Josipina, sei voller Erinnerungen an das Leben in Rijeka, dort sei ihr Mann gestorben, Veronikas Vater, er habe Peter geheißen, wie unser junger König. Die Mutter habe helles Haar, wie sie, Veronika, obwohl es schon ein wenig ergraut sei. Sie habe gerne getanzt, als sie noch in Rijeka lebte. Man habe sie „Bionda" gerufen. Eines Tages werde sie sie mir vorstellen, sie glaube, ich werde ihr gefallen.

Zwei Menschen, die so viel Zeit miteinander verbringen, kommen sich näher, vielleicht lernen sie einander auch hassen, zumindest zu Beginn schien es so, es ist jedoch wahrscheinlicher, dass sie sich näherkommen. Wir kamen uns näher. Sehr viel näher.

Jetzt bin ich in Palmanova. Ich sehe mein Gesicht im geklebten Spiegel, Teile meines Gesichts. Für mein Alter bin ich an den Schläfen früh ergraut. Mir fehlt ein Vorderzahn, dieses Loch und die zerschnittenen Lippen drum herum sind richtig hässlich anzusehen. Es ist ein regelrechtes Wunder, dass ich zum ersten Mal erst kurz vor dem Ende verwundet wurde, irgendwo oberhalb von Idrija, bevor wir uns in die Ebene von Friaul zurückzogen. Bevor wir uns in diesem Gefangenenlager wiederfanden, gestern noch Mitkämpfer Seite an Seite, heute nur noch Gefangene, eine große Menge von zwanzigtausend Soldaten und Offizieren, die gestern noch gekämpft haben und heute um die Baracken und zwischen den Zelten herumlungern. Eine besiegte Armee. Ein militärisches Fiasko. Eine Armee ohne Staat. Mit dem Bild des jungen Königs an der Barackenwand, eines Königs, der nirgends zu sehen war, als wir für sein Reich kämpften, und der jetzt, wo seine Armee in Gefangenschaft ist, mit seinen Hunden in einem Londoner Park spazieren geht. Oder Tee trinkt. Oder sich die Radionachrichten von der neuesten Rede jenes russischen Spions mit dem seltsamen Namen Tito anhört, eines ehemaligen österreichischen Gefreiten, dieses kroatischen Bauernflegels, der in sein königliches Heim in Belgrad, in Dedinje eingezogen ist. Wenn ich am Bild des Königs vorbeigehe, blicke ich zu Boden. Sähe ich ihm in die Augen, müsste ich ihn fragen, wo er war, als wir, seine Soldaten, durch Schlamm und Blut gewatet sind. Sein Großvater, sein Vater, beide waren bei ihrer Armee, als es notwendig war, sie standen mitten im balkanischen Winter in Soldatenmäntel gehüllt zwischen den Kanonen und Pferden. Er ist den ganzen Krieg lang in einem Londoner Park herumspaziert, dort spaziert er auch jetzt noch. Ich kann ihm nicht in die Augen sehen, ohne Wut, ja sogar Verachtung zu fühlen. Lieber blicke ich zu Boden. Manchmal scheint mir, als blickten wir alle zu Boden, alle zwanzigtausend Mann, die wir uns entehrt und erniedrigt in Palmanova wiedergefunden haben. Und nachts auf zu den Sternen. Und können nicht verstehen, was uns widerfahren ist.

Wenn ich nachts zum gestirnten Maihimmel aufsehe, frage ich mich oft, ob auch sie zu diesen Sternen hinaufsieht. Wenn sie noch immer in jener Burg lebt, die ihr Mann gekauft hat, dann blickt sie zum selben Himmel auf, nur gute zweihundert Kilometer von hier entfernt. Für einen Moment überkam es mich wie ein schwarzer Schatten: Was hat ihr so lebendiger Besuch in dieser Nacht zu bedeuten? In meiner Heimat glauben die Leute, dass die Seelen der Toten umherwandern. Ob ihr etwas zugestoßen ist? Es war Krieg. Aber diesen Gedanken verscheuchte ich sofort, sie wird sich schon zurechtgefunden haben, wenn nicht sie, dann ihr Leo. Der hat sich immer zurechtgefunden. Vielleicht sind sie auch nicht mehr in der Burg, denn die Kommunisten, die jetzt jenseits der Grenze das Sagen haben, mögen Burgherren vermutlich nicht sonderlich, dafür aber ihr Vermögen. Vor einigen Tagen war ich im Nachbarlager, dort sind slowenische Domobranzen untergebracht. Ich erkundigte mich, ob jemand Leo Zarnik kenne, er interessierte mich natürlich nicht, ich wollte herausfinden, was mit ihr war. Ein Offizier meinte, dass er jetzt bestimmt in Kärnten, in Österreich sei. Im Mai hätten sich aus Slowenien eine Menge Leute abgeseilt, Zarnik müsse unter ihnen gewesen sein, er war nicht so dumm, dass er auf die Kommunisten gewartet hätte. Wenn Zarnik, ihr Mann, in Österreich war, dann war sie es bestimmt auch. Das beruhigte mich. Und ihr nächtlicher Besuch konnte ja auch etwas anderes bedeuten – wenn die Seelen der Toten umherirren, warum sollten das nicht auch die Seelen von Lebenden tun? Von denen, die sich sehr nahe gestanden haben und dann getrennt wurden. Vielleicht irrt auch meine Seele dann und wann an ihr Bett, wenn ich in das Gewimmel der Sterne über der Ebene von Friaul blicke und an sie denke, die zu den Sternen über den Alpengipfeln aufblickt. Aus den Fenstern der Burg in Oberkrain, und wenn sie nicht mehr dort ist, dann vielleicht von jenseits der Karawanken.

Ob sie jemals an jene Augusttage denkt, als sie mit ihrem Reitlehrer an der Save entlanggeritten ist?

Wir waren uns in jenem August des Jahres siebenunddreißig sehr viel näher gekommen. An jenem Tag, als sie mich fragte, wie mein Mädchen heiße, waren wir uns eigentlich schon so nahe, dass es zu nichts anderem als zu solcher Nähe führen konnte. Zuerst die Vormittage, später waren wir schon ganze Tage beisammen. Meine Schülerin wurde immer begeisterter. So wie, aber das wollte ich ihr nicht sagen, alle Rekruten begeistert sind, wenn sie feststellen, dass sie beim ersten Ausritt nicht vom Pferderücken gefallen sind und – mehr noch – dass ihr Pferd gehorcht, sogar anhält, wenn sie es ihm befehlen. Richtige Sitz- und Zügelhaltung, Kehrtwendung, Gewichtsverlagerung, jedes neue Element eignete sie sich spielerisch an. Weil sie voller Begeisterung war, stellte sie auch mit Leichtigkeit fest, wie man mit einem Pferd kommuniziert, „Schri-itt", „Tra-ab", „Ha-alt". Nur zum Gebrauch von Sporen und Peitsche war sie schwer zu bringen, die Arbeit mit Hilfsmitteln, erklärte ich ihr, sei jedoch beim Reiten ebenso notwendig wie das Kommunizieren mit Körper und Stimme. Ihr Lord hatte allerdings die Grundausbildung bereits hinter sich, daher war die Sache umso leichter. Als sie sah, dass er ihr folgte und sie nach einer Übung freundlich und verspielt mit dem Kopf an die Schulter stupste, war sie regelrecht gerührt. Ist das möglich?, fragte sie, er versteht mich wirklich! Ich demonstrierte mit Vranac eine Säbelattacke, bei der ich natürlich keinen Säbel in der Hand hielt, um sie nicht daran zu erinnern, dass er eigentlich zum Töten gedacht ist, und als ich absaß, applaudierte sie. So was, rief sie, ihr zwei seid ja wie ein Wesen! Ganze Tage gehörten uns, wir aßen auch gemeinsam in einem der umliegenden Gasthäuser unter Kastanien zu Mittag. Ihren Mann sah ich manchmal morgens, wenn er sie brachte, am späten Nachmittag wurde sie von ihrem Chauffeur abgeholt, der mit ausdrucksloser Miene irgendwohin in die Berge starrte, wenn wir neben dem Automobil standen und uns beim Auffrischen des Tagesgeschehens, der Übungen und unserer Pferdegespräche nicht trennen konnten.

Daher war ich an jenem Tag, als sie mich fragte, wie mein Mädchen heiße, überhaupt nicht überrascht gewesen. Jelica. Und wie nennt dich Jelica? Stevo. Dann also Stevo. Ich bin Veronika, nicht gnädige Frau, nur Veronika, verstehst du? Na, zum Glück verstehst du. Ich verstand, dass etwas begonnen hatte, was schon die ganze Zeit unausweichlich war. Als wir die Save entlangritten und die Pferde am Waldsaum am Zügel führten. Als wir im Gras saßen und über Pferde sprachen, die einmal klein waren wie Hunde und nun groß sind, klug und freier als der Mensch.

Denn der Mensch ist nicht frei, sagte sie, ich jedenfalls nicht.

Sie stand auf und ging ungeduldig im Gras auf und ab. Und du noch weniger, sagte sie, du bist noch weniger frei dort in deiner Kaserne.

Das war wieder etwas, was ich nicht verstand. Warum sollte der Mensch nicht frei sein? Und warum war sie nicht frei? Und von der Kaserne sprach sie wie von einem Gefängnis. Ich hatte meinen Militärberuf nie als etwas aufgefasst, das Unfreiheit mit sich bringt. Ich erklärte ihr, was ich aufrichtig dachte und noch heute denke: Innerhalb der Regeln, die es zu respektieren gilt, gibt es meiner Meinung nach genügend Freiheit für einen Menschen, der denkt, liest, sich mit Militärgeschichte beschäftigt und über Wiesen reitet. Sie wurde nachdenklich. Vielleicht stimmt das sogar, sagte sie, wenn man sich ein Maß setzt, das das eigene ist, bei dem man sich wohlfühlt. Aber mir sind die ganze Zeit über irgendwelche Grenzen gesetzt, irgendwelche unsichtbaren Linien, bis hierher und nicht weiter, dort ist nicht mehr deine Welt. Ich musste daran denken, dass auch meine Welt nicht dort war, wo ihre war. Und ich hörte die Stimme von Major Ilić, der von Offiziersehre redete.

Eines Nachmittags trat sie in eine Welt ein, die nicht mehr die ihre war. In meine Welt. Obwohl ich sagen könnte, in unsere, sie trat in unsere Welt ein. Der Augenblick, als sie den Schritt über die Linie tat, die ihr Leben mit Leo Zarnik vom Leben des Kavallerieoffiziers schied, bedeutete, dass sich alles ändern würde. Das konnten wir nicht wissen, wir wussten überhaupt nichts, denn weder sie noch ich hatten uns damals schon Gedanken über die Zukunft gemacht. Über das Leben in einer Militärwohnung in der Nähe einer Kaserne in Südserbien.

Nach dem Mittagessen ritten wir langsam am Waldrand entlang.

Geht es nicht ein bisschen schneller, sagte sie plötzlich und schnalzte mit der Peitsche über Lords Flanke. Das Pferd unter ihr schüttelte sich, als würde es gerade erwachen, und galoppierte im nächsten Moment los. Sie kam im Sattel hoch und ermunterte es mit ihren Bewegungen schulmäßig zu immer schnellerem Galopp. Ich jagte ihr nach und holte sie auf einer großen Wiese ein. Bewundernd rief ich ihr zu: Du reitest ja wie ein polnischer Ulan. Sie lachte, eine Ulanin, rief sie, eine polnische Ulanin. Sie bog auf einen schattigen Weg ins Waldesinnere ein, ich war besorgt, ein Ast könnte sie vom Pferd stoßen, aber sie beherrschte das Pferd vollkommen, auf einer Waldlichtung beruhigte sie es mit Befehlen und leichtem Tätscheln und sprang geschickt von seinem Rücken.

Wenn du mein Rekrut wärst, sagte ich, wäre ich jetzt stolz auf dich. Und auch auf mich.

Noch vor wenigen Wochen hatte sie sich geärgert, wenn ich die Rekruten erwähnte. Jetzt lachte sie nur.

Das heißt, sagte sie, dass dein Rekrut den Unterricht absolviert hat.

Könnte man sagen, ja. Außer du willst auch noch schießen lernen.

Ich erklärte ihr, dass an diesem Punkt die Rekruten mit Kampfübungen begännen: Schießen während des Reitens, Gebrauch des Säbels, Attacke und Rückzug. Was jedoch unseren Unterricht betreffe, sei dieser zu Ende.

Zu Ende?, fragte sie, beinahe verwundert.

Dann setzten wir uns ins Gras. Ich dachte, sie würde eines ihrer Gespräche über Pferde und Freiheit beginnen, aber an jenem Nachmittag sah sie abwesend in die Ferne, über die Save zu den langen Schatten, die auf den sanften Grashang fielen. Plötzlich legte sie sich in meinen Schoß und sah mir in die Augen. Wenn du erlaubst, sagte sie, als sie schon in meinem Schoß lag. Als ob ich hier überhaupt eine Erlaubnis hätte geben können. Oder sie ihr versagen. Was würde jetzt Jelica sagen?, fragte sie. Besser wäre, dachte ich, wenn sie fragte, was jetzt Leo, ihr Mann, sagen würde. Jelica war weit weg, in Valjevo, schon ein Monat war seit ihrem letzten Brief vergangen, in dem es kein „Ach, wie bist du so weit weg, wie sehr vermisse ich dich“ mehr gab, sondern nur noch ein „Ich hoffe, dass es dir in Slowenien gutgeht, ich hoffe auch, dass du bald befördert wirst und mit zwei Sternen als Hauptmann zurückkommst, dein Vater wird sehr stolz auf dich sein“. Jelica war weit weg, Veronikas Mann hingegen sehr nahe, schon diesen Abend würde er vielleicht mit seinem Sportwagen und im weißen Anzug vorfahren, schon diesen Abend würde er fragen, na, welche Fortschritte macht denn unsere Reiterin? Streichle mein Haar, befahl sie. Ich weiß, dass du das möchtest, fügte sie hinzu, als ich für einen Augenblick zögerte. Ich sah Major Ilić vor mir, Offiziersehre, sagte er, Offiziersehre. Doch die automatische und unaufhaltbare Bewegung meiner Hand war stärker als die Ehre eines Offiziers, der auch den devotesten und dümmsten Rekruten nicht für persönliche Zwecke missbrauchen darf, geschweige denn eine Schülerin, die ihm anvertraut wurde, geschweige denn eine verheiratete Frau, die Frau von Major Ilićs Freund, einer der Stützen der hiesigen Gesellschaft, die unsichtbare Grenzen gezogen hat, wegen derer sich Veronika gefangen und unfrei fühlte.

Zum Glück kam er an diesem Abend nicht. Das, was geschehen war, hätte sich unmöglich verbergen lassen. Wir waren wie benommen von diesem Nachmittag und auch verändert. Selbst dem Chauffeur, der an der offenen Wagentür auf der Stelle trat und auf einen unbekannten Punkt in den Bergen starrte, während wir uns lange verabschiedeten, musste klar sein, was los war. Als sie endlich abfuhren, winkte sie mir mit einem weißen Tuch, das sie dann in der Kurve, bevor sie verschwanden, aus der Hand fahren ließ. Ich lief die staubige Straße hinunter und hob es auf.

Den Unterricht verlängerten wir ohne besondere Abmachung. Wir hatten zwei Wochen für wundervolle herbstliche Ausritte – und für uns. Zwei Wochen im September, wenn im Umland von Ljubljana bis spät in den Vormittag hinein die Nebelschwaden kriechen und über sie die Bäume mit ihren fahlen Blättern hinausragen. Als Vranac und Lord auf den Waldlichtungen Atemwolken schnaubten, durch das abgefallene Laub stapften und mit den Hufen über aufgeweichte Wege platschten. Oder in der Mittagssonne, die dort gegen elf den weißen Nebel auseinandertreibt, an einen Baum gebunden zufrieden nickten, während wir im Waldmoos lagen, sie würde sagen, frei, so frei, als wären wir die einzigen Menschen auf der Welt. Wenigstens an diesem Ende der Welt.

Denn in kaum erahnter Ferne begannen sich schon die Wolken des herannahenden Sturms aufzutürmen, in Deutschland gab es Aufmärsche und Kundgebungen, in Italien wurden slowenische Patrioten von Sondergerichten verurteilt, beim Morgenappell in der Kaserne hörte ich, dass die königliche Armee große Herbstmanöver vorbereitete, die beweisen sollten, dass man auf alles vorbereitet war. Wenn nicht geschehen wäre, was zwischen Veronika und mir geschehen war, wäre ich beunruhigt gewesen, meine Schwadron hätte beschleunigt exerziert, bei der Nachricht von den Manövern hätte mein Herz schneller geschlagen, denn das ist die Zeit, wo ein Offizier meines Schlages – jeder gute Offizier – alles zeigt, was er kann. Dass er für alles bereit ist. Die Möglichkeit einer Beförderung ist ein Nebeneffekt, darüber spricht man, wenn die Manöver beendet sind, bei den Vorbereitungen auf den Feldzug denkt niemand daran, die Sache für sich genommen ist aufregend genug. Nun interessierte mich all das plötzlich nicht mehr. Mein Herz schlug schneller, wenn ich nach Štepanja vas kam, mein Herz schlug schneller, weil es wusste, dass es noch schneller schlagen würde, wenn sie da war, und sich beruhigen würde, wenn wir die ersten Worte wechselten. Sich in der Gewissheit beruhigen, dass wir wieder allein waren, nur wir beide, frei, mit unserem Geheimnis. Ich weiß nicht, wie sie das machte, oder ob es nur ein glücklicher Zufall war: In jenen zwei Wochen sah ich ihren Mann überhaupt nicht, morgens wurde sie vom Chauffeur gebracht; gegen Abend, manchmal schon im Dunkeln, wartete er geduldig, dass wir von irgendwo auftauchten. Jetzt brachte er auch mich nach Hause, zuerst lud er mich ab, der ich in Polje in der kleinen Wohnung eines einstöckigen Hauses wohnte, danach fuhr er sie ins Stadtzentrum. Und ertrug das lange Abschiednehmen. Und ich weiß auch nicht, wie sie es erreichte, dass dieser Mensch schwieg.

Eines späten Abends, es war schon fast Nacht, sagte sie während der Fahrt, dass sie sehen wolle, wo ich wohne. Ich war verlegen. Meine Wohnung war bescheiden, ein Zimmer und eine kleine Küche, die Toilette war auf dem Gang. Da gab es noch andere Offizierswohnungen, die Türen zum langen, feuchten Gang gingen oft auf, jedes Mal, wenn ich kam oder ging, sah der Kopf eines Offiziers, einer Frau oder eines Kindes zur Tür heraus. Dieser Gang war so ein Raum für Geselligkeit, für eine Begrüßung oder einen Schwatz, wir kamen gern zusammen, niemand hatte besondere Geheimnisse. Drei von uns waren Junggesellen, zwei Fähnriche wohnten da mit ihren Frauen und einem Haufen Kinder. Ich war nicht begeistert davon, dass Veronika meine Junggesellen- und Soldatenbehausung besichtigen wollte und dass die Türen zum Gang oder die Fenster in den Hof aufgingen und uns neugierige und zugleich vertraulich wissende und vielsagende Blicke begleiteten. Ich wusste, dass man in der Kaserne schon morgen über meinen weiblichen Besuch sprechen würde. Aber sie bestand darauf. Und ging erst gegen Mitternacht. Später einmal fragte ich sie, wie sie es erreicht habe, dass Lojze, so hieß der Chauffeur, nicht ausplauderte, was vor sich ging. Er hätte immerhin seine Stelle verlieren können, ob sie ihn vielleicht bestochen habe? So etwas tue ich nicht, wies sie mich beleidigt zurecht, dann lachte sie: Das ist mein Charme. Es war mehr als Charme. Sie hatte etwas, weswegen man sie gernhatte, der Chauffeur, die beiden Pferde und der junge Kavallerieleutnant, dem von ihrer Gegenwart, ihrem hellen Haar, ihrem Lachen und ihren Berührungen und Küssen der Kopf schwindelte, dass er die Kaserne, seine Schwadron und die Manöver vergaß, die Offiziere, mit denen er zusammenwohnte, und die Offiziersehre, von der Major Ilić gesprochen hatte.

Vermutlich hatten auch dieser Alligator und Leo, ihr Mann, sie gern.

In diesen zwei Wochen sah ich ihn nicht, aber das hieß nicht, dass er nicht existierte. Und wenn im September siebenunddreißig für uns nichts anderes existierte, es gab nur uns beide und unsere Pferde, hieß das noch lange nicht, dass die Welt um uns herum nicht existierte. Oder dass wir darin unsichtbar waren. In jenem schönen Kastaniengarten, wo wir zu Mittag aßen, waren wir schon ein recht bekanntes Paar. Natürlich wäre nichts dabei gewesen, wenn ein Reitlehrer und seine Schülerin nach dem vormittäglichen Ausritt gemeinsam zu Mittag essen, wenn Veronika nicht mit solcher Freude die unsichtbare Linie überschritten hätte, von der sie manchmal sprach. Vor dem Kellner, der an unserem Tisch stand und auf die Bestellung wartete, sagte sie laut, ohne von ihm Notiz zu nehmen: Mein Mann ist sehr eifersüchtig und hat immer ein Jagdgewehr auf dem Rücksitz mit dabei.

Aus dem Augenwinkel bemerkte ich, wie der Kellner erstarrte. Ich wollte ihr ein Zeichen machen, dass wir nicht allein seien. Sie aber rief mit noch größerer Freude aus: Herr Leutnant! Sie würden ihn zuerst erschießen, bevor er uns erschießt, nicht wahr?

Der Kellner ging eilig weg, um bei dem verfänglichen Gespräch nicht anwesend zu sein oder damit man ihn nicht eines Tages als Zeuge vor Gericht laden würde, während Veronika noch immer übermütig lachte. Guter Scherz, sagte sie, der arme Kellner ist völlig erstarrt. Und du auch, Herr Leutnant. Was für ein Soldat bist du, dass du Angst vor einem Jagdgewehr hast!

Ich hatte keine Angst vor dem Jagdgewehr, ich hatte Angst um sie. Der ganze Gastgarten gaffte uns an, als sie sagte, sie würde meine

Haare ein wenig zerraufen, und zu mir sprang und dabei das Weinglas umstieß. Gnädige Frau, sagte der Kellner, der mit Servietten angelaufen kam, das kann jedem passieren. So eine zerzauste Frisur steht ihm besser, nicht wahr?, fragte sie den Kellner, der offensichtlich wieder verlegen war und nervös den Tisch wischte, während sie in meinen Haaren wühlte. Ich saß da wie eine Holzstatue und fühlte die Blicke der anständigen Laibacher Bürger in meinem Rücken, sah die Lippen der verehrten Laibacher Fräulein und Herren, die über den Skandal tuschelten, der hier vor sich ging, vor aller Augen. Ich hatte Angst um sie, weil ich wusste, dass es kein gutes Ende nehmen konnte. Und das tat es auch nicht.

An diesem Abend sagte ich ihr auf der Fahrt zu mir nach Hause, dass es nicht so weitergehen könne. Ihr Mann, ihre ganze Familie werde bald erfahren, was zwischen uns sei, wenn sie sich so benehme.

Und wie benehme ich mich?, fragte sie zornig.

Ich schwieg. Wenn sie es selber nicht verstand, die geehrte Dame aus der vornehmen Laibacher Gesellschaft, wie sollte ich ihr das erklären, ein Offizier aus Valjevo, wo wir Zwetschken züchten und uns mit Zwetschkenschnaps begießen, wie ihr ehrwürdiger Gatte meint. Ach ja, sagte sie, du denkst, dass wir uns verstecken müssten? Vor wem? Ich schwieg, schließlich waren wir nicht allein, ihr Chauffeur Lojze hatte die Maske eines vertrottelten Menschen aufgesetzt, der nichts weiß und nichts hört, er sah auf die Straße vor sich, hupte einem Pferdegespann, und doch war er da. Du brauchst keine Angst zu haben, fuhr Veronika fort, er wird dich nicht erschießen. Leo ist überhaupt nicht eifersüchtig. Ich war schlechter Laune, ich wollte nichts über ihren Mann und ihre Beziehung wissen, was interessiert mich, ob er eifersüchtig ist oder nicht. Als das Auto vor dem Haus hielt, in dem ich wohnte, stieg sie zusammen mit mir aus. Sie trug dem Chauffeur etwas auf und er zuckte mit den Schultern und fuhr davon. Wenn du dich verstecken willst, dann tun wir das, sagte sie. Ich werde bei dir übernachten. Wir standen am Rand der Straße, und mir schien, als stünde ich am Rand eines Abgrunds.

Wie jetzt, wo ich mein unrasiertes Gesicht im Spiegel sehe und mitten in dieser schwülen Ebene von Friaul tatsächlich am Boden eines Abgrunds bin. Alle zusammen sind mit unseren Fahnen und Pferden,

Eiden und Kanonen, mit unserer Ehre und unseren Maschinengewehren abgestürzt auf den Boden der Niederlage, so wie vor einem Monat der Politiker Ljotić samt seinem Automobil abgestürzt ist durch ein Loch, das eine Fliegerbombe in eine Brücke gerissen hatte. Nur weil sein Chauffeur mit seinen vielen Dioptrien das Loch nicht gesehen hat. Abgestürzt und sein Leben ausgehaucht in einer Schlucht, in einem slowenischen Bach, fern von Belgrad, fern vom König, der ohnehin in London war, ausgehaucht mit dem Gedanken, dass er zusammen mit den Engländern in Kürze siegreich in seine Heimat zurückkehren werde. Er wird nicht zurückkehren, auch wir werden es nicht, den Teufel werden wir. Jetzt ist die Geschichte an ihr Ende gelangt. Auch die Geschichte meines Lebens. Die Trompete ruft zum Appell, ich habe aber nicht die geringste Lust, mich von der Stelle zu rühren. Ich höre mehrere Soldaten, die laufen, und verstehe sie kaum noch. Was für einen Sinn hat das alles zusammen noch, das Hissen der Fahne und dann das sinnlose Marschieren und Singen, damit der Geist der militärischen Disziplin erhalten bleibt. *Es marschierte, es marschierte König Peters Garde.* Damit die Leute nicht etwa denken, sie seien besiegt, sie seien gefangen, es gebe einen Weg zurück. Jenen Leutnant Stevan Radovanović, der einer der diszipliniertesten Offiziere in der Einheit von Major Ilić war, gibt es nicht mehr. Jegliches Exerzieren, das Salutieren, der Fahnenappell, all das ist mir fremd geworden. Nonsens, liebe Veronika, du hättest Nonsens gesagt. Nach allem, was ich in Bosnien, in der Lika und in den slowenischen Bergen kurz vor Kriegsende gesehen habe, ist dieses Exerzieren purer Nonsens. Das blutverschmierte Gesicht meines Freundes, dem der Schaum auf den Lippen brodelte und der sagte, „scheiß auf diesen verdammten Krieg", bevor er sein Leben aushauchte. Auch er, Čedo, ist einmal ein Offizier gewesen, der mit gewichsten Stiefeln durch Maribor spaziert ist. Auch er hat *es marschierte, es marschierte* gesungen, wir beide haben es gesungen. Wer einen Freund sieht, der stirbt und dem der Schaum aus dem Mund tritt wie einem Pferd nach langem Ritt, der denkt nicht mehr an Singen und Fahnenappell. Ein Fahnenappell im Lager für geschlagene, besiegte Kriegsgefangene. Er, Čedo, brauchte diese Demütigung wenigstens nicht mehr zu erleben.

Durch das Lager gehen englische Offiziere, angeblich kommen wir vor irgendwelche Kommissionen, die feststellen werden, wer mit den Deutschen kollaboriert hat und an wessen Händen Blut klebt. *Es marschierte, es marschierte …* was für ein Blödsinn, wem klebt denn nach vier Jahren Krieg kein Blut an den Händen? … *König Peters Garde.* Warum fragen sie nicht diesen Gefreiten in Marschalluniform, diesen Josip Broz, wenn er überhaupt so heißt, diesen Kommunisten, der die ganze Sache angefangen hat und der den Unsrigen in Serbien, der General Draža in den Rücken gefallen ist? Noch gestern haben sie ihn, Draža Mihajlović, unseren Čiča, der die französische Militärakademie absolviert hat, der sich als Erster mit den Deutschen geschlagen hat, haben ihn die ihm so teuren Engländer als den größten europäischen Guerilla gefeiert und die Amerikaner seine Bilder auf den Titelseiten ihrer Zeitungen veröffentlicht. Warum fragen sie nicht diesen lächerlichen Tito, der sich selbst den Titel eines Marschalls verliehen hat, in Wirklichkeit aber ein österreichischer Gefreiter ist, ob an seinen Händen Blut klebt? Vor wenigen Tagen hat er in Ljubljana vor einer großen Menschenmenge eine Rede gehalten. Unsere Kuriere, die aus Jugoslawien kommen, berichten, dass sie die Menschen zusammentreiben mussten, weil sie dort alle gegen die Kommunisten seien und bald einen Aufstand machen würden. Dann kommt unsere Stunde, sagen die Unsrigen. Darauf müssen wir jeden Augenblick vorbereitet sein: Wenn die Trompete ruft, heißt es zur Fahne.

Und ich, statt zum Appellplatz zu gehen und den Fahnensalut mitzumachen, denke darüber nach, ob ich mich überhaupt rasieren soll. Diese Stoppeln in meinem Gesicht, diese frühen grauen Haare an den Schläfen, das Loch in der oberen Zahnreihe, all das gehört zu mir und entspricht in allen Einzelheiten meinem Gemütszustand. Anstatt anschließend mit meinen ehemaligen Mitkämpfern den ganzen Tag über Möglichkeiten zu palavern, nach Jugoslawien zurückzugehen, denke ich an die schönsten Tage meines Lebens mit der Frau, die mich in dieser Nacht nach sieben Jahren wieder besucht hat.

Schon nach jener Nacht, die sie bei mir schlief, wenn man das schlafen nennen darf, in meiner Wohnung, und ich sie dann am Morgen zur ersten Straßenbahnhaltestelle begleitete, wusste ich, dass es solche Tage, wie sie hinter uns lagen, nicht mehr geben würde. Es war

Sonntag, und es gab kein Reiten, der Sonntag war ihrem sonntäglichen Mittagessen und sonntagnachmittäglichen Geselligkeiten gewidmet, aber Veronika kam weder am Montag noch am darauffolgenden Dienstag in die Manege. Und da tat sich in meinem Leben ein solches Loch auf, eine so dunkle Höhle in meiner Brust, dass ich sie nicht mit einem langen und einsamen Ausritt stopfen und sie auch nicht begießen und alles zusammen im Sliwowitz, im Wein und allem, was zur Hand war, ertränken konnte. Erst jetzt wurde mir bewusst, was geschehen war, wie dumm meine Bemerkungen über ihr Benehmen gewesen waren, diese Frau liebte mich und ich konnte nicht ohne sie sein. Jetzt fühlte ich, dass es mir völlig egal war, wer was sagen, tuscheln, wer wie schauen und wohin das alles führen würde, ich scheiße auf die Offiziersehre, sagte ich mir, es war mir egal, in meinem Leben gähnte ohne sie ein großes Loch, ich wollte sie wiederhaben, ihr helles Haar, ihre Lippen, ihren Körper, ich wollte ihre Stimme hören und über ihre frotzelnden Bemerkungen lachen und es war mir egal, wie die Folgen aussehen mochten. Wie es ihr schon viel früher gegangen war, weil sie es auch viel früher verstanden hatte, was uns zugestoßen war. Ich verstand das erst, als sie einige Tage nicht kam.

Deshalb war es mir auch egal, als am Mittwoch auf dem Reitplatz, wohin ich noch immer ging, ihr Mann erschien. Er war in Jagdmontur. Ich habe in der Kaserne angerufen, sagte er, und Major Ilić hat mir gesagt, dass Sie hier sein müssten. Er sah mich eine Zeitlang an, als ob er von mir eine Erklärung erwartete. Offenbar weiß der Major noch nicht, sagte er nach einiger Zeit und schwieg wieder kurz, dass Sie den Reitunterricht beendet haben. Mir war nicht klar, ob er etwas wusste oder nicht, und es war mir auch egal. Ich log, dass noch eine Woche fehle, ich wollte sie sehen, zumindest noch einmal, Frau Veronika sei vermutlich erkrankt? Der kaltblütige Dandy durchbohrte mich mit seinen hellen Augen, warum besuchen Sie sie nicht, wenn Sie glauben, dass sie erkrankt ist? Das würde ich mir nicht erlauben, sagte ich, ich bin nur ihr Reitlehrer. Ich fühlte mich erbärmlich bei dem Gedanken, dass er mich jetzt als kleinen Betrüger und Lügner ansah, aber was hätte ich tun sollen? Sie könnten sie anrufen, sagte er, sie würde sich bestimmt freuen. Ich sagte, dass ich mich bemühen werde, ich würde sie aus dem Büro in der Kaserne anrufen. Ich werde jetzt nämlich in die Kaserne zurückkehren und melden, dass der Reitunterricht mit der Frau Gemahlin, wenn ich recht verstehe, abgeschlossen ist. Sie verstehen richtig, sagte er. Angeblich reitet sie hervorragend, sie selbst sagt, sie reite wie ein polnischer Ulan, es tut mir leid, dass ich das nicht gesehen habe. Er lachte, kaltblütig. Sie wird noch einige Tage darniederliegen, sagte er, dann reisen wir ab ans Meer. Schon lange wünscht sie sich, die Septembertage in Dalmatien zu verbringen, dann ist es dort unten angeblich am schönsten. Ich hoffte, dass er nicht sah, wie mir die Hände zitterten. Wie mein Herz dort drinnen in der Brust hämmerte, das konnte er nicht hören.

Also Schluss, dachte ich, aus und vorbei.

Wenn ich mich nicht irre, sagte und lächelte Leo Zarnik, Veronikas Mann, Herr über ihre Seele, Aufseher über ihre Gesundheit, Besitzer ihres Körpers, wenn ich mich nicht irre, sagte er, habe ich Sie einmal zum Schießen eingeladen. Er hatte mich wirklich einmal eingeladen, ich dachte, er hätte es vergessen. Ich bin gerade auf dem Weg zum Schießplatz, sagte er, wollen Sie mir Gesellschaft leisten? Ich wollte diese eigenartige Einladung sofort ausschlagen, ich erinnerte mich an Veronikas Scherze, er würde uns beide erschießen. Ich hasste sein Lächeln, sein Auto, seine Jagdkleidung, seine zurückgekämmten Haare, ich hätte am liebsten jenes Gewehr vom Rücksitz genommen und ihm dort neben seinem Auto eine Kugel in die hohe Stirn unter den geleckten hellen Haaren gejagt. In die Kaserne werden Sie jetzt nicht zurückkehren, sagte er mit einem Lächeln, Reiten gibt es nicht, also können wir schießen gehen.

Wir gingen schießen. Auf dem Schießplatz waren noch andere Leute in Jagdkluft, Veronikas Mann stellte mich allen der Reihe nach vor. Etwas abseits stand ein Tisch, auf dem die Kellner Aufschnitt und Wein bereitstellten. Wir werden danach auf den erfolgreichen Abschluss des Unterrichts anstoßen, sagte er. Und jetzt an die Arbeit. Als wir anfingen, wurde mir klar, dass er spielte. Er lächelte noch immer, aber seine Hände zitterten, und er schoss fünfmal hintereinander daneben. Ich war auch nicht besser. Aber ich wurde ruhiger, nun wusste ich, woran ich war. Diesem Dandy ist alles klar, er wird versuchen, mich auf schöne Art und Weise loszuwerden. Offenbar hatte auch Veronika mit mir abgeschlossen. Als wir die Gläser hoben, sagte er: Übrigens höre ich, dass Sie versetzt werden. Ich stellte mein Glas ab: Wo haben Sie das gehört? Du Schwein, dachte ich und konnte mich kaum zurückhalten, um nicht zu sagen, was ich hätte sagen sollen: Du verdammter reicher Arsch, das hast du dir gut ausgedacht. Ich hätte ihn dort auf dem Schießplatz in Ljubljana abknallen müssen. Aber solche Menschen, wie er einer ist, erschießt niemand, denen passiert nichts, die haben immer ein Lächeln im Gesicht. Der Dandy lächelte: Major Ilić ist ein guter Freund von mir, er hat es mir gesagt. Ich drehte mich um und ging. Herr Leutnant, rief er hinter mir her, vergessen Sie nicht anzurufen.

Ich vergaß es nicht. Ich ging direkt in die Kaserne, meldete mich zum Rapport und drehte, während ich in der Schreibstube darauf wartete, dass mich Ilić anrief, die Wählscheibe. Eine Frauenstimme sagte, ich könne nicht mit Veronika sprechen, sie sei krank. Als ich darauf bestand, sagte die Stimme, ich könne mit ihrer Mutter sprechen, Frau Josipina, die auf Besuch hier sei. Ich legte den Hörer auf, ging vom Fenster zur Tür und zurück, dann knallte ich die Tür zu und ging den Gang hinunter vor das Büro von Kommandeur Ilić. Er ließ mich lange warten. Er saß am Tisch und sah mich nicht einmal an, als ich die Hacken zusammenschlug und sagte, ich melde mich zum Rapport. Er war dabei, irgendwelche Papiere zu unterschreiben und schob eines davon über den Tisch mir zu. Wenn du dich nicht gemeldet hättest, hätte ich dich rufen lassen, sagte er. Du wirst versetzt. Nach Vranje. An die bulgarische Grenze. Weiter weg von Ljubljana hätte er mich nicht schicken können. Ich nahm das Blatt Papier. Genau das wollte ich fragen, sagte ich: Wohin werden Sie mich schicken? Also weißt du es, sagte er. Ich weiß es, sagte ich, deshalb habe ich mich zum Rapport gemeldet. Wolltest du mich überreden, dich in Ljubljana zu lassen? Ich dachte, dass ich das vielleicht wirklich gewollt hatte und dass das genau genommen jämmerlich war. Ein jämmerliches Betteln, in der Nähe der Frau bleiben zu dürfen, der ich das Reiten beigebracht hatte. Das wollte ich …, sagte ich … nur das sagte ich. Als ich dir diese Aufgabe anvertraut habe …, sagte er leise. Er fuhr nicht fort. Vielleicht wollte er etwas über Offiziersehre sagen. Und ich hatte sagen wollen, was ich nicht gesagt habe, dass ich auf die Offiziersehre, wie er sie versteht, scheiße, dass sich Offiziersehre auf dem Schlachtfeld erweist, wo man auch sterben kann, dort erweist sich die Offiziersehre. Doch ich habe es nicht gesagt. Er wollte bestimmt sagen, dass ich nichts anderes verdiene, als dass er mich degradiert und zu den Infanteristen schickt, wo ich Staub fressen und nass durch den Schlamm waten werde. Die Kavallerie spuckt auf die Infanterie hinunter. Aber auch er sagte es nicht. Melde dich in drei Tagen bei der Feldpost, sagte er, die Nummer steht da aufgeschrieben. Ich trat von einem Bein aufs andere: Ich wüsste gern, was das bedeutet, das war alles, was ich sagte. Ich habe nicht „rühren!" gesagt, sagte der Major, ohne mich anzusehen. Ich schlug wieder die Hacken zusammen.

Du kannst gehen, sagte er, ich will dich nicht mehr sehen.

Und ich ging. Danach haben wir uns nur noch ein Mal wiedergesehen. Damals, als es losging. Kurz vor dem Überfall auf Jugoslawien im April. Später hörte ich, dass er seine Einheit einem deutschen Panzerregiment bei Dravograd übergeben habe. Er wurde in Gefangenschaft gebracht, wo er versöhnt mit seiner Offiziersehre den Krieg vermutlich in Ruhe überlebt hat. Während ich meine und seine Offiziersehre im blutigen Bosnien und in der Lika und bis zum letzten Tag in den slowenischen Bergen verteidigt habe. Ich hätte schon damals wissen können, dass er ein Feigling war, wäre er keiner gewesen, hätte er nicht auf einen gewissen Herrn aus Ljubljana gehört, er hätte mich gefragt, was passiert sei. Das hat ihn nicht interessiert, ihn interessierte nicht, was passiert war und was ich dachte, du kannst gehen, sagte er, er hob nicht einmal den Blick, als ich salutierte und zur Tür hinausging.

Als ich auf den Gang hinaustrat, kam der Kurier angelaufen: Sie haben einen Anruf in der Offiziersbereitschaft. Es war Veronika. Was geht da vor sich? Nichts, sagte ich, bist du nicht am Meer? Welches Meer? Ich liege mit vierzig Grad Fieber im Bett. Sie sagte, dass das einer Frau passiere, wenn sie im September auf Waldmoos liege. Sie versuchte zu lachen, wurde aber von einem starken Husten unterbrochen. Unter Husten sagte sie: Leo sagt, dass du versetzt wirst. Ja, sagte ich, an die bulgarische Grenze. Ich konnte ihr Atmen hören. Das ist nicht wahr, sagte sie nach einer Zeit. Es ist wahr, sagte ich. Ich konnte nicht mehr sprechen. Entschuldige, sagte ich und legte den Hörer auf. Alle, die im Zimmer waren, sahen mich an, ich hatte das Gefühl, voller Spott. Es war mir egal. Ich ging in mein Büro, um meine Sachen zu packen, aber es kam immer jemand Neuer herein. Um den Offizier zu sehen, den man strafversetzt hatte. Ich beschloss, das am Abend zu machen, wenn niemand da war, während der Nachtbereitschaft. Ja, Ilić hatte nicht vergessen, mir zum Abschied von Ljubljana noch den Nachtdienst aufzubrummen. Ich ging, um Vranac zu holen und ihn in die Kaserne zurückzubringen. Im Stall standen beide, Lord und er, und sahen mich verwundert an. Schon seit Sonntag hatte sie niemand gestriegelt und gesattelt. Es schnürte mir die Kehle zu, als Lord so allein dastand und zur Tür sah, durch die sein Freund und Lehrer nie mehr zurückkommen würde. Es ist aus, adieu, Ljubljana, leb wohl, Veronika, seid mir gegrüßt, Berge des Balkans, Vranje und Morava.

Was hatte ich mir denn vorgestellt? Dass es einfach so weitergehen würde? Bestimmt war die unschuldige Romanze, ohne dass wir beide davon wussten, nach außen gedrungen und zu einer Familienaffäre geworden. Bestimmt hatte man sorgsam darauf geachtet, dass es sich nicht zu sehr herumsprach; der Dandy benahm sich, als ob nichts wäre, obwohl alles war, einfach alles. Und obwohl die Angelegenheit, die sich von einer familiären zu einer gesellschaftlichen Affäre auswachsen könnte, zweifellos die ganze Familie Veronikas und Leos, ihre Freunde, alle, die davon erfahren hatten, erschüttert hatte: Ist das überhaupt möglich? Ilić hatte gesagt, dass diese Leute *unvorstellbar* reich seien. Daher war es auch völlig *unvorstellbar,* dass sich Veronika mit einem Kavallerieoffizier verbandelt hatte, dazu noch aus Valjevo, wo Zwetschken angebaut werden, wie ihr Mann nie zu erwähnen vergaß. Eine verheiratete Frau. In einem katholischen Land. Gebildet und bestens erzogen. Wenn auch mit so mancher Schrulle, die ihr allerdings prompt verziehen wurde. Wie zum Beispiel dieser Alligator, der dann ihren Mann in der Badewanne gebissen hat, wohin nur? Hat er damals auch gelächelt, als ihn der Alligator in den Arsch biss? Dass das Tier dann getötet und ausgestopft werden musste? An mich werden so viele Erinnerungen bleiben wie an diesen Alligator. Und auch Veronika wird eines Tages sagen, wie sie es vom Alligator gesagt hat: Er musste weg. Ach, wird sie sagen und lächeln, dieser Leutnant? Leo hat ihn an die bulgarische Grenze geschickt.

Ich irrte mich. Ich kannte sie schlecht. Auch ihr Mann und ihre Verwandten kannten sie schlecht. Wir hatten uns schon alle mit meinem Weggang abgefunden, Ilić hatte ein Papier unterschrieben und mir über den Tisch zugeschoben, Leo war erleichtert, er traf wieder die Scheibe, ihre Mutter, alle in ihrer Familie atmeten auf, mir blieb überhaupt keine andere Möglichkeit, als mich damit abzufinden. Aber nicht sie, nicht Veronika. Als ich am Abend in der Kaserne mein Militärzeug aufräumte, klingelte das Telefon: Am Tor warte eine Frau auf mich. Sie saß dort in der Wachstube, an der Tür drängte sich eine Gruppe diensthabender Soldaten, die die junge Frau hungrig ansahen, auf ihre Knie starrten, es störte sie überhaupt nicht, dass sie in ein Taschentuch hustete, das sie sich vor den Mund hielt. Als ich kam, verzogen sie sich, denn ich sah sie an wie ein Alligator. Ich setzte mich zu ihr. Ich sah, dass ihre Haare an der Stirn klebten, sie glühte vor Fieber.

Du wirst doch nicht gehen, sagte sie.

Es sah so aus, als würde sie gleich in Tränen ausbrechen. Ich komme zurück, sagte ich. Sie schaute mich verwundert an: Warum lügst du? Du weißt nur zu gut, dass du niemals zurückkehren wirst. Ich antwortete nicht. Wir saßen in der Wachstube beim Kasernentor, in einer Geruchswolke aus Soldatenschweiß, Leder und durchgeschwitzten zottigen Uniformen und alle Augenblicke steckte ein Rekrut seinen kahl rasierten Kopf herein. Ich knallte die Tür zu, aber das half nichts, nach kurzer Zeit klopfte wieder jemand mit einer blöden Ausrede, einer der Köpfe tauchte sogar am Fenster auf. Lass sie, flüsterte sie beinahe, ist ja nicht wichtig. Ich werde mich an Soldaten gewöhnen müssen, sagte sie und lächelte kurz, seltsam. Ich begann mich zu entschuldigen, dass wir nicht woanders reden könnten, aber heute Nacht hätte ich Dienst …

Hast du nicht verstanden?, unterbrach sie mich. Ich gehe mit dir mit.

Ich wurde von einer Welle plötzlichen Glücks überflutet, aber auch der Angst, wie später oft vor einem Gefecht oder beim Warten auf die feindliche Kolonne im Hinterhalt. Wie? Du wirst doch überwacht. Sie sah mich an und begann zu lachen, bis ihr Lachen wieder von ihrem Husten erstickt wurde.

Ich?, fragte sie, kannst du dir vorstellen, dass mich jemand überwachen könnte?

Nein, Veronika konnte man nicht überwachen. Und wenn sie sich für etwas entschieden hatte, war es nicht möglich, das zu widerrufen. Wenn sie sich entschieden hatte, mit dem Zug nach Sušak zu fahren, fuhr sie eben. Wenn sie statt eines Hundes oder einer Siamkatze einen Alligator haben wollte, hatte sie einen Alligator. Und wenn sie einen Kavallerieleutnant haben wollte, ihren Reitlehrer, hatte sie ihn.

Zu Hause ließ sie einen Brief und fuhr mit dem Zug nach Zagreb, wo sie auf dem Bahnhof auf mich wartete. Was in diesem Brief stand, habe ich nie erfahren. Jedenfalls unternahm ihr Mann nichts, um es zu verhindern. Allerdings: Was auch immer er bis dahin getan hatte, es hatte sich gegen ihn gewendet. Er hatte sie mit ihrem Reitlehrer, ihrem zukünftigen Liebhaber, bekannt gemacht. Als er erkannte, was passiert war, versuchte er, ihn zu loszuwerden, trieb sie aber genau damit mir direkt in die Arme. Ich denke, er wird nicht nach mir suchen, hatte sie gesagt, war aber doch schon mit dem Vormittagszug gefahren, sie würde in Zagreb auf dem Bahnhof auf mich warten, dann würden wir gemeinsam den Weg nach Belgrad und weiter, tief in den Süden, fortsetzen. Damit es auf dem Laibacher Bahnhof nicht zu einer Überraschung kommt, hatte sie gesagt. Ich konnte damals nicht an den eleganten Herrn denken, der uns eine Überraschung hätte bereiten können, mich kümmerte auch sein Leid beim Verlust seiner Frau herzlich wenig, der er es in allem hatte recht machen wollen, so sehr, dass sie ihm am Ende weglief. Damals dachte ich an nichts anderes als daran, dass sich diese junge und intelligente und schöne Frau entschieden hatte, mit mir mitzugehen. Nach Vranje. Sie wusste nicht, wo das ist. Tief im Süden Serbiens, dort beginnt fast schon die Türkei. Die Frauen tragen dort noch Pluderhosen, die Musliminnen, die Serbinnen nicht. Aber auch orthodoxe Frauen dürfen ohne Begleitung nicht aus dem Haus. Ich werde ja überhaupt nicht aus dem Haus gehen, sagte sie, ich werde die ganze Zeit mit dir zusammen sein, lachte sie, hauptsächlich im Bett. Und wenn du im Dienst bist, werde ich für dich kochen. Ich werde lernen, Pasulj zu kochen, serbische Bohnensuppe, und Sliwowitz zu trinken. Unter Husten lachte sie fröhlich. Vranje, sagte sie verträumt, wie schön das klingt. Wie Vranac.

Als ich mit dem Nachmittagszug am Zagreber Bahnhof ankam, sah ich sie auf dem Bahnsteig. Sie saß mit übergeschlagenen Beinen auf einem großen Koffer und rauchte. Obwohl ich benommen war vor Glück oder aufgrund all der Ereignisse, die sich in den letzten Tagen so schnell zugetragen hatten, konnte ich nicht anders, als sie zu ermahnen. Du kannst dich nicht so benehmen, sagte ich, was werden die Leute von dir denken? Sie sah mich verwundert an. Auf dem Bahnhof, versuchte ich ihr zu erklären, tummeln sich Frauen der besonderen Art. Der besonderen Art?, fragte sie verwundert.

Das bin ich doch, sagte sie, eine Frau der besonderen Art.

Sie verstand nicht, warum sie auf dem Zagreber Bahnhof nicht auf einem Koffer sitzen dürfe, mit übergeschlagenen Beinen und einer Zigarette in der Hand. Das erste Missverständnis gab es, noch bevor wir überhaupt im Zug saßen. Weitere folgten schon wenige Tage später, als ich mich in der Kaserne in Vranje meldete und wir beide total gerädert und zerknautscht von der langen Reise und den Zügen, die wohl nicht ihrer Vorstellung von einer romantischen Reise in den Süden entsprachen, in eine kleine Wohnung am Rand einer Zigeunersiedlung zogen. In Vranje wohnen auf der einen Seite der Stadt die serbischen Bürger, jenseits des ziemlich verschmutzten kleinen Flusses, in den die Abwässer der Stadt geleitet werden, erstreckt sich oberhalb des einstigen türkischen Bades zu beiden Seiten der Straße, die einen leichten Hang hinaufführt, eine große Zigeunersiedlung, die Cigan-Mahala. Für die Bewohner von Vranje ist das Flüsschen unterhalb des türkischen Bades eine unsichtbare Grenze, die außer von Gendarmen und Schiebern von niemandem überschritten wird. Die Zigeuner gehen auf die serbische Seite, um irgendwelche Arbeiten zu verrichten, meistens als Musikanten. Und Veronika, der natürlich nicht in den Sinn kam, allein zu Hause zu bleiben, kam auch nicht in den Sinn, die Grenze des verbotenen Gebiets nicht zu überschreiten, obwohl sie von der Grenzlinie wusste. Schon am zweiten oder dritten Tag machte sie sich mitten am helllichten Vormittag direkt in die Zigeunersiedlung auf. Sie kam nicht weit. Zuerst versammelte sich eine Schar kreischender Kinder um sie, dann die Frauen, die ihre damenhafte Kleidung zu betasten begannen, schließlich tauchten ein paar grinsende Männer auf, die ihr vorschlugen, mit ihnen in ein nahe gelegenes Haus zu gehen. Einer von ihnen fasste sie am Arm und versuchte sie mitzuzerren. Zum Glück tauchten zwei Gendarmen auf und brachten sie unter Geschubse und Geschrei der Bewohner des Viertels sicher zurück zu unserer Wohnung. Mit der ernsten Warnung, die Behörden würden keine Verantwortung übernehmen, sollte ihr etwas zustoßen. Und mit der Bitte an mich, ich solle dafür sorgen, dass sich ein ähnlicher Vorfall nicht wiederhole.

An diesem Abend hatten wir unseren ersten Streit. Ich sagte, ich verböte ihr aufs Strengste, jemals wieder das Gebiet jenseits des türkischen Bades zu betreten. Hier sei nicht Ljubljana, auch nicht Belgrad. Obwohl sie noch immer von der Menge der Gesichter und Hände, in der sie sich unversehens wiedergefunden hatte, ganz aufgewühlt war, blickte sie mich wütend an. Aufs Strengste verbietest du es mir? In welchem Ton sprichst du denn? Ich sagte, es gehe nicht anders, ich spräche von ihrer Sicherheit. Du, zischte sie, wie bei unserer ersten Begegnung, du hast immer gedacht, ich bin einer von deinen Rekruten. Am nächsten Morgen war sie ruhiger. Es schien, als hätte sie verstanden. Sie war in eine Welt gekommen, in der andere Regeln galten als auf der Laibacher Promenade.

Danach vergingen einige Wochen in vollkommener Harmonie. Natürlich war es nicht so wie in Ljubljana, aber Veronika gab sich Mühe, sich anzupassen. Wir wanderten durch das Herbstlaub an der ruhig dahinfließenden Morava südlich der Stadt. Sie lernte das Lied *Oj Moravo* und sang es halblaut vor sich hin, es ist schön, sagte sie, es ist schön, noch schöner wäre es, wenn wir hier reiten könnten. Vom ersten Tag an bemühte ich mich, uns die beiden Pferde nachschicken zu lassen. Aber von dieser Kaserne aus, die als Strafkolonie galt, war das nicht so einfach. Hierher wurden Offiziere versetzt, die ernste Disziplinarvergehen hinter sich hatten, einige sogar kürzere Gefängnisstrafen. Nach zahlreichen Anträgen gelang es mir, dass Vranac zusammen mit der nötigen Futterration überstellt wurde. Für Lord gab es keinerlei Hoffnung. Dass ihr Mann seiner davongelaufenen Frau auch noch ihren englischen Vollbluthackney nachsenden würde, das war nun wirklich nicht zu erwarten. Aber Vranac, über den ich mich unheimlich freute, aus den Militärstallungen herauszubringen, war nicht möglich, die Verwendung von Pferden zu zivilen Zwecken wäre in dieser Strafkolonie ein schreckliches Vergehen gewesen.

Ich machte sie mit der Frau meines Freundes Čedo bekannt, eines Hauptmanns der Artillerie, und alle zusammen sangen wir auf einer Hochzeit bis spät in die Nacht hinein *Oj Moravo* … Die Zigeunertrompeter zogen den Kreis um unseren Tisch enger und spielten für uns Lieder aus Vranje, eines hinterließ in Veronikas Seele einen besonderen Eindruck: *Otvori mi belo Lenče, vratanca, vratanca* … so ein schönes Lied, sagte sie … *da ti vidimo, belo Lenče, ustanca, ustanca**, sie lehnte ihren Kopf an meine Schulter und lauschte dem traurigen Lied mit geschlossenen Augen, es ist so traurig, flüsterte sie mir ins Ohr, dass ich am liebsten weinen würde. Čedo und seine Frau baten sie, ein slowenisches Lied zu singen. Sie sagte, sie kenne ein altes Soldatenlied, aus den Zeiten, als die Bauernburschen, um dem österreichischen Kaiser zu dienen, für sieben Jahre von daheim fortmussten. Und sie sang, leise, so leise und so schön, dass man auch an den Nachbartischen zuhörte und es im ganzen Raum still wurde, während sie sang: *Ach Liebste, weine nicht, wenn dir das Herz auch bricht, über sieben lange Jahr, da gibt's ein Wiedersehn.*

Für kurze Zeit sah es so aus, als würde sich Veronika an das neue Leben gewöhnen. Doch es kamen lange Novembernächte und Regentage, auf den Straßen Vranjes musste man über Schlammbäche hüpfen, die aus den umliegenden Bergen heruntergetost kamen. An der Morava, die über die Ufer trat, konnte man nicht spazieren gehen. Veronika las viel, sie bekam Bücher, die ihre Mutter ihr regelmäßig schickte, sie ging in die Bücherei und lernte rasch und mit Freude die kyrillische Schrift. Sie blieb immer häufiger zu Haus. Als ich von einer dreitägigen schlammigen Novemberübung zurückkehrte, sagte sie, ich bin ja wie so eine Koštana. *Koštana* war damals in Serbien ein sehr beliebtes Theaterstück, genau genommen eine Art Singspiel, das von einer Frau erzählt, deren Mann gestorben ist. Nach alter Sitte darf die Witwe nicht mehr außer Haus gehen, und Koštana, eingeschlossen,

---

* Serbisch-mazedonisches Volkslied: „Öffne mir, öffne mir, weiße Lenča (Jelena), das Türlein, das Türlein … lass uns sehen, lass uns sehen, weiße Lenča, deine Lippen, deine Lippen."

allein, träumt im Mondlicht vom einstigen Leben, das es nicht mehr gibt, obwohl sie selbst noch voller Lebensenergie ist, lebendig und tot zugleich. Ihre Geschichte spielt in Vranje, und Veronika, die alles las, was ihr unter die Hände kam, kannte die Geschichte natürlich. Ich bin in diese Wohnung eingesperrt, sagte sie, was für ein Leben ist das? Ich war müde und hatte nicht die Kraft, sie zu trösten, so eines, sagte ich, wie du es wolltest.

Ach so?, sagte sie leise. Das würde Leo sagen, mein Mann.

Er war noch immer ihr Mann. Als sie mit mir weggegangen war, war sie genau genommen geflüchtet, sie hatte gesagt, sie werde sich scheiden lassen und mich heiraten. Nach orthodoxem Ritus. Und ich sagte, wir würden eine richtige serbische Hochzeit feiern, mit Zigeunertrompetern und zweihundert Hochzeitsgästen, mit Liedern und Trinksprüchen, so eine, die drei Tage dauert. Dann vergingen die Tage und plötzlich sprachen wir nicht mehr davon. Nun sagte sie zum ersten Mal, dass Leo noch immer ihr Mann sei. Und dort, wo Leo Zarnik ist, ihr Mann, dort ist das Leben anders.

Ganze Tage verbrachte sie im Haus, denn fast jedes Mal, wenn sie in die Stadt ging, wenn man dieses Städtchen mit den Türkenhäusern und der Cigan-Mahala überhaupt Stadt nennen konnte, kehrte sie schlecht gelaunt zurück. Eines Abends brach es aus ihr heraus: Kann eine Frau denn hier nicht auf die Straße gehen, ohne dass sie von allen Männern angegafft wird? Ich musste daran denken, dass man sie auch auf der Laibacher Promenade angegafft hatte, als sie mit dem Alligator an der Leine spazieren ging, also konnte es nicht so schlimm sein, wenn ein Mann hinter ihr hersah. Ich kann nicht einmal ein Kaffeehaus betreten, ohne dass eine Bemerkung fällt. Ich sagte, es würde vielleicht helfen, wenn sie in Kleidern ginge, die die Knie bedeckten. Außerdem sei es überhaupt besser, wenn sie nur in meiner Begleitung auf die Straße und ins Kaffeehaus ginge. Das ließ sie endgültig aus der Haut fahren: Sind Frauen denn hier Häftlinge? Ich wurde gereizt, ich wusste nicht, wie ich ihr das Leben erleichtern konnte. Ich schrie meine Rekruten an und lud ihnen Strafen auf.

In so einer Verfassung verstrickte ich mich in einen schweren Konflikt mit einem Fähnrich. Es war gegen zwei Uhr, kurz nach dem Mittagessen, als ich durch den düsteren Kasernenkorridor ging, draußen hingen schwere Wolken, die Lichter in den Gängen flackerten. Hinter der Tür zur Intendantur hörte ich Stimmen, ich wusste, dass dort in der Schreibstube „mekana" ausgeschenkt wurde, ein niederprozentiger Schnaps, der einem gern zu Kopf steigt. Ich hörte, wie jemand meinen Namen nannte, ich hörte Lachen, dann sagte jemand deutlich: *Du weißt ja, wie die Kroaten sagen: Steht nach Liebe mir der Sinn, nehm ich mir 'ne Krainerin.* Ich öffnete die Tür und fragte: Wer hat das gesagt? Sie sahen mich verwundert an. Der Fähnrich, der mit der Flasche in der Hand innehielt – er war gerade dabei, eine neue Runde einzuschenken –, sah mich mit rotem Kopf an. Ich, sagte er und lachte.

War nichts Persönliches, Herr Leutnant.

Ich trat zu ihm, schlug ihm die Flasche aus der Hand, die Offiziere sprangen zurück, ich packte ihn am Leibriemen und knallte ihn gegen die Wand. Das ist persönlich, schrie ich, das ist sehr wohl persönlich, ich verlor völlig die Nerven, ich war unglaublich erregt, ich öffnete das Halfter, um den Revolver herauszuziehen, ich wollte ihn ja nicht erschießen, ich weiß selbst nicht, was in mich gefahren war, vielleicht wollte ich ihn erschrecken, aber wegen diesem Öffnen des Halfters fehlte nicht viel, und ich wäre vor dem Kriegsgericht gelandet.

Wegen Verletzung der Dienstvorschriften bekam ich nur eine Disziplinarstrafe: eine Woche Gefängnis. Das kriegte auch der Fähnrich, wegen des Mitbringens von Alkohol in die Kaserne. Und als wir einige Tage danach vor dem Strafantritt gemeinsam unsere Leibriemen und Schnürsenkel abgeben mussten, sagte er, es tue ihm leid. Er habe sich nichts Böses dabei gedacht. Ich dachte, dass es mir leidtat, leid tat es mir um Veronika, die jetzt noch einsamer in dieser Wohnung hocken würde, leid um mich, der ich statt in Ljubljana, wo ich im Begriff gewesen war, Karriere zu machen, in Vranje gelandet war, in diesem Türkennest mit den morastigen Straßen und der Cigan-Mahala, unter diesen Offizieren, die man aus ganz Jugoslawien hierher versetzt hatte, weil sie Faulpelze, Säufer und Versager waren, im Gegensatz zu mir, der ich sozusagen bis gestern alles andere war, der beste Offizier in der Einheit des Majors Ilić. Der Fähnrich schlug mir auf die Schulter: Jetzt ist es aus mit der Karriere, Leutnant. Außer es gibt bald irgendeinen Krieg.

Und der Krieg war im Kommen, nicht „irgendein“ Krieg, sondern der große, der größte und schrecklichste.

An dem Tag, an dem ich meine Strafe abgebüßt hatte, fand ich sie in Tränen. Ich dachte, sie wäre wieder vom „dert“ gepackt, „dert“ ist dieses Wehmutsgefühl aus dem Singspiel über Koštana, die Sehnsucht einer eingesperrten Frau nach dem Leben. Aber das war es nicht. Ich war in der Cigan-Mahala, sagte sie. Ich fragte nicht, was dort vorgefallen sei, ich wurde rasend vor Wut. Rasend wegen des Gefängnisses, aus dem ich gerade gekommen war, wegen des Fähnrichs, der auch dort nicht aufgehört hatte, mich zu verspotten, wegen der verspielten Karriere, weil sie auf dem Zagreber Bahnhof auf dem Koffer gesessen und wie eine „Krainerin“ geraucht hatte, die auf Kunden wartet, weil sie sich auch hier, in Vranje, benahm, als wäre sie auf der Laibacher Promenade, weil mich die Offiziere verspotteten, rasend wegen ihres unzähmbaren Wunsches, jedes Mal genau das zu tun, von dem ihr gesagt worden war, dass es strengstens verboten sei. Mit dem Reitlehrer weglaufen. In die Cigan-Mahala gehen. Ehe ich überhaupt überlegt hatte, klatschte eine Ohrfeige in ihr Gesicht. Ich fragte nicht, warum sie weinte, ich schlug sie, weil ich wieder die Szene mit dem Zigeunerhaufen vor Augen hatte, der sie hin und her zerrte, damit sie endlich begreifen sollte, dass sie einfach nicht alles tun konnte, was ihr in den Kopf schoss. Dass sie sich nicht in Situationen bringen konnte, in denen irgendwelche Männer nach ihr grabschten, die konnten das schlicht nicht anders verstehen, als dass sie sich ihnen anbot.

Lange sah sie mich an. Sie wischte sich die Tränen ab. Ich hätte es ja wissen können, sagte sie eine Weile später völlig ruhig. Dass du ein gewalttätiger Mensch bist. Eine schreckliche Traurigkeit überkam mich. Ich ging hinaus und trank im erstbesten Kaffeehaus mehrere Gläser Schnaps. Ich verstand nicht, was geschehen war. Vor einer Woche war ich über den hochroten Fähnrich hergefallen und hatte ihn gegen die Wand geschmettert, jetzt hatte ich Veronika geschlagen, eine Frau, die weinte, weil ihr mit Sicherheit etwas Schlimmes zugestoßen war. Ich hatte sie nicht einmal gefragt, was passiert war. Ich wusste nicht, woher das alles kam, wenn man Soldat ist, heißt das nicht, dass man ein gewalttätiger Mensch ist. Gewalt ist Teil des Soldatenberufs, aber die Offiziersehre erlaubt einem nicht, einen Schwächeren zu schlagen. Ihr Mann hatte so etwas bestimmt nie getan. Er hätte das mit einem Lächeln auf den Lippen gelöst. Sie mochte keine gewalttätigen Menschen, die schöne Pferde in die Schlacht unter die Bomben, das heißt Granaten treiben. Ein Mensch, der denkt, dass er das tun kann, schlägt auch seine Frau. Er ist ein gewalttätiger Mensch. Ich wusste, dass sie mir diese Ohrfeige niemals verzeihen würde. Als ich nachts zurückkehrte, lag sie auf dem Bett und sah zur Zimmerdecke hinauf. Ich möchte nach Hause, sagte sie.

Ich kniete mich neben das Bett und bat sie, mir zu verzeihen. Das habe ich schon, sagte sie. Ich verstehe, dass es für dich nicht leicht ist mit mir. Ich streichelte ihr Haar, aber sie drehte den Kopf weg. Ich habe Angst vor dir, sagte sie. Sie stütze sich auf die Ellbogen und sah mir in die Augen. Du hast einen düsteren Blick, sagte sie. Ich habe Angst vor Menschen, die so düster blicken.

In jener Nacht erzählte ich ihr, was ich noch niemandem zuvor erzählt hatte. Von einer Kinderseele, die zum ersten Mal der Gewalt begegnet war. Ich war sechs Jahre alt, als mein Vater anspannte und Mutter und mich in der Kalesche zu einem Dorf mitnahm, etwa eine Stunde Fahrt von Valjevo entfernt. Ich verstehe auch jetzt nicht, warum wir ihn damals begleiten mussten. Vielleicht glaubte er, er könne so leichter das Geld von einem Bauern eintreiben. Ich weiß auch nicht, warum wir erst am Abend dort ankamen, vielleicht war ein Rad kaputtgegangen, vielleicht hatten wir uns unterwegs zu lange in einem Gasthaus an der Straße aufgehalten, ich erinnere mich nicht. Mein Vater hatte auch etwas Wein getrunken und war vielleicht deshalb ein bisschen mutiger, in Wirklichkeit war er ein sanfter und freundlicher Mann, er wollte jede Angelegenheit im Guten regeln. Vielleicht hatte er uns gerade deshalb mitgenommen, weil er diese Eintreibung auf friedliche Weise abwickeln wollte, beinahe im familiären Kreis. Wir kamen also vor ein Haus gefahren, wir hielten vor dem Zaun. Es brannte kein Licht. Meine Mutter sagte, gehen wir, es ist niemand zu Hause. Er ist zu Hause, sagte mein Vater. Dann rief er mehrmals den Namen des Mannes. Nichts, kein Licht ging an. Topalović, rief er mit drohender Stimme, von der ich überhaupt nicht wusste, wo er sie hernahm, mein guter Vater, vielleicht kam sie aus dem Wein, den er unterwegs getrunken hatte. Topalović, rief er zum Haus, ich habe mir diesen Namen gemerkt, Topalović, rief er, ich weiß, dass du zu Hause bist, ich bin hier, um das Geld zu holen, das du mir schuldest. Dann hörte ich, dass sich am Zaun etwas bewegte, ein Schatten regte sich, ich hörte einen dumpfen Schlag und als ich aufblickte, sah ich das Gesicht meines Vaters von Blut überströmt. Der Mann, dieser Topalović, war im Dunkeln hinter seinem Rücken angeschlichen gekommen und hatte ihm mit einem Stück Holz mit voller Wucht auf den Kopf geschlagen. Du nicht, schrie der Schatten, du wirst vor meinem Haus kein Geld eintreiben. Nach dem Schlag ergoss sich noch ein Schwall erniedrigender Beschimpfungen über ihn. Meine Mutter weinte, und in meiner Brust war etwas zerrissen, etwas so Schreckliches hatte ich noch nicht erlebt. Der Vater mit dem blutüberströmten Kopf, das Weinen meiner Mutter, sein Ächzen, ja Schluchzen, vielleicht Weinen und seltsame Fragen: Was ist passiert, was ist passiert? Die Pferde gingen durch vor Angst und zogen die Kalesche auf der Dorfstraße irgendwohin in die Nacht. Und wir drei standen da, völlig kraftlos in einem fremden Ort, vor einem dunklen Haus, in dem dieser Schatten verschwunden war. Dann irrten wir durch das dunkle Dorf, um die Kalesche und die Pferde wiederzufinden. Noch lange Jahre danach trat mir dieses Geschehen immer wieder vor Augen, ich wachte auf und wünschte mir, ich wäre stark und könnte meinen Vater vor dieser schrecklichen Gewalt schützen. Ich weiß auch nicht, was mit dem Geld für jene Pferde passiert ist, zu Hause wurde nie mehr darüber gesprochen, ich weiß nur, dass später, schon fast am Morgen, es dämmerte über den Bergen, ein Bauer die Pferde an der Trense hielt und uns dabei zusah, wie wir auf den Wagen stiegen, auf der Rückfahrt hielten wir in jener Nacht immer wieder an, und meine Mutter verband Vaters Kopf mit ihrer weißen Bluse.

Veronika sah an die Zimmerdecke.

Das ist schrecklich, sagte sie nach einer Weile. Dann weinte sie wieder. Mein Ärmster, mein Ärmster, sagte sie. Was du erleben musstest. Und dann gehst du in die Offiziersschule. Vielleicht gerade deshalb. Nicht deshalb, sagte ich, ich könnte so etwas niemandem antun. Bei uns will jeder junge Mann in die Offiziersschule, das hat mit dem Vorfall nichts zu tun. Vielleicht gerade deshalb, wiederholte sie, versprich mir, sagte sie, versprich, dass du niemandem etwas so Schreckliches antun wirst. Das konnte ich nicht versprechen, ich hatte schon gesagt, dass ich es nicht tun würde, ich konnte mir nicht vorstellen, dass ich jemandem so etwas wirklich antun würde. Außer einem Menschen, diesem Topalović, dessen Gesicht ich nie gesehen und von dem ich nie mehr gehört habe, ihm hätte ich das antun können.

Und ich habe es getan. Schlimmeres noch, bevor ich in Palmanova gelandet bin. Nicht nur Menschen, auch mein Pferd habe ich erschossen, Vranac, den sie so geliebt hat. Aber das war der Krieg, der Krieg, der Krieg, aus dem ich mit einer einzigen Verwundung herausgekommen bin, mit einem Zahn weniger, ich habe unvorstellbares Glück gehabt.

Davor, noch bevor wir hier gestrandet sind, in Palmanova, haben wir uns den ganzen Winter und das Frühjahr fünfundvierzig auf den Hochplateaus von Slowenien mit Titos neuntem Korpus Hetzjagden geliefert, einmal haben wir sie, dann haben sie uns gejagt. Ich hatte Glück, all die Jahre. Das ist nichts, eine kleine, unbedeutende Wunde. Mein Gott, was für Wunden ich gesehen habe. Tote Menschen, grüne Leichen in bosnischen Dörfern, die niemand die Zeit hatte zu begraben. Ja, auch tote Pferde, meine liebe Veronika, die wir zum Angriff getrieben haben unter dem Sperrfeuer der Granatwerfer der Partisanen, keine Bomben, Veronika, Artilleriegranaten, die die Pferdebäuche zerfleischten und den Reitern die Beine wegrissen. Denen ich das Reiten beigebracht hatte, den Karabiner im Galopp abzunehmen, durchzuladen, zu schießen, mit dem Säbel zuzuschlagen, was für Wahnsinnige waren wir, wir ritten direkt auf die Maschinengewehrnester zu und sangen: *Vorwärts, ihr Tschetnik-Brüder, gewaltig wird jetzt unser Kampf,* Nonsens ist ein sehr milder Ausdruck, Veronika, Wahnsinn ist das richtige Wort, wir waren wahnsinnig geworden. Und verroht. Sie und wir. Verwundete und Gefangene hatten keine Chance zu überleben. Weder unsere noch ihre. *Wir erschlagen und erstechen, wer nicht mit uns reitet,* auch das haben wir gesungen. Das heißt so viel wie: *Ich habe ihn abgestochen wie ein Schwein.* So hatte ein gefangener Partisan gesagt, als wir ihn fragten, was mit Hauptmann Vukmirica passiert sei, der ihnen vor Tagen in die Hände gefallen war. Mit Vukmirica?, fragte er, mit dem Tschetnik? Er sah uns erschrocken an, er war ein junger Bauernbursche, er wusste, er würde nicht am Leben bleiben, aus unseren Händen kam keiner lebend davon, *ich habe ihn abgestochen wie ein Schwein,* sagte er, obwohl die Angst in seinen Augen zu sehen war, nur das sagte er, bevor ihm ein ebenso junger Kerl aus der Šumadina aus meiner Einheit mit einer Garbe aus seiner Schmeisser den Bauch durchsiebte.

Alles das und vieles mehr haben meine Augen gesehen, die nun im Spiegel dieses stoppelige Gesicht und die grauen Haare am Kopf betrachten. Die grauen Haare an den Schläfen sind vom Krieg. Vielleicht sind sie an jenem Tag gekommen, als ich Vranac erschießen musste. Beide Vorderbeine waren gebrochen, er sah mich an wie ein Mensch, du weißt ja, manchmal können Pferde einen so ansehen, als würden sie alles verstehen. Ich weiß genau, wo es passiert ist. Bei vielen Kameraden könnte ich nicht sagen, wo sie gefallen und gestorben sind, bei Vranac könnte ich den Hof zeigen, wo sein militärischer Weg und die Jahre seines Lebens mit mir zu Ende gegangen sind. Im Dorf Udbina in der Lika, vielleicht kommen wir wirklich einmal wieder zurück und dann gehe ich eines Tages dorthin und werde mich noch einmal erinnern, was geschehen ist. Jetzt versuche ich zu vergessen, obwohl mir jede Nacht der Kopf dröhnt von den Schüssen, Befehlen, Maschinengewehrgarben, vom Fliehen, von den Explosionen, den Schreien, dem Verstecken, vom Weinen der Frauen und vom Greinen der Kinder, vom Traben der Pferdehufe, von brennenden Balken, die samt den Dächern in die Häuser stürzen. Aber Vranac werde ich nicht vergessen, ich glaube, dass du dich oft an ihn erinnerst, Veronika. Ich fand einen anderen schwarzen Hengst, auch ihm gab ich den Namen Vranac, dort auf der Koppel läuft er jetzt frei mit anderen Offizierspferden. Das wolltest du doch, oder? Dass die Pferde nicht in den Ställen stehen, sondern frei herumlaufen. Er ist jung und ungestüm, aber auch schreckhaft, auch er hat mehr erlebt, als andere Pferde in ihrem ganzen Leben erleben, obwohl sie kaiserliche Kutschen ziehen oder im Trab vor dem Publikum paradieren, das um die Manege versammelt ist. Gestern Abend hörte ich ihn, wie er aufwieherte, ich dachte, er hätte dich erkannt, aber wie sollte er? Der, der dich erkannt hätte, hat gezittert und ist in einem Bauernhof in der Lika liegen geblieben. Ich habe deshalb daran denken müssen, weil ich noch immer so oft an dich denke, Veronika. Seit du von mir gegangen bist, vergeht kein Tag, an dem ich nicht an dich denke, wenn nicht eher, dann wenn die Nacht einfällt, in den bosnischen Bergen oder in einem Bauernhaus in der Lika, am kalten Isonzo oder hier im Gefangenenlager, in Palmanova. Die Pferde kennen die Gedanken ihrer Reiter, ich will nicht sagen Herren, Reiter, die so oft ein Teil ihres Körpers sind. Oder er ist aufgewacht, weil ich aufgewacht bin, als ich dich so lebendig vor mir sah, so lebendig zwischen den Stockbetten der Offiziersbaracke direkt auf mich zukommen.

Wir blieben nicht lange in Vranje, obwohl es ihr wie eine ganze Ewigkeit vorgekommen sein muss. Im Frühjahr achtunddreißig wurde ich nach Maribor versetzt. Ich ahnte, dass bei diesem Befehl die sanften Hände des Dandys im weißen Anzug im Spiel gewesen waren. Hände, die Geld zählen und es in einem Kuvert im Café Union oder in unserem Kastaniengarten Major Ilić über den Tisch zuschieben. Vielleicht hatte auch Veronika schon nach jener unglücklichen Ohrfeige Verbindung zu ihrem Mann aufgenommen. Ich weiß nicht, was passiert ist. Die unverhoffte neuerliche Versetzung war jedenfalls ungewöhnlich. Ich war kein zuverlässiger Offizier mehr, den man aus der Strafkolonie Vranje einfach so an die österreichische Grenze versetzt, auch wenn die Drau-Division immer mehr Soldaten benötigte.

Was immer im Hintergrund abgelaufen sein mochte, Ende Winter achtunddreißig fanden wir beide uns in Maribor wieder, ich hatte eine Wohnung in der Stadt bekommen und in der Kavalleriekaserne meine eigene Schwadron. Der Schnee schmolz, es roch nach Frühling und Veronika blühte wieder auf. Sie war unter ihren Leuten, sie ging auf die Promenade im wunderschönen Stadtpark. Im Pferdeklub in Kamnica ritt sie gemeinsam mit den Marburger Damen. Sie erzählte von Vranje und von den langsamen, verträumten Liedern, die sie dort gelernt hätte, von der Morava, vom Kurort Vranjska Banja, von Zigeunertrompetern und Hochzeitsfesten, beim Tee unterhielt sie die versammelte Gesellschaft mit Erzählungen von der orthodoxen Sitte, den Toten ihr Lieblingsessen ans Grab zu bringen. Und dass nachts die Zigeuner kämen und dort Festmahle feierten. Hinter ihr lag ein fröhliches und aufregendes Abenteuer, sogar mein Zusammenstoß mit dem Fähnrich bekam die Form einer Ritterlegende, mein Stevo, pflegte sie zu sagen, er ist ein Ritter und ein Kavalier. Die Ohrfeige verschwieg sie. Die versammelte Gesellschaft brachte sie mit dem Spruch zum Lachen: Die Kavallerie spuckt auf die Infanterie hinunter. Eines Tages hörte ich aus der Küche, wie sie im Wohnzimmer einer Dame, die zu Besuch gekommen war, erzählte, wie erschüttert sie gewesen sei, als sie einmal ins Zigeunerviertel ging und sah, dass dort Lämmer geschlachtet werden. Ich horchte auf. Das war damals gewesen, als wir uns so heftig gestritten hatten. Direkt an der Straße, erzählte sie, einfach so, das Blut aus den durchgeschnittenen Hälsen der zitternden Tiere lief gleich in den Graben neben den Häusern. Noch heute, sagte sie, wenn ich die Augen schließe, habe ich diese schreckliche Szene vor Augen. Mir hatte sie weder damals in Vranje noch jemals später erzählt, was an jenem Tag passiert war, als ich aus dem Gefängnis gekommen war und sie schlug, weil sie wieder in der Cigan-Mahala umhergelaufen war. Offenbar war ich dessen nicht wert gewesen. Ich war erbarmenswert wegen eines Vorfalls in meiner Kindheit, ich war ein Ritter, weil ich um ihre Ehre gekämpft hatte, ich war in Maribor ihr Begleiter auf einem Ball, den man *Eine Nacht an der Adria* genannt hatte, aber das war alles, zwischen uns war in diesem unglücklichen Vranje etwas zerbrochen. Dort war sie wie in einem Käfig eingesperrt gewesen, ich wusste, dass sie sich so gefühlt hatte, vielleicht hatte sie einer Freundin davon auch erzählt. So wie es sicher auch anderswo zerbrochen wäre. In Maribor ging es nur noch bergab, mit ziemlicher Geschwindigkeit. Außerdem waren wir immer weniger Zeit zusammen. Die Manöver der Drau-Division fanden immer öfter statt, ein paar Kilometer weiter war die Grenze und dahinter lag das unruhige Österreich, in dem die einheimischen Nazis bereits offen marschierten, große Ereignisse kamen näher, überall war das zu spüren. Unsere Kavallerie-Schwadron bekam Tanketten, kleine Kampffahrzeuge der Marke Škoda, die schrittweise die Kavallerie ersetzen sollten. Das schien mir völliger Irrsinn, aber mir blieb nichts anderes übrig, als mich darin unterrichten zu lassen und in diesem schwerfälligen, knatternden und stinkenden Fahrzeug zu fahren, statt auf einem Pferd zu reiten. Vranac, der immer mehr meine einzige Freude war, stand einsam im Stall.

Veronika bekam bald nach unserer Ankunft Besuch von ihrer Mutter. Frau Josipina. In nur wenigen Tagen gestalteten die beiden die

Wohnung völlig um, sodass sie wieder Ähnlichkeit mit etwas bekam, in dem Veronika schon einmal gelebt hatte. Dann erzählte Mutter Josipina bei Tee und Gebäck von ihrer Jugend in Rijeka. Damals habe sie helles Haar gehabt, weshalb man sie „Bionda" genannt habe. Und ihr Mann, Veronikas Vater, habe Peter geheißen, so wie unser junger König, wie wir schon gehört hatten, sie hätten ein schönes Haus gehabt mit Blick aufs Meer, auf die Insel Cres in der Ferne und mit einem Garten vor dem Haus, Peter habe ein Boot gekauft, im Kaffeehaus hätten sie beide getanzt. Auch das hatten wir schon mehrmals gehört. Wir bekamen ein Dienstmädchen, das den ganzen Tag in der Wohnung umherlief und jedes Staubkorn wegmachte, nur meine schmutzigen Stiefel rührte sie nicht an. Wahrscheinlich ekelte sie sich davor, besonders dann, wenn ich von zehntägigen Manövern zurückkam und sie Tag und Nacht an den Füßen ihres Besitzers gesteckt hatten, auch während des Schlafens. In der renovierten Wohnung gab es immer mehr Leute, es kamen Damen, ihre Reitfreundinnen, und mit ihnen bald auch die dazugehörigen Herren. Unter ihnen fühlte ich mich immer weniger wohl, so manchen Abend bog ich auf dem Nachhauseweg aus der Kaserne lieber zum Abendessen in ein Gasthaus ab.

Eines Abends aß ich etwas in einer Gastwirtschaft in der König-Aleksandar-Straße. Am Nachbartisch war eine laute Männerrunde versammelt, irgendwelche Kaufleute, die im Hotel abgestiegen waren, und ihre Marburger Partner, einer der Fremden war ein Tscheche, der Maschinen verkaufte, ein anderer ein Handlungsreisender, der eine Laborausstattung anbot. Der war angeblich, wenn ich es richtig verstanden hatte, auf dem Weg nach Triest und wartete hier auf die Ankunft seines Mitarbeiters aus Prag, sein Name war, ich weiß nicht, warum ich mir das gemerkt hatte, Erdmann. Der Lauteste von ihnen war jedoch ein Kaufmann, ein Kroate, der eine dicke Goldkette trug, der zog einfach so, ohne jeden Anlass, über mich her. Ich wusste, dass er von mir sprach, obwohl er mich nicht einmal ansah. Für diese Serben, sagte er, ist die ganze Welt eine Kavalleriekaserne. Eine stinkende Kavalleriekaserne. Ich ignorierte ihn, obwohl in meinem Innersten alles tobte. Schon damals hätte ich wissen können, dass am Ende wir Serben an allem schuld sein würden. Und unter den Serben die Kavallerie, die jetzt durch Tanketten der Marke Škoda ersetzt wurde.

Und in der Kavallerie ich, der ich auf einmal keine eigene Offizierswohnung mehr hatte, sondern Spitzenvorhänge, wo Mutter Josipina und ihre nichtstuerische Tochter herrschten, ihre vergnügten Gäste und ein Dienstmädchen, das sich vor Offiziersstiefeln ekelt.

Jetzt war es nur noch eine Frage der Zeit, wann nach der Mutter der Dandy auftauchen würde, von dem die hochverehrte Dame sogar schon in meiner Gegenwart mit Liebe und Bewunderung sprach. Von seinen Geschäften, von seinen Automobilen. Frau Mama erzählte der Frau Tochter einfach so in meinem Beisein voller Begeisterung, dass Leo irgendwo in Oberkrain eine Burg erworben habe, genau genommen einen Gutshof, ein altes und großes Anwesen mit Park und einem kleinen See, mit einem Jagdrevier und Pferdestallungen. Podgorsko, so heiße es, das ganze Besitztum heiße Podgorsko, denn zum Gutshof gehöre auch ein umfangreicher Besitz, Wälder, Felder, Stallungen, es liege am Strmi vrh, am Schroffenstein, der aber gar nicht schroff sei, ein grüner Hang erhebe sich über dem Anwesen, von den Fenstern aus schweife der Blick über die Ebene, nach Gorenja vas und zu anderen Dörfern, von wo die Leute kämen, die alles zusammen versorgten. Schön sei es dort, Frau Mama Josipina sei dort gewesen, sie sei durch den grünen Park spaziert, es habe nach der Frische des kühlen Frühlingsmorgens geduftet. Leo, Veronikas Mann, das sagte sie mehrmals, ohne mich anzusehen, Leo, dein Mann, ist dort schon mehr als in Ljubljana, er ist noch immer allein, bekommt aber oft Besuch von Künstlern aus Ljubljana, er kauft ihre Bilder, er unterstützt sie, der Pianist Vito, Veronika erinnere sich ja noch an ihn, veranstalte manchmal sogar ein Konzert. Veronika war ungewöhnlich neugierig, sie stellte eine ganze Reihe von Fragen über diesen Familienerwerb, wie sind die Zimmer, wo ist die Küche und wie ist die Aussicht von den Schlafzimmern aus. Ist es möglich, dort in der Gegend zu reiten? Er war erschienen, der mächtige Leo Zarnik, ohne sich zu zeigen. Er wurde immer präsenter. Wie er genau genommen schon immer präsent gewesen war, jeden Tag, auch in Vranje, wo er endgültig wieder in unser Leben getreten war, als jene unglückselige Ohrfeige fiel. Jetzt kam er in den Geschichten ihrer Mutter, Frau Josipina, daher. Frau Josipina ging, doch er blieb, unsichtbar, hier unter uns. Aber auch die Mutter kam schon nach wenigen Tagen zurück und blieb immer länger.

Bei den Frühlingsmanövern fuhr ich in einer Tankette und watete durch Schlamm.

Sie ging eines sonnigen Wintermorgens, ich erinnere mich genau, damals war die Stadt von einem schrecklichen Verbrechen erschüttert worden, das sich auf dem Bacherngebirge ereignet hatte. Alle sprachen von dem unglücklichen Paar, das wohl mit Rucksäcken über einen noch immer verschneiten Waldweg zu einem Ausflug aufsteigen wollte, als Unbekannte ihnen dort den Weg abschnitten und sie bestialisch ermordeten und wohl auch ausraubten. Auch in der Vojvoda-Mišić-Kaserne wurde davon gesprochen. Wer hätte das gedacht, sagte jemand, diese friedliebenden Slowenen – dass sie zu so etwas fähig sind! Mich hatte das nicht sonderlich betroffen gemacht, überall gibt es gewalttätige und verbrecherische Menschen, warum sollte es gerade in Maribor keine geben? Als ich am späten Nachmittag nach Hause kam, öffnete mir das Dienstmädchen die Tür. Sie war bleich, und zuerst dachte ich, dass auch sie die Geschichte von dem Verbrechen am Bachern erschreckt hatte. Doch sie sagte, die gnädige Frau sei gegangen, sie habe einen Brief für mich dagelassen. Ich wusste sofort, was geschehen war, vielleicht hatte ich das schon lange erwartet. Das Dienstmädchen sah mir zu, als ich den Brief öffnete, und sagte, sie könne bleiben, sollte ich sie brauchen. Ich sagte, dass ich sie nicht bräuchte. Sie könne sofort gehen, die Stiefel würde ich mir schon selber putzen. Wie bisher auch. Ich brauchte niemanden mehr.

Veronika teilte mir mit, dass sie zu Leo zurückgekehrt sei. Sie liebe mich noch immer, es täte ihr nicht alles leid, was wir erlebt und gemeinsam verlebt hätten. Aber ich, Stevo, würde doch wohl sehen, wie wir uns in letzter Zeit entfremdet hätten. Ich fühlte mich wie der Alligator, den sie ausgestopft hatten. Dabei hatte ich nicht einmal ihren Mann gebissen.

Ihren letzten Brief erhielt ich im Frühjahr achtunddreißig, nun haben wir Frühsommer fünfundvierzig. Kaum sieben Jahre sind vergangen, seit sie gegangen ist. Für mich ist es, als sei es gestern gewesen. Ich erinnere mich an die leere Wohnung in Maribor, ich werde sie nie vergessen. Die Möbel waren noch dort, sie hatte nichts mitgenommen außer ihren Kleidern und etwas Kleinkram, aber sie war leer, weil sie nicht mehr da war, sie war nicht mehr da, ihr Lachen, ihr leiser Gang, nichts, im Bad tropfte das Wasser aus der Dusche, sie hatte am Morgen geduscht und war gegangen. Auch diese Tropfen werde ich nie vergessen, ich höre sie noch jetzt, *plonk, plonk,* sie schlugen gegen die Porzellanwanne, wie Sekunden, wie Minuten, wie die Zeit, die in der Stille verrann. Als ob dort etwas stehen geblieben wäre und anders herum zu laufen begonnen hätte, ich erinnere mich genau, obwohl in diesen sieben Jahren mehr geschehen ist als in meinem ganzen Leben davor. Sie gibt es nicht mehr. Jugoslawien gibt es nicht mehr. Die königliche Armee gibt es nicht mehr, denn diese gefangenen Tachinierer zwischen den Baracken in Palmanova kann man wohl nicht als königliche Armee bezeichnen. Doch ich bin noch immer da, wenn ich überhaupt noch ich bin.

Die Zeit, die ich zwischen ihrem Weggang und dem Beginn des Krieges verlebte, gähnt in meiner Erinnerung wie eine leere bodenlose Höhle. Ich wollte werden, was ich war, bevor ich ihr begegnet war: ein guter Offizier. Aber in mir gab es keine Begeisterung mehr. Ich erledigte meine Arbeit, schrie die Rekruten an, gähnte während der Nachtdienste, schenkte mir manchmal mit anderen Offizieren in der Schreibstube Sliwowitz ein und kippte ihn gläserweise hinunter und kehrte am Morgen in die leere Wohnung zurück. Wieder kamen Briefe aus Valjevo. Jelica teilte mir mit, dass sie noch immer auf mich warte. Ich machte mich auf den Weg, lungerte dort drei Tage herum, schlief mit Jelica, mitten in der Nacht weinte sie, sie sagte, sie kenne mich nicht wieder, was mit mir geschehen sei? Ich kehrte in eine noch leerere Wohnung zurück, ich schrieb ihr, sie solle zu mir ziehen, sie konnte sich nicht entschließen. So verging diese leere Zeit. Zu mir ist dann nicht Jelica gezogen, sondern Čedo, den sie ebenso aus Vranje an die Nordgrenze versetzt hatten, wir frühstückten zusammen und aßen gemeinsam zu Abend, er bürstete und wichste die Stiefel, auch meine, er räumte die leeren Flaschen weg, Gespräche über Veronika mieden wir. In den ersten Wochen nach ihrem Weggang rief sie mich ein paar Mal an, wie ich lebe. Gut, was hätte ich anderes sagen sollen. Zum Schluss sagte sie, sie ziehe aufs Land, in jene Burg, von der ihre Mutter erzählt habe. Soll mir auch recht sein. Danach herrschte langes Schweigen. Ich hielt es nicht mehr aus, ich schrieb ihr mehrere Briefe, Antwort kam keine. Dann wurde das Schweigen immer länger, es versank in einer leeren bodenlosen Höhle, in einer Stille, die vom Trommeln der Haubitzen auf dem Übungsgelände in Slunj unterbrochen wurde, wohin wir zu Manövern fuhren, vom Gekicher von Čedos Freundinnen, die er aus der nächtlichen Stadt mitschleppte, vom Singen und Marschieren auf dem Kasernenhof, *es marschierte, es marschierte.*

Ein paar Tage vor dem Überfall auf Jugoslawien im April traf ich Major Ilić. Er saß in einem Automobil vor dem Materiallager. Er war mit seiner Einheit in Richtung Dravograd unterwegs. In Maribor wurden sie mit Munition und Essensvorräten versorgt. Er sagte, er freue sich, mich zu sehen. Damals habe er sich allerdings nicht gefreut, als er mich habe nach Vranje schicken müssen, aber ich müsse verstehen, dass es anders nicht möglich gewesen sei. Ich antwortete, dass ich verstünde, aber in Wahrheit war es mir völlig egal, ob es ihm leidtat oder nicht, jetzt war so oder so alles wieder, wie es einmal gewesen war. Es gab keine Veronika mehr, kein Vranje, nur noch die Kaserne und Major Ilić, der irgendwohin unterwegs war, um zu siegen und Oberst zu werden. Neu war nur, dass ein Krieg vor dem Ausbruch war, auf den wir alle schon lange gewartet hatten. Du warst ein guter Offizier, sagte Ilić, jetzt wirst du bald die Gelegenheit bekommen, das zu zeigen. Er wollte gehen, da fiel ihm noch etwas ein.

Ja, sagte er, mein Freund Zarnik hat mich auf seine Burg eingeladen. Dort haben seine Frau und er noch einmal geheiratet. Ilić lachte laut auf. Man hat die beiden mit einer Kette zusammengebunden, damit sie nie mehr auseinander können.

Ein guter Scherz, nicht wahr?, sagte er.

Und fuhr ab Richtung Dravograd, wo er einige Tage später seine Einheit allen militärischen Regeln entsprechend dem Hauptmann einer motorisierten Division der Deutschen übergab.

Und ich saß mit meinen Tanketten fest, wo ich war. Mit dem Gedanken an Veronika, die nun in einer Burg lebte, wieder glücklich verheiratet, zum zweiten Mal mit demselben Mann. Ich verfluchte den Idioten, der sich die Tanketten ausgedacht hatte, die die Kavallerie ersetzen sollten, diese lächerlichen Maschinen, für die es keinen Brennstoff gab. Es gab keinen Brennstoff, um in Richtung Šentilj zum Gegenangriff überzugehen, just in diesem Augenblick war er ausgegangen. Zum Glück waren da noch die Pferde. Mit dem Rest der Schwadron, mit jenem Teil der Mannschaft, der inmitten des allgemeinen Verrats und der Feigheit nicht in alle Richtungen davongelaufen war, ritt ich zusammen mit Čedo durch Slawonien, wo die kroatischen Bauern am Straßenrand standen und uns anspuckten. Es spuckte nicht die Kavallerie auf die Infanterie hinunter. Die Bauern spuckten auf uns und fuchtelten drohend mit den Heugabeln, sodass die Pferde unter uns häufig durchgingen. Und wenn der Abend kam, mussten wir, die Kavallerie der berühmten königlichen Armee, die slawonischen Bauern bitten, unseren Pferden Hafer zu geben und uns etwas zu essen. Wenn die Bitten nichts halfen, dann halfen die Gewehre in den Händen.

Wir erfuhren, dass in Bosnien der Widerstand dabei war, sich zu formieren, auf einmal schien mir, als hätte das Leben wieder einen Sinn. Čedo und ich schworen uns, uns bis zum Ende zu schlagen, gegen die Deutschen, gegen die Italiener, die Ungarn, gegen alle, für König und Vaterland. In einem Bauernhaus schmetterten wir Gläser gegen die Wand, vor Verzweiflung, weil die ruhmreiche Armee am Ende war, und vor Freude, weil etwas Neues begann. Wir sangen und schossen im Hof in die Luft. Es stank nach Sliwowitz und nach Tod. Es war ein Nonsens, dieser Schwur, Nonsens, hätte Veronika gesagt, die bei unserer ersten Begegnung gelacht hatte, damals, als ich ihr erzählte, warum wir in die Schlacht ritten, Nonsens, dass wir gegen alle kämpften, die über uns hergefallen waren, und dazu noch gegen jene, die uns verraten hatten. Doch dann kämpften wir wirklich, wir töteten, es stank nach Angst und Tod, wir kämpften weiter gegen die Deutschen, gemeinsam mit den Kommunisten. Dann fielen uns die Kommunisten in den Rücken, und plötzlich wurden wir zu Verbündeten der Deutschen. Das war etwas Unfassbares für uns, die Erben der ruhmreichen Saloniki-Kämpfer, unsere Feinde, ihre Offiziere, spazierten in unserem Hauptquartier ein und aus, wir koordinierten Angriffe gegen die immer zahlreicher werdenden Kommunisten. In Bosnien kämpften wir aber auch gegen die Ustascha, obwohl sie die wahren Deutschenknechte waren, nicht wir, wir hatten mit ihnen lediglich die Einsätze koordiniert. Und Čedo und ich waren die ganze Zeit zusammen, zuerst gegen die Deutschen, dann gegen die Ustascha. Zum Schluss und bis zum Ende des Krieges gegen die Kommunisten. Nach Bosnien, nach der Lika, in den slowenischen Bergen.

Als er kurz vor Kriegsende in den Bauch getroffen wurde und beim Sturz auch noch mit dem Kopf gegen einen Stein schlug, hielt ich ihn in meinen Armen, zwischen seinen brabbelnden Lippen quoll Schaum hervor, wie bei einem Pferd nach einem langen Ritt. Ich erinnerte mich, wie wir in Vranje gesungen hatten, *Oj Moravo,* Veronika hatte ihren Kopf an meine Schulter gelehnt und mit geschlossenen Augen zugehört. Dann hatte auch sie auf Čedos Zureden hin gesungen, *über sieben lange Jahr, da gibt's ein Wiedersehn.*

Und wir haben uns wiedergesehen. Heute Nacht, als sie ganz lebendig den Gang zwischen den Stockbetten in der Offiziersbaracke herunterkam und neben mir stehen blieb. Was ist, Stevo?, sagte sie, kannst du nicht schlafen? Ich wollte sagen: Ich dachte, du lebst in Oberkrain, am Fuß eines grünen Hanges, unten ist eine Ebene mit weiten Feldern, das wollte ich sagen, und dort reitest du nun? Da war sie aber schon am Weggehen, da war sie schon nicht mehr da. Natürlich war es das, was ich zu ihr sagen wollte, weil ich wusste, dass sie in der Burg lebt, in ihrem goldenen Käfig: ob sie nicht einmal zu mir gesagt habe, sie sei bestimmt nicht frei. Und nun war sie freiwillig mit einer Kette an einen Menschen gebunden, den sie womöglich nicht mehr liebte als mich, mit dem sie aber dennoch lieber zusammenlebte. In dieser Nacht war sie trotzdem zu mir gekommen, in dieser Nacht habe ich sie gesehen, sie ist von selber gekommen, Veronika.

Vor ein paar Tagen brachten Kuriere die Meldung, dass er in Ljubljana eine Rede gehalten habe, dieser österreichische Gefreite, den sie nun für einen Marschall halten. Er habe auf die versammelte Menge eingebrüllt, dass die Verräter unsere schönen Berge nicht mehr zu sehen kriegten. Das sollen wir sein, die königlichen Soldaten, die treu geblieben sind. Und nicht sie, die uns im Herbst einundvierzig ihre Gewehre in den Rücken gehalten haben. Die Welt ist auf den Kopf gestellt. Sie ist zerschlagen, wie dieser Spiegel, in dem ich die Stücke meines Gesichts betrachte, die zerbrochenen Stücke meines Lebens. Trotzdem werde ich mich rasieren. Ich werde den Leibriemen festzurren, die Uniform in Ordnung bringen und zum Appellplatz gehen, wohin die Trompete ruft, alle sind schon versammelt. Und am Leben. Am Nachmittag werde ich reiten, damit Vranac nicht faul wird. Vielleicht schreibe ich Jelica einen Brief.

2

Wäre sie mit Stevo zusammengeblieben, sagte ich zu Peter, würde unsere Tochter heute noch immer in dieser Wohnung in Maribor sein. In der Wohnung des serbischen Offiziers, der seine schmutzigen Stiefel immer im Flur stehen ließ. Vielleicht wäre sie aber auch da unten in Südserbien und züchtete Hühner. Aber ich wüsste wenigstens, wo sie ist. Und würde nicht jede Nacht mit dem Gedanken aufwachen, dass gerade ich mitgeholfen habe, sie zu überreden, zu Leo zurückzukehren. Und in seine Burg zu ziehen, in die er beinahe so verliebt war wie in meine Veronika. Und ich bin mit ihr mitgezogen. Und von dort ist im Jahre vierundvierzig unsere Veronika verschwunden, einige Tage nach Neujahr, seit damals haben wir nichts mehr von ihr gehört. Du hast dir nichts vorzuwerfen, sagte Peter. Er dachte nach, wie immer, schwieg eine Zeitlang, dann sagte er: Du hast dir nichts vorzuwerfen. Natürlich nicht, ich muss mir nichts vorwerfen, warum soll ich es mir vorwerfen, wenn ich es nicht ertragen konnte, dass sie in einer Soldatenunterkunft lebt und Hühner züchtet? Sie, die Papageien liebte und Pferde und Alligatoren. Sie, die in Berlin studiert hat und Beethoven liebte. Es war mir weh ums Herz, als ich sah, wie sie lebte, und auch wenn sie so ein Leben ertragen konnte, ich konnte es nicht. Aber in der Nacht ist immer wieder der hinterhältige Gedanke zu mir in meine leere Wohnung in der Laibacher Vorstadt gekommen: Wenn sie mit diesem Offizier zusammengeblieben wäre … Ich machte Licht und suchte Peters Bild. Jetzt rede ich schon jede Nacht mit ihm, er ist der Einzige, der mich zu beruhigen versteht.

Heute war Filip bei mir, Leos Bruder. Er wollte wissen, ob ich alles hätte, was ich brauche. Natürlich habe ich nicht alles, was ich brauche, diese Zweizimmerwohnung in der Laibacher Vorstadt ist keine Burg, sagte ich. Eigentlich war es ein Scherz, er weiß ja, dass es nicht die Burg ist, was ich vermisse. Sie werden es schon irgendwie schaffen, sagte er, bis all das vorbei ist. Ich saß am offenen Fenster, wie immer, er stand hinter mir, und wir sahen dem Vorbeizug der Menschen mit den Transparenten und Bildern ihrer Führer zu. Sie marschierten auf der Straße zur Blasmusik. Die Menge war gut aufgelegt, ausgelassen, die Menschen winkten ihnen von den Fenstern und Balkonen zu. Plötzlich entdeckte ich einen Mann, der stehen blieb und heraufsah, mir kam vor, zu meinem Fenster, zu mir. Es war ein untersetzter Mann mit breiten Schultern und dunklen Augenringen, so wie sie Menschen haben, die viele Nächte durchmachen oder von Schlaflosigkeit geplagt werden. Sein Gesicht kam mir bekannt vor, vielleicht war es einer von denen, die auf den Besitzungen rings um Burg Podgorsko arbeiten kamen. Mich durchfuhr es bei seinem Blick; etwas Bekanntes und zugleich Vages verspürte ich bei diesem Blick. Dann drehte er sich um und marschierte weiter, er verlor sich in der ausgelassenen Menge.

Ich schaffe es schon irgendwie, natürlich werde ich das, sagte ich zu Filip, obwohl die Wohnung kein Badezimmer hat und die Toilette auf dem Gang ist, wo sich die Bewohner morgens in einer Warteschlange anstellen, die Frauen in Morgenmänteln, die Männer mit nachlässig geknöpften Hosen, von denen die Hosenträger herunterhängen, ich schaffe es schon irgendwie. Ich brauche nichts, ich sitze den ganzen Tag am Fenster und warte, dass ich ihr Gesicht erblicke, das Gesicht meiner Veronika, oder doch wenigstens das von Leo, der eines Tages mit dem Auto kommen wird, vielleicht beide, vielleicht kommen sie den Gehsteig herunter und sie hat sich bei ihm eingehakt, sehen herauf, lachen, so schön kann nur sie lachen, und ich winke ihr zu. Kurz zuvor hatte ich Filip kommen sehen, er hat mir diese Wohnung besorgt, jeden zweiten Tag bringt er mir etwas zum Essen, Brot und Milch, Mehl, manchmal auch Fleisch. Sie haben nicht aufgegessen, sagt er zu mir, wieder ist etwas übrig geblieben. Mir ist nicht nach Essen, sage ich, und er jedes Mal: Was würde Veronika sagen? Veronika würde sagen, iss, Mami, das würde sie sagen, der Mensch kann nicht ohne Essen sein. Zuerst Mami, hat sie im Speisesaal der Burg immer gesagt, wenn das Mittagessen serviert wurde, auch wenn Gäste da waren und man zuerst ihnen hätte servieren müssen, das hat Veronika gesagt, manchmal auch nur mit den Augen angedeutet, und alle hatten verstanden: zuerst Mama. Wenn sie besonders gut aufgelegt war, ging sie einfach in die Küche, mischte sich unter die Köchinnen und Mägde, krempelte die Ärmel hoch und bereitete eine Speise zu, die ich besonders gernhatte, frische Steinpilze, am Morgen gesammelt.

Ich saß am Fenster, der Zug der Marschierenden bog um die Ecke, die Musikklänge entfernten sich, die letzten Zuspätkommenden liefen noch die Straße hinunter. Sie gehen zum Kongressplatz, sagte Filip, da ist eine große Kundgebung, der Marschall wird sprechen. Soll er nur sprechen, soll die Musik spielen, sollen die Leute winken und jubeln, der Krieg ist zu Ende, sollen sie sich freuen. Ich kann es nicht. Filip sagt, ich solle aufpassen, was ich mit den Leuten rede, es ist eine eigenartige Zeit, manchmal wird nachts jemand abgeholt und kommt nicht mehr zurück. Wie Veronika?, sagte ich, wie Veronika abgeholt wurde?, rief ich, als er nichts erwiderte. Sie wissen doch, sagte er nach einer Zeit, dass Leo und sie weggefahren sind, sie sind verreist, bestimmt sind sie irgendwo in Sicherheit. Und warum melden sie sich nicht?, sagte ich, sie könnten mir zumindest mal einen Brief schreiben. Und was soll ich nicht reden, ich rede ja mit keinem.

Ich sitze am Fenster, wie ich es oben in der Burg unterm Strmi vrh den ganzen letzten Winter getan habe, nach jener Januarnacht, als Veronika und Leo mit irgendwelchen Leuten mitgegangen sind und nie mehr etwas von ihnen zu hören war. Sie sind in der Nacht und mitten im schlimmsten Winter weggegangen, ringsum lag hoher Schnee. Erst am Morgen des nächsten Tages Anfang Januar vierundvierzig hat man mir gesagt, dass sie mit den Besuchern mitgegangen seien. In der Nacht hatten diese Besucher Schränke aufgemacht und mit den Türen geknallt. Ich ging damals schon schwer, meistens war ich oben in meinem Zimmer. Joži, unsere Haushälterin, kam zu mir und sagte, die Besucher wollten nach der Gesellschaft einfach nicht schlafen gehen. Warum knallen sie denn so mit den Türen?, fragte ich. Eben deshalb, sagte Joži, weil sie zu tief ins Glas geschaut haben und weder nach Hause noch in die Gästezimmer zu bringen sind. Am nächsten Tag erfuhr ich dann, dass Veronika und Leo mit ihnen mitgegangen waren. Und danach wartete ich, dass sie zurückkommen würden.

Ich warte noch heute. Ich saß am Fenster meines Zimmers, als die nächtlichen Besucher gingen, ich saß da am nächsten Tag und an jedem Tag des langen Winters und langen Frühlings, und dann liefen unten im Burghof zwischen unseren Angestellten plötzlich auch andere Leute in deutschen Uniformen herum und dann noch andere in wieder anderen Uniformen. Und ich sah aus dem Fenster und wartete, wann Veronika vom Burghof heraufrufen würde: Mami, hier bin ich! Und nun sitze ich am Fenster dieser Wohnung in der Laibacher Vorstadt und sehe mir jedes Gesicht an, das an diesem sonnigen Maivormittag die Straße hinuntergeht, sehe mir jede Gestalt in der Abenddämmerung an, um ihren oder seinen, Leos, Gang wiederzuerkennen. Vielleicht ist sie ja in Zagreb, sagte ich zu Filip. Als sie mit Stevo weggelaufen war, war sie in Zagreb gewesen, vielleicht hat er sie nach Vranje gebracht. Vielleicht sind Leo und sie heimlich nach Italien gegangen. Oder nach Frankreich, er kannte auch einige Leute in Frankreich. Das glaube ich nicht, sagte Filip, während des Krieges wären sie nur schwer nach Frankreich gekommen. Und was, wenn sie in Berlin ist, dort hat sie eine Freundin? In Berlin ist alles zerstört, sagte Filip. Und in der Schweiz? Viele Leute sind in die Schweiz gegangen. Das wäre eher möglich, sagte Filip und schaute hinunter auf die nun schon völlig leere Straße vor meinem Fenster. Also sind sie in der Schweiz, sagte ich. Sie haben etwas Geld mitgenommen und sind jetzt in der Schweiz. Filip, sagte ich, du weißt es, sie sind in der Schweiz. Filip gab keine Antwort. Du kannst mir vertrauen, sagte ich, ich weiß, dass du Angst hast, dass ich es jemandem sagen könnte, aber ich spreche mit niemandem, von mir wird keiner erfahren, dass sie in der Schweiz sind.

Er sah aus dem Fenster.

Filip, hast du mich gehört?

Ja, sagte er, ja.

Er schwieg einige Zeit. Dann fragte er plötzlich, ob ich mich an diesen deutschen Arzt erinnerte, der während des Krieges oft nach Podgorsko gekommen sei. Natürlich kann ich mich erinnern, er hieß Horst. Er war zwar in Uniform, aber er hatte nichts Militärisches an sich. Er war ein höflicher Mann, Veronika und Leo haben ihn oft eingeladen, er liebte die Musik; wenn der Pianist Vito ein Konzert gab, war er immer da. Er wirkte wie ein Mensch, den es zufällig in unsere Gegend verschlagen hatte, wie jemand, der nur darauf wartete, dass alles zusammen vorbei wäre. Ich kann es Ihnen ja sagen, sagte Filip, ich habe seine Adresse erfahren, er lebt in München, wenn er noch lebt, natürlich. Zumindest vor dem Krieg hat er dort gelebt. Ich habe ihm geschrieben, sagte er, jetzt werden wir versuchen, den Brief zu ihm zu schaffen. Ich griff nach seiner Hand. Er weiß es?, sagte ich, er weiß, wo sie sind? Vielleicht, sagte Filip, vielleicht weiß er etwas, wir werden sehen. Warten wir ab. Ich wollte wissen, wie lange wir warten müssten, wann er antworten werde. Die Sache ist ein wenig kompliziert, sagte Filip, wir werden den Brief über eine Verbindungsperson nach Graz schaffen. In ihm wird auch eine Postanschrift stehen, an die er antworten kann. Warum nach Graz, warum soll die Sache kompliziert sein? Warum schreibt er ihm nicht aus Ljubljana oder sucht seine Telefonnummer heraus und ruft ihn an? Ich verstand gar nichts. Mit immer neuen Fragen drang ich in ihn, aber Filip wollte nichts mehr erklären. Warten Sie, sagte er, wir müssen warten.

Dann begann er davon zu erzählen, dass im Land großer Mangel an Lebensmitteln herrsche und dass er Mehl von einem Schwarzhändler bekommen habe, der vertrauenswürdig aussah, aber man wisse ja nie, mit wem man es zu tun habe. Als ob es mich interessierte, woher er das Essen bekommt, als würde mich überhaupt irgendein Essen interessieren. Er sagte, er werde übermorgen wiederkommen, hast du mich gehört, Filip, in der Schweiz sind sie, nicht wahr? Dieser deutsche Arzt, Horst, der weiß das. Wann wird er auf deinen Brief antworten? Er hörte mich nicht, er war gegangen, seine Schritte dröhnten die Holztreppe hinunter. Ich blieb am Fenster sitzen und sah ihn, wie er von der Straße heraufsah und hinter der Ecke verschwand, und saß dort auch noch am Nachmittag, als diese Straßenleute mit den eingerollten Transparenten und Fahnen und Bildern ihrer Anführer zurückkamen, und ich saß noch am Abend da, als die letzten Teilnehmer an der Kundgebung auf wackligen Beinen vorübertorkelten und eine Flasche herumreichten. Ich hielt aufmerksam Ausschau, ob auch der untersetzte Mann unter ihnen war, der am Vormittag zu meinem

Fenster heraufgesehen hatte, er hatte Ähnlichkeit mit einem unserer Arbeiter in Podgorsko, aber es wurde schon langsam dunkel und ich konnte ihre Gesichter nicht mehr unterscheiden.

Ich fürchte mich vor dem Abend. Am Abend, wenn das schwache Licht der Straßenlaterne in die Wohnung flackert, weiß ich, dass es bald Nacht wird und ich mich im Bett herumwälzen werde. Immer kommen die Nacht und der Taumel, wenn ich mich plötzlich wieder in der Burg befinde, im oberen Stockwerk, und unten die Männerstimmen höre. Sie trampeln durch die Eingangshalle und schütteln den Schnee von den Schuhen, dann höre ich Schritte auf der Treppe, Türenknallen. Abgerissene Sätze, ich höre Leo, der etwas erklärt, ich höre Veronika, die etwas erklärt, die Worte verstehe ich nicht. Dann ziehe ich mich an und will hinunter, obwohl ich schon damals kaum gehen kann. Aber in dem Augenblick kommt Jožі ins Zimmer, gnädige Frau, Sie können jetzt nicht hinunter. Warum nicht? Veronika hat gesagt, Sie sollen im Zimmer warten. Was geht da unten vor sich, Joži? Nichts geht vor sich, jetzt essen sie zu Abend und unterhalten sich. Aber jemand schreit doch, sagte ich, jemand gibt Befehle, „marsch!", hat jemand gesagt, ich habe gehört, dass jemand „marsch!" gesagt hat. Wer sind diese Leute, Joži, zu wem haben sie „marsch!" gesagt? Sie drängte mich regelrecht ins Zimmer zurück, Sie dürfen nicht hinunter, gnädige Frau, sie werden bald weggehen. Wer wird weggehen? Ich saß angezogen auf dem Bett und wartete, dass der Lärm nachließ, dass diese Leute, wer immer diese seltsamen Besucher auch waren, wieder gingen. Und dass Veronika hereinkommen und mir alles zusammen erklären werde. Sie hat mir immer erzählt, wer ihre Gäste sind. Vito, der Pianist aus Ljubljana. Ein Maler, dem Leo geholfen hat, ein Atelier einzurichten. Ein Dichter, der von goldblonden Frauen schrieb, seine Gedichte rezitierte und meistens Witze aus dem Ärmel schüttelte. Sie hat mir von dem deutschen Arzt erzählt, der Horst hieß, der während des Krieges zu uns auf Besuch kam, er war in Russland verwundet worden und hinkte. Er liebte die Musik und verehrte Veronika. Aber an jenem Abend nach Neujahr vierundvierzig ist sie nicht gekommen und hat mir nichts erzählt. Sie ist nicht gekommen. Sie kam weder in jener Nacht noch am nächsten Morgen und all die Tage und Nächte, die folgten, auch nicht. Als unten alles still geworden war, schlich ich langsam hinunter, unser Personal, Joži und Franc und Fani, alle standen sie da und sahen mich an. Was geht hier vor, sagte ich, was ist passiert? Sie sind weggegangen, sagte Joži. Wo ist Veronika? Sie ist mitgegangen, sagte Franc, Leo auch. Sie kommen ja zurück, sagte Fani. Von wo kommen sie zurück? Von wo? Sie sind hinaufgegangen, zur Jagdhütte, sagte Franc, sie müssen etwas besprechen. Bis zum Morgen sind sie bestimmt wieder zurück. Warum sollten sie mitten in der Nacht im tiefen Schnee zur Jagdhütte gehen? Joži sagte, dass Franc dummes Zeug daherredet, was sollten sie in der Jagdhütte, sie sind mit dem Automobil auf der Straße weggefahren. Franc sagte, ach ja, stimmt, was sollten sie in der Jagdhütte, sie sind auf der Straße weggefahren, natürlich. Wohin sind sie gefahren? Auf dem großen Tisch im Speisesaal waren Essensreste auf den unordentlich zurückgelassenen Tellern und dazwischen Gläser, ein paar waren umgeworfen. Wir haben ihnen zu essen gegeben, sagte Fani, sie waren hungrig, Herr Leo hat gesagt, wir sollen ihnen zu essen geben.

In jener Nacht habe ich kein Auge zugetan, der Morgen kam langsam. Am Morgen war sie nicht da, auch Leo nicht. Wieder kamen die Fragen. Warum sind sie mitten in der Nacht weggefahren? Wohin? Mit wem? Leo hat uns tatsächlich nicht immer mitgeteilt, wohin er fuhr, er war viel in Ljubljana und anderswo, um seinen Geschäften nachzugehen. Aber diesmal hatte er Veronika mitgenommen. Warum? Veronika hat mir nichts gesagt, sie kam immer zu mir, wenn sie nach Ljubljana fuhr. Und Joži sagte jetzt, dass sie mit den Besuchern mitgefahren seien. Wer waren diese Leute? Ich verstand nichts. Aber bestimmt, dachte ich, bestimmt hat Leo verstanden, warum es sein musste. Ich musste mich mit dem Gedanken anfreunden, dass sie weg waren. Und dass sie zurückkehren würden, sie sind immer zurückgekehrt. Doch der Taumel, in dem sich die Ereignisse und die unklaren Fragen vermischten, hörte auch in der folgenden Nacht nicht auf, auch in der folgenden Nacht habe ich nicht geschlafen.

Auch jetzt schlafe ich nicht oder wache auf im Taumel jener Nacht. Die eigenartige Leere, die hinter meiner Stirn klafft, ist noch immer da. Nachts. Jede Nacht rufe ich Peter und spreche mit ihm. Er versteht es, mich zu beruhigen. Tagsüber nicht, tagsüber meldet er sich nie, tagsüber sitze ich am Fenster und sehe auf die Straße hinunter.

Ich beobachte die Gesichter und Gestalten. Ich kenne schon viele Leute, denen schenke ich keine Aufmerksamkeit, den Eisenbahnern, die morgens zur Arbeit gehen, und jenen, die von der Nachtschicht zurückkehren, der Marktfrau, die mit dem Karren das Frühlingsgemüse aus ihrem Garten zum Stadtmarkt bringt, dem Offizier, der aus der Hauseinfahrt auf der gegenüberliegenden Straßenseite auf dem Rad wegfährt, dem jungen Mann, der erfolglos sein hustendes Motorrad anzuwerfen versucht und dann lange drum herum geht. Alle die und viele andere kenne ich. Wenn aber eine Unbekannte in einer Bluse und mit federndem Schritt auf der Straße geht, schlägt mein Herz rascher. Bis sie unter mein Fenster kommt, bis ich ihr Gesicht sehe und feststelle, dass ich sie nicht kenne. Jemand wird kommen, das weiß ich gut, dass jemand kommen wird. Wenn nicht Veronika, wenn nicht Leo, dann vielleicht Stevo, vielleicht wird er aus seiner Kavallerie-Kaserne angeritten kommen oder von sonst wo und die Treppe heraufstürmen, er wird mit seinen langen Beinen zwei Stufen auf einmal nehmen, außer Atem ins Zimmer stürzen und sagen, Veronika lässt ausrichten, dass … Oder es wird überhaupt ein Unbekannter kommen und mir einen Brief bringen. Oder einen Zettel, auf dem steht, Mama, es ist alles in Ordnung, mach dir keine Sorgen. Oder Filip wird kommen und sagen, dass Horst, der Arzt aus München, geantwortet hat. Er hat geantwortet, dass Veronika und Leo am Leben und gesund sind. Ich sage zu Peter, dass ich wieder voller Hoffnung sei, seit ich erfahren habe, dass Filip nach München geschrieben hat. Wenn seine Antwort endlich käme, würde ich erfahren, wo sie sind und wann Veronika kommt.

Sie kommt, sagt Peter, natürlich kommt sie.

Und ich sage zu ihm: Wenn sie mit Stevo zusammengeblieben wäre, wäre das nicht passiert, sie wäre nicht weggegangen, sie wäre nicht mit unbekannten Besuchern in einer kalten Januarnacht vor anderthalb Jahren verschwunden. Ich kann mich dieses Gedankens nicht erwehren. Sie wäre in der Marburger Wohnung geblieben, auch wenn es Stevo mit seiner Armee weiß Gott wohin verschlagen hätte, sie wäre dort geblieben. Sie wäre nicht nach Burg Podgorsko gekommen und wäre nicht von dort ins Unbekannte gezogen. Ich habe ihr geraten, sie solle zu Leo zurückkehren. Er war ihr Mann, er war sorgsam, er liebte sie, noch immer, obwohl sie ihm großen Schmerz zugefügt hatte, als sie mit dem serbischen Offizier durchgebrannt war in den Süden. Leo und sie kannten sich seit den Kinderjahren von den Treffen unserer beiden großen Familien, er versuchte immer in ihrer Nähe zu sein, auch später in den Schuljahren, als sich Veronika nicht sonderlich viel aus ihm machte. Sie interessierte sich für alles Mögliche, Sport, Tanz, Pferde, Kunst, alles, außer für Leo. Sogar für das Pilotieren. Sie war die einzige Frau in Ljubljana, die sich für einen Pilotenkurs für Motorflugzeuge einschrieb und später, als sie und Leo sich nähergekommen waren, war sie auch die erste Frau in ganz Jugoslawien, die einen Pilotenschein machte. Wir alle wussten, dass Leo sie verehrte und sehr an ihr hing. Wir alle wussten und sahen es, außer ihr selbst, das schien zumindest sehr lange der Fall zu sein. Und wir alle wünschten uns, dass sie sich fänden, ich will nicht sagen, sich näherkämen, denn die ganze Zeit über waren sie sich nahe, vielleicht sogar zu nahe. Vielleicht hatten sie sich zu lange und zu gut gekannt. Vielleicht war Leo gerade deswegen so zurückhaltend. Und später zu beschäftigt, er hatte eine Fabrik in Ljubljana geerbt, er wurde Besitzer eines großen Bergwerks in Serbien, zuerst zurückhaltend, dann beschäftigt, und Veronika strotzte vor Kraft, Freude, Neugier für alle Dinge dieser Welt. Bald nach der Hochzeit, die unausweichlich kommen musste – Veronika sagte: wie das Schicksal –, war sie verrückt nach Pferden und dem Reiten. Mir schien, als seien diese Pferde schicksalhafter gewesen als die Hochzeit mit Leo, zumindest schien es mir damals so.

Denn der Skandal, den ihr plötzliches Verschwinden ausgelöst hatte, von dem sich herausstellte, dass es sich um eine liederliche, hinterhältige, schändliche Flucht mit dem Liebhaber handelte, war unerhört. Ihre bisherigen Unternehmungen, das Lenken eines Flugzeugs oder die Spaziergänge mit dem Alligator auf den Straßen von Ljubljana, oder als sie, schon mit Leo verheiratet, ans Meer fuhr, ohne dies irgendjemandem zu sagen, waren nichts im Vergleich zu der Welle von Gerüchten und übler Nachrede, die sich nach diesem Ereignis ergoss. Wir waren alle entgeistert und bedrückt, ich konnte eine Zeitlang sogar mit niemandem sprechen. Ich schloss mich in die Wohnung ein und suchte Peters Bild. Mitten in der Nacht sprach ich mit meinem lieben seligen Mann, ihrem Vater, der nicht glauben konnte, was passiert war. Peter, sagte ich, du weißt, was passiert ist, ein großes Unglück. Aber er lächelte nur, wie er es immer tat, als er noch lebte, ich sah, wie sein Schnurrbart zuckte, auf dem Foto hatte er noch einen Bart, er lächelte und sagte, es gibt noch viel Schlimmeres auf der Welt. Er verstand es, jedes Problem kleinzureden, aber für mich gab es damals nichts Schlimmeres auf der Welt. Seine kleine Veronika hatte alles verlassen – und sie hatte alles, was sich eine junge Frau wünschen konnte – und war nach Südserbien davongelaufen, wo sie in dieser Offizierswohnung dahinvegetierte. Wäre Peter noch am Leben gewesen, hätte es sein Herz gebrochen, vielleicht wäre er noch einmal gestorben. Auch Leo hatte sie das Herz gebrochen, doch er hatte sich erholt, er hatte viel zu viel Arbeit, solch umfangreiche Geschäfte erfordern den ganzen Mann, und Leo war ein ganzer Mann, er raffte sich auf, er arbeitete noch mehr. Er warf sich auf den Ankauf von Bildern und wertvollen Antiquitäten, das war die einzige Freude, die ihm blieb. Man hat ihn zwar wiederholt mit einer Freundin gesehen, aber daraus wurde nichts, die einzige Frau, an die er dachte, war Veronika. Leo war ein eleganter Herr. Ruhig. Er war fähig, ein Unternehmen zu leiten. Und er hatte Veronika gern, auch mich, er war ein guter Mensch. Veronika indessen hockte in so einer serbischen Stadt weit weg an der bulgarischen Grenze und kochte und wusch für einen serbischen Kavallerieoffizier und beteuerte mir in ihren Briefen, glücklich zu sein. In einem Brief schrieb sie, sie züchte Hühner, weil der Soldatensold eher bescheiden sei und Zulagen selten. Hühner! Deine Veronika, sagte ich zu Peter, züchtet jetzt in irgendeinem serbischen Provinzloch, wo alle nach Sliwowitz stinken, Hühner! Sie, die junge Dame, die von ganz Ljubljana bewundert wurde! Haben wir sie dafür zum Studium nach Berlin geschickt? Unsere Vorfahren haben genauso Hühner gezüchtet, sagte Peter, und Schweine auch. Peter konnte mich manchmal wirklich wütend machen, er konnte sich mit allem anfreunden. Ich konnte es nicht. Anfangs war ich so wütend, dass ich auf ihre Briefe nicht antwortete. Später wollte ich ihr helfen, in einem Telefongespräch beschwor ich sie, das Geld anzunehmen, das ich ihr geschickt hatte, aber sie ließ es zurückgehen, sie hat die Sendung zurückgeschickt. Wenn man mit etwas bricht, dann bricht man mit allem, sagte sie. Sie wollte das Geld nicht. Mein Gott, was ist das jetzt nur?, fragte ich Peter, sie hat sich in ihr Schicksal ergeben.

Leo hingegen hatte sich nicht ergeben. Er erreichte es, dass man ihren Offizier nach Slowenien versetzte, nach Maribor, an die österreichische Grenze, wo sich die beiden in einer Offizierswohnung einrichteten. Als ich sie das erste Mal besuchte, sah ich sofort, dass von ihrem viel gepriesenen Glück nur wenig geblieben war. Stevo, der mich zwar nett begrüßte, beinahe herzlich, eben auf seine serbische, offiziersmäßige Art, was bedeutet, lärmend und mit schallendem Lachen, war oft außer Haus, denn die Armee hatte damals dauernd irgendwelche Manöver. Veronika lebte in dieser Wohnung einsam vor sich hin, denn die Gesellschaft der Offiziere und deren Frauen war absolut nicht ihre Lebensweise. Ich sah, dass es zwischen ihnen bröckelte, sagte aber nichts. Veronika war frei, und gerade deshalb auch schon ein wenig unglücklich, aber auch starrköpfig. Wenn ich damals versucht hätte, ihr die unmögliche Lage zu schildern, in der sie sich befand, hätte sie sich widersetzt. Daher schwieg ich. Eines Tages sagte ich während eines Spaziergangs, man müsse nicht auf etwas beharren, wenn man sich geirrt habe … Sie blieb stehen und sah mich an. Ich habe mich nicht geirrt, sagte sie. Erst beim dritten oder vierten Besuch, eines Frühlingsabends, als wir wieder allein waren, sagte ich zu ihr, ich hätte das Gefühl, ihr sei nicht ganz wohl ums Herz. Ich hatte die richtigen Worte gefunden. Wenn ich gesagt hätte: Du kannst doch nicht in diesen bescheidenen Verhältnissen leben, oder: Wie konntest du mit einem Offizier davonlaufen, einem Reitlehrer …, hätte sie mich schroff zurückgewiesen. Als ich jedoch ihr Herz erwähnte, traten ihr Tränen in die Augen. Ihr war wirklich nicht wohl ums Herz. Ein paar Wochen später rief sie mich an, sie werde nach Ljubljana zurückkehren und bei mir wohnen. Sie hatte sich nicht geirrt, es war nur, dass sie so nicht mehr weiterleben konnte.

Jetzt war ich es, die in Tränen ausbrach, vor Glück.

Und heute, wo ich wieder am Fenster sitze und ein weiterer beklemmender Abend anbricht, weiß ich nicht, ob ich richtig gehandelt habe. Vielleicht wäre ihr dort in Maribor nicht wohl ums Herz gewesen, aber sie wäre am Leben. Ich will sagen, ich wüsste zumindest, dass sie lebendig und gesund ist, wir könnten am Telefon miteinander sprechen. Wenn mir dieses Wort in den Sinn kommt, erschaudere ich am ganzen Körper. Sie ist ja am Leben, gewiss ist sie das. Sie kann sich nur nicht melden, vielleicht ist sie mit Stevo irgendwo in Serbien, vielleicht mit Leo in der Schweiz. Sie kann sich nur nicht melden, das ist es. Aber das wird sie, sie wird sich melden.

Leo hatte damals diese Burg am Fuß der Oberkrainer Berge gekauft, ziemlich weit von Ljubljana. Mit Stallungen, einem Garten und einem Fischteich. Mit einem Wald oberhalb des Wohntrakts und weitläufigen Wiesen unterhalb. Dort weideten Pferde. Als er uns beide einlud, uns die Burg gemeinsam anzusehen, war Veronika entzückt. Nicht so sehr wegen Leo, er war immer derselbe, elegant, gut, zuvorkommend, aufmerksam, er behandelte sie, als wäre nichts passiert, als hätte sie wieder einen Ausflug nach Sušak unternommen und wäre jetzt zurückgekehrt. Sie war entzückt vom stillen Morgen, an dem sie erwacht war, über den leichten Nebelschleier, der über die Wiesen zog. Das war etwas Neues für sie. Sie war begeistert vom taunassen Gras, auf dem sie herumspazierte, von den Pferden im Stall, von den morgendlichen Mähern am Waldrand, vom Zwitschern der Vögel beim ersten Tageslicht. Hast du die Eulen gehört?, sagte sie, wie sie in der dunklen Nacht gerufen haben, in den weiten Wäldern über Burg Podgorsko? Beim Frühstück war mir klar, dass Veronika hier gern leben würde. Bereits eine Woche später zogen wir ein. So war Veronika, so *ist* Veronika, wo immer sie sich befindet. Wenn sie sich für etwas entschieden hat, kann sie niemand mehr aufhalten. Sie hatte sich entschieden, zu Leo zurückzukehren. Die Burg und ihre Umgebung hatten sie verzaubert. Außerdem war sie des Herumziehens müde, der Offizierswohnungen und meiner Wohnung, der Laibacher Promenaden und der Vergnügungen, die sie schon lange nicht mehr interessierten, sie wollte zur Ruhe kommen und in Freiheit mit der Natur zu leben beginnen.

In meinem Alter verspricht man sich nicht mehr viel vom Leben. Aber Veronika zu sehen, so ruhig und lächelnd zu sehen, das würde mich wieder aufrichten. Und damals hat es das für einige Zeit auch getan. Auch heute würde es das. Ich würde sofort aufstehen und die Fotoalben heraussuchen. Mit den Schiffen in Rijeka, mit Peter, mit Veronika, als sie noch ein Mädchen war in hellem Rock und mit

Schleifen im Haar. Ich war glücklich, wenn ich mit ihr über die Wiesen ging, im Wald Pilze sammelte oder am Fischteich saß. Wenn ich sie vom Fenster aus zwischen den Feldern reiten sah. Oder mit aufgekrempelten Ärmeln unter den Arbeitern, denen sie auftrug, was zu tun war. Leo und sie hatten einander wieder lieb, er war aufmerksam und zuvorkommend, obwohl er mehr in Ljubljana war als dort oben. Er hatte viel zu tun mit der Fabrik und dem Bergwerk in Serbien. Am zufriedensten schien er, wenn er ein paar Tage mit Veronika verbringen konnte, sogar auf die Jagd lud er sie ein. Das war das Einzige dort auf Podgorsko, was sie nicht mochte, sie zog sich sofort aus dem Burghof zurück, wenn die erlegten Rehböcke oder Keiler gebracht wurden. Es kamen Gäste aus Ljubljana, seine Geschäftspartner, Veronikas Freundinnen, es kamen Maler und Dichter. Bei uns fand sich jedes neue Buch im Bücherregal, das in Ljubljana erschienen war, und natürlich auch deutsche Bücher, einige aus der Zeit von Veronikas Studium, andere neue, die sie per Post bestellte.

Es kam Vito, der Pianist, er war bei uns ein besonders willkommener Gast, manchmal spielte er bis spät in die Nacht, und wir hörten ihm bewundernd zu und sahen auf seine Finger, die über die Tasten glitten und sprangen. Oft war auch ein Dichter aus Ljubljana bei uns zu Besuch. Veronika schenkte er sein Buch mit dem Titel *Gedichte von goldblonden Frauen*. Er schrieb ihr eine Widmung hinein: *Der goldblonden Veronika – was können wir dafür, wenn die Jugend vergänglich ist!* Sie hat gelacht. Sie lachte gern, wie alle jungen Menschen gerne lachen, die nicht glauben, dass die Jugend vergänglich ist, auch ich habe einst gedacht, dass die Jugend ewig währt, damals, als ich mit Peter eine Istrienreise machte. Aber nach ein paar Tagen, als ich das Buch las, begriff ich, warum Veronika bei der Widmung so herzlich lachen musste. Das war ein Scherz, der Dichter machte gern Scherze, es war ein Scherz über ihre Flucht mit dem Offizier, ihrem Reitlehrer. Den Vers aus der Widmung fand ich in einem Gedicht mit dem Titel *Fliehen wir!* Ich habe es mir abgeschrieben und das Blatt ins Album zu ihren Fotografien gelegt, noch jetzt liegt es da: *Fliehen wir, tauchen wir ein ins trunkene Glück, / dass wir es nicht bereu'n dereinst … dereinst … dereinst / Und gehen Lieder singend unseren Weg! / Was können wir dafür, wenn die Jugend vergänglich ist!* Sie hat nicht aus Unbekümmertheit über die vergängliche Jugend gelacht, sie hat gelacht, weil der Dichter von ihrem Geheimnis wusste, wenn es überhaupt ein Geheimnis war. Auf jeden Fall war es etwas, worüber wir nicht mehr gesprochen haben, nie mehr.

So war es, schön. Veronika hat gelacht, und Peter und ich waren zufrieden. Dann bekam ich Probleme mit meiner Gesundheit und verbrachte viel Zeit in meinem Zimmer. Ich besah die alten Fotos und erinnerte mich der Tage, die ich mit Peter in Rijeka verbracht hatte. Ich sagte zu ihm: Peter, jetzt sind wir wieder vereint, das ist schön. Hab ich dir doch gesagt, antwortete er, dass alles gut wird. Das hast du mir nicht gesagt, widersprach ich, du hast gesagt, dass es auf der Welt schlimmere Dinge gebe als die Tatsache, dass unsere Tochter Hühner züchtet. Dass auch unsere Vorfahren Hühner gezüchtet hätten. Und Schweine. Im Winter wurden sie geschlachtet und aus ihrem Blut Blutwürste gemacht. Du weißt doch, dass ich keine Blutwürste mag, sagte ich, mir wird regelrecht übel bei dem Gedanken, dass man dieses Blut aus dem Tier in Kübeln aufgefangen und es dann noch warm zu einem dicken Brei verrührt hat. Aber Peter liebte sie, das war seine Erinnerung an die Festtage in seiner Kindheit, er bestellte sie sogar jeden Winter aus seinem Heimatdorf nach Rijeka. Bei meinen Gesprächen mit Peter konnte ich in jenen Nächten immer ruhig einschlafen. Und morgens meine Augen auf den grünen Feldern und Wiesen weiden, unter den Rufen der Bauern, die das Heu einbrachten.

Leo und Veronika waren wieder Mann und Frau, ich weiß nicht, wer sich die Zeremonie ausgedacht hat, bei der wir sie wieder miteinander verbanden. Vielleicht war gerade der Dichter dieser Spaßvogel gewesen. Wir haben sie wortwörtlich miteinander verbunden, mit einer Kette. Es ist aber auch gut möglich, dass sich Veronika selbst die lustige Zeremonie ausgedacht hat, Leo gewiss nicht, er war zu ernst für solche Späße. Mit viel Lachen und guter Laune vollzogen wir eine Art scherzhaften heidnischen Hochzeitsrituals. Im Burghof banden wir sie mit einer Kette zusammen – damit sie sich nie mehr würden trennen können. Unser Dichter sprach große und feierliche Worte, die irgendwie nicht zu der scherzhaften Zeremonie gehörten, sie hätten besser zu dem Geistlichen gepasst, der sie bei ihrer richtigen Heirat ja auch gesprochen hat ... *bis dass der Tod euch scheidet* ... aber wer Veronika und Leo an jenem Tag und an allen folgenden Tagen auf Podgorsko sah, wusste, dass das für immer war, dass es jetzt nicht mehr anders sein konnte, was immer auch geschah, sie würden für immer zusammen sein ... bis dass der Tod sie scheidet. Wie er eben uns alle scheidet, wie er ihren Vater von ihr und mir geschieden hat, wie er mich von allen scheiden wird, die ich noch kenne. Dieses Gedicht mit dem Titel *Fliehen wir!* ... geht weiter: ... *Dereinst tun sich die Gräber auf, / schon warten feucht und dunkel sie auf uns / und kleinlich sind und launenhaft die Götter* ... Und jetzt, wo ein weiterer bedrückender Abend kommt und ich in den alten Fotografien stöbere und zwischen ihnen das Blatt mit dem Gedicht finde, denke ich, und das sage ich zu Peter, dass unser Dichter damals während der scherzhaften Feierlichkeit nicht zufällig gesagt hat, *bis dass der Tod euch scheidet,* was, wenn sich die Gräber wirklich aufgetan haben, wenn der Tod sie wirklich geschieden hat? Ich mag diesen schrecklichen Gedanken nicht, der an einem solch bedrückenden Abend in mein Schweigen tritt, mir ist beklommen zumute und im Kopf fühle ich plötzlich eine solche Leere, einen hohlen Raum, in dem ein unerträglicher Gedanke widerzuhallen beginnt, Peter, uns hat der Tod geschieden, dein Tod, und in diesem Augenblick hätte ich am liebsten, dass er auch mich scheidet, aber von wem? Von Veronika oder von den wenigen Menschen, die mich in dieser Laibacher Vorstadt aufsuchen? Von dieser Wohnung und den Bewohnern dieses Hauses, die jeden Morgen, die Frauen in Morgenmänteln, die Männer mit baumelnden Hosenträgern, in einer Reihe vor der Toilette auf dem Gang stehen?

Das ruhige Leben auf Podgorsko wurde nur hier und da von Briefen gestört, mit denen die Briefträger unten in Poselje Schwierigkeiten hatten, weil die Anschrift auf dem Kuvert in Kyrillisch geschrieben war. Veronika öffnete sie gar nicht. Aber wenn ihr die Briefe ausgehändigt wurden, zitterten ihre Hände. Dann lagen sie auf dem Schränkchen im Salon, bis sie Joži wegräumte. Ich verstand, dass sie Stevos Briefe nicht lesen konnte. Wenn man einmal mit etwas bricht, bricht man mit allem. Aber ich wusste, dass es ihr nicht leichtfiel. Sie liebte ihn noch immer. Vielleicht hatte sie Angst, dass im Nu alles wieder zurückkehren würde, wenn sie einen dieser Briefe öffnete, dass sie vielleicht plötzlich wieder auf einem Bahnhof stehen würde.

Vor einer guten Stunde bin ich aufgewacht und habe Licht gemacht. Etwas ist mir eingefallen. Dieser Mann, der heute Morgen in dem Umzug mitgegangen war und heraufgesehen hat, zu mir … ich habe ihn schon einmal gesehen, jetzt war ich mir völlig sicher. Ich stand auf und holte wieder die Alben mit den Fotos aus dem Schrank hervor. Ich brauchte nur ein paar Seiten umzublättern, schon hatte ich das Foto gefunden, das ich suchte. Vor dem Eingang zur Burg steht eine Gruppe von Menschen aus unserem Personal, darunter auch mehrere Arbeiter aus Poselje, die uns ab und zu bei größeren Arbeiten halfen.

Ich setzte meine Brille auf und erkannte ihn sofort unter ihnen, den untersetzten jungen Mann, denselben, der heute Vormittag mitten im Umzug auf der Straße unter dem Fenster meiner Wohnung stehen geblieben war, heraufgeblickt und verweilt hatte, er hatte mich erkannt, nun weiß ich, dass er mich erkannt hatte. Auf der Fotografie steht er mit der Schulter an die Steinmauer gelehnt, neben ihm stehen Joži und eine Frau aus dem Dorf, die ich nicht kenne. Der junge Mann lacht. Sein Kopf ist zur Mitte der Gruppe gedreht, wo Leo und Veronika stehen. Veronika trägt ein Männerhemd und eine Reithose, die Ärmel hat sie aufgekrempelt, auch sie lacht, wieder lacht sie, *was können wir dafür, wenn die Jugend vergänglich ist,* sie blickt direkt zum Fotografen, alle sind fröhlich, außer Leo, er sieht irgendwohin in die Ferne, über die Felder unten. Ja, im selben Moment ist mir eingefallen, wie dieser Mann in der Arbeitskleidung heißt. Der heute Vormittag zur Kundgebung des Marschalls marschiert ist. Er hat zu meinem Fenster hochgeblickt, war stehen geblieben und hatte dann den Blick abgewandt.

Jeranek, das ist doch Jeranek aus Poselje!

Er war oft auf Gut Podgorsko, er mähte Gras und wendete Heu, reparierte Fenster, kroch auf dem Dach herum, manchmal half er, die Pferde zu striegeln. Wie eine Erleuchtung, ich erinnerte mich an alles, als ich dieses Foto sah. Und höre ein Gespräch, das von weit weg kommt, aus den Tiefen der deutlichen Erinnerung, ich sehe mich, wie ich vom Frühstück komme, im Burghof stehen, Veronika und er unterhalten sich.

Wie heißt dein Mädchen, Jeranek?, fragt sie.

Jeranek bewegt verlegen seinen untersetzten Körper, er sieht auf seine Schuhspitzen. Sie wurde auf Jožefina getauft, kommt er schließlich mit dem Namen heraus. So heißt auch unsere Haushälterin, sagt Veronika, wir nennen sie Joži, du kennst sie doch. Natürlich, sagt er, sie bringt uns die Jause, wenn wir im Garten arbeiten. Aber du nennst die Deine doch nicht Jožefina, sie heißt doch auch Joži, nicht? Daheim wird sie Pepca gerufen, sagt er. Jeranek, ruft Veronika fröhlich, ich höre, dass du dein Mädchen heiraten wirst. Jeranek blickt zu mir, die ich in der Tür stehe. So sagt man, sagt er. Veronika lacht: So sagt man? Und was sagst du? Eine Zeitlang schweigt er verlegen. Ja schon, murmelt er. Na, dann bring sie einmal zu uns herauf, damit ich sie kennenlerne, die Pepca, sagt Veronika. Ich werde ihr etwas geben, was sie tragen wird, wenn sie zur Hochzeit geht. Sie dreht sich um und geht unbekümmert zum Tor. Und er steht wie angewurzelt da und sieht ihr nach, sieht ihr gedankenverloren nach, dann tritt er von einem Fuß auf den anderen, als wüsste er nicht, wohin, welche Arbeit er als nächste in Angriff nehmen soll.

Er war es, der Mann, der mit dem Umzug mitgegangen und unter meinem Fenster stehen geblieben ist, das war jener Jeranek, der Bauernbursche aus Poselje, der vorhatte, die Jožefina aus seinem Dorf zu heiraten. Ich weiß nicht, ob er sie wirklich geheiratet hat, ich weiß, dass er eines Tages nicht mehr nach Podgorsko kam, man munkelte, er sei in den Wald gegangen. Zu den Partisanen. Die Leute kamen und gingen, aber in den letzten Jahren gab es einige, die verschwanden regelrecht. Wie Veronika und Leo verschwunden sind. Eine Ahnung durchfuhr mich, als er an diesem Morgen unter dem Fenster stehen blieb, heraufsah und den Blick abwandte. Aber schon davor sah ich, dass er mich erkannt hatte. Er hatte mich erkannt, aber warum hat er weggeblickt?

In der Burg und ringsum war ständig etwas los, es kamen Arbeiter und es kamen Gäste, ich kann mir nicht alle Gesichter in Erinnerung rufen, die aus den Automobilen stiegen oder zu Fuß vom Bahnhof kamen, Menschen, mit denen wir am Tisch zusammensaßen und deren Stimmen ich manchmal auch spät in der Nacht hörte, wenn sich die Gesellschaft hinzog und ich sie natürlich stets viel früher verließ, bevor es richtig ausgelassen wurde. Dann kam der Krieg und Leute in

Uniform kamen nach Podgorsko. Aber all das versank in dieser Nacht in meiner Wohnung in der Laibacher Vorstadt. In dieser Nacht blieb ein einziges Gesicht vor meinen Augen zurück, auch später, als ich das Licht löschte und wieder einzuschlafen versuchte, sah ich es und hörte jenes kurze Gespräch zwischen Veronika und ihm, er sah ihr nach, als sie wegging, und heute Vormittag sah er mit demselben nachdenklichen Blick und den schwarzen Augenringen zu mir empor, auch er hatte mich erkannt, nun weiß ich mit Sicherheit, dass er mich erkannt hat. Ich hätte ihn heraufrufen und fragen müssen, wo Veronika ist, vielleicht weiß er es. Er ist der einzige Mensch aus Podgorsko, dem ich begegnet bin, seit ich hier lebe, genau genommen sind wir uns nicht begegnet, nur unsere Blicke sind sich für einen kurzen Augenblick begegnet. In der Nacht lief ich in Gedanken hinunter, meine Beine trugen mich, als wäre ich wieder jung, ich trat vor die Musikkapelle und brachte sie mit erhobenen Händen zum Stehen. Sie hörten auf zu spielen. In völliger Stille trat ich zu Jeranek, der mich verwundert ansah, ich werde dich nicht fragen, ob du Jožefina geheiratet hast, sagte ich. Ich werde dich fragen, wo Veronika ist. Woher soll er denn das wissen?, meldete sich Peter. Er war in Podgorsko, sagte ich, er hat ganze Tage dort verbracht, er weiß bestimmt etwas. Beruhige dich, sagte Peter, das kommt von der Schlaflosigkeit. Das kommt nicht von der Schlaflosigkeit, meine Gedanken sind durcheinander, sagte ich. Es kommt alles in Ordnung, sagte Peter. Wie? Wie kommt alles in Ordnung? Er sah mich lange aus seinem Foto an und überlegte, was er mir sagen solle. Irgendwie schon, sagte er schließlich ganz ruhig, irgendwie kommt schon alles in Ordnung. Das war noch immer so.

Sie schaffen es schon irgendwie, hatte Filip, Leos Bruder, am Vormittag gesagt, bis das alles vorbei ist. Was vorbei ist? Für mich ist alles vorbei, schon viele Male.

Mir hat geträumt, ich sei jung. Es war so lebendig, ich fühlte, dass ich jung war, keine zwanzig Jahre alt. Peter und ich saßen in einer kleinen Gastwirtschaft in Istrien, müde vom ganztägigen Ausflug, die einheimischen Musikanten spielten und sangen ein Lied von einem Mädchen, das schwarzes Haar hat, das aber von allen „Bionda“ gerufen wird, sie weiß selbst nicht, warum. Wir tranken Wein, die Müdigkeit, der Wein, das Lied, all das überflutete uns. Es war schön, ich war jung.

Von allem, das vergangen ist, sind mir die Fotografien in diesen Alben geblieben. Hier ist alles, was war und was vergangen ist. Mein helles Haar und das rote Kleid auf dem Corso in Rijeka. Peter, mein Mann. Die Villa, in der wir lebten. Das Schiff, wo wir uns an die Reling lehnen, er, Peter, hält die kleine Veronika auf dem Arm und zeigt irgendwohin in die Ferne, zur Küste, zur Stadt, in der wir lebten. Vielleicht zeigt er ihr unser neues, gerade erbautes Haus und den kleinen Garten mit den Blumenbeeten und kleinen Wegen davor. Noch ein Foto: im Fischerboot, Peter und ich. Das war während unserer Istrienreise, damals war schon klar, dass wir heiraten werden, auf der Rückseite des Bildes steht: *Dieses Fischerboot ist eine Batana.* Dort war auch die Osteria, zu der sie dort Bottega sagen, eine kleine Wirtschaft, wo wir zu Abend aßen und wo ich zum ersten Mal jenes Lied hörte, noch jetzt erinnere ich mich an die Worte: *Tutti mi chiamano bionda, ma bionda io non sono …*

Es ist dahin, längst. Zuerst ging Peter dahin, ganz plötzlich ist er gestorben. Dann gingen Rijeka und das Haus dahin, in dem wir gelebt hatten, die kleine Veronika und ich zogen nach Ljubljana. Dann ging auch das Leben mit Veronika dahin, sie heiratete und zog zu Leo. Mir blieben die Fotografien ihrer Hochzeit. Und ein Foto der Flüchtigen, Veronika, auf dem sie ihr Offizier, Stevo, um die Schulter gefasst hält, vor einem liederlichen Kaffeehaus in Vranje, auf der Fassade steht *Kafana Europa.* Und die Fotos von Burg Podgorsko: im Speisesaal in fröhlicher Runde zu Silvester, Künstler aus Ljubljana, Freunde; am Fischteich mit Veronika, Leo und Veronika auf ihren Pferden, wir alle drei im Automobil, sie beide, wiedergefunden und vereint, ein paar glückliche junge Leute im Salon am Klavier. Auf einem der Bilder bin ich mit einem gerade gepflückten Strauß in den Händen, in einem roten Kleid auf einem Feld, zwischen Feldblumen unterhalb der Burg, das war damals, als mich meine Beine noch trugen. Auch das ist dahingangen, die Blumen und meine Gesundheit. Das rote Kleid ist dahingegangen, es ist schon längst zusammen mit anderen Sachen ins Armenhaus von Ljubljana gewandert. Das Blondhaar ist dahingegangen. Ich hatte helles Haar, auch Veronika hat es.

Erzähl, Mami, rief Veronika, wie sie für dich „Bionda" gespielt haben.

Als sie noch klein war, habe ich ihr einmal erzählt, wie sie für mich „Bionda" gespielt haben, damals, als es sie noch nicht gab. Sie klatschte begeistert in die Hände, als ich ihr erzählte, wie Peter und ich, während sie für mich „Bionda" spielten, im Café Europa in Rijeka getanzt haben, das – ehrlich gesagt – ein etwas anderes Kaffeehaus war als jenes gleichen Namens in Vranje, vor dem sich viele Jahre später Veronika mit ihrem Leutnant fotografieren ließ, vielleicht war er damals auch schon Hauptmann. Diese Geschichte wollte sie immer und immer wieder hören, und auch als sie schon groß war und wir in der Laibacher Wohnung lebten, musste ich sie immer wieder erzählen. Und auch vorsingen, ich habe es nie vergessen.

Und zu Silvester, in der Burg, das letzte ruhige Jahr vor dem Krieg, bat sie mich vor der versammelten Gesellschaft, es zu erzählen – und vorzusingen. Ich war verlegen, vor allem als sich ihr Leo und alle anderen ihrer Bitte anschlossen. Erzählen Sie schon, sagte der Dichter, was für ein Geheimnis ist diese „Bionda". Ich werde es erzählen, sagte ich, aber vorsingen werde ich es nicht. Es ist ja nichts Besonderes, sagte ich, Peter war damals in Rijeka, seine Geschäfte liefen gut, er kaufte wieder ein neues Frachtschiff, es lag in Triest vor Anker … Lass die Geschäfte, sagte Veronika, das interessiert keinen.

Ja, gut, sagte ich, es war nichts Besonderes, ich war zu Besuch nach Rijeka gekommen, abends saßen wir im Café Europa, wir waren noch nicht verheiratet, in der Ecke wurde Musik gespielt. Peter stand plötzlich auf, ging zu den Musikern und bestellte etwas. Und der Kapellmeister mit der Geige verkündete vor dem vollen Kaffeehaus: Jetzt spielen wir für die blonde Dame aus Ljubljana, und zeigte mit dem Bogen auf mich. Alle starrten mich an, und ich war wirklich verlegen, unter den Leuchtern sah man wahrscheinlich, dass ich ganz rot geworden war. Peter kam langsam vom Orchester zurück, er ging durch das ganze Kaffeehaus direkt auf mich zu und bat mich um den Tanz. Dann haben wir getanzt. Das ist alles.

Nicht alles, sagte Veronika. Das war das Lied, das ihr in einer Wirtschaft, in einer Bottega gehört habt, nicht wahr, Mami? Eine Bottega ist ein Laden, es kann aber auch eine Gastwirtschaft sein, in Istrien. Und das hatte sie völlig verzaubert, beide. Das Lied geht so … Veronika stimmte an: *Tutti mi chiamano bionda, ma bionda io non sono* … und erklärte: Alle nennen mich Bionda, aber ich bin keine Bionda. Die Sache ist die, dass Mami eine „Bionda" war, sie hatte wunderbares helles Haar, beinahe golden. Und unser Goldhaar drehte sich im Tanz, erzählte Veronika, im Café Europa in Rijeka mit ihrem Peter, der zu ihr sagte, was hat er zu dir gesagt, Mami? Er sagte zu ihr, es ist höchste Zeit, dass wir heiraten. Und was hast du gesagt, Mami? Sie hat gesagt, dass es tatsächlich höchste Zeit sei. Veronika schwieg kurz, bis hierher war die Geschichte doch nichts Besonderes. Höchste Zeit, fügte Veronika hinzu, höchste Zeit deshalb, weil Mami schwanger war. Ich war auf dem Weg, ganz am Anfang des Weges, rief sie. Veronika lachte, ich war verlegen, beinahe so wie damals, als sich das Ganze abgespielt hatte. Vor allem deshalb, weil auch alle anderen laut lachten und applaudierten. Auch in dem Kaffeehaus hatten alle applaudiert, als wir aufhörten, uns zu drehen. Es war schön. Der Dichter sagte, das Lied sei ihm bekannt. Es erzähle von einem Mädchen aus Parenzo, wir sagen Poreč, einem Mädchen aus der Stadt, das sagt, was wir gerade gehört haben, sagte er, und weiter: *Porto i capelli neri … sinceri nell'amor. Perché non m'ami piú.* Sie hat aber in Wahrheit schwarzes Haar … aufrichtig in der Liebe. Und jemand strich über das Klavier und ich begann dann wirklich zu singen, zusammen mit Veronika und dem Dichter, ich sang den Text, die anderen den Refrain, den sie schnell gelernt hatten: *Perché non m'ami piú!* Warum liebst du mich nicht mehr! *La mia murusa vegia,* sang ich, *ga meso su butega,* das ist die Bottega, der Laden oder auch die Wirtschaft, wo Peter und ich das Lied zum ersten Mal gehört hatten, ihre alte Freundin verkauft darin alles Mögliche, *de tutte la vendeva,* Polenta und Bakalar … *polenta e baccalà. Perché non m'ami piú!*

Noch heute kann ich alle zwölf Strophen dieses seltsamen Lieds, es heißt *La mula de Parenzo*, dieser seltsame Walzer, der am Ende zu einem verspielten, fast alpinen Schnaderhüpfl wird. Der Refrain, *warum liebst du mich nicht mehr*, wird wiederholt, aber Peter hatte diese Musik im Café Europa nicht deswegen gewählt, um mich das zu fragen, denn ich liebte ihn damals, ich trug sein Kind, Veronika. Das Lied hatte er deshalb gewählt, weil wir es auf unserer Istrienreise gehört hatten und es uns verzaubert hat, auf dem Weg nach Hause sangen wir es die ganze Zeit vor uns hin. Über das Mädchen mit dem schwarzen Haar – *aufrichtig in der Liebe*, das eine Verkäuferin wurde und Polenta und Stockfisch verkaufte, haben wir gelacht. Mit diesem Lied hatte er um meine Hand angehalten.

Wir sind alle drauf auf dem Foto, alle, die wir an jenem Silvesterabend gesungen haben. Von diesem Foto war dann plötzlich nur noch Joži übrig geblieben, unsere Haushälterin. Alle anderen waren verschwunden. Die Zimmer waren leer, auch rings um das Anwesen gab es kein fröhliches Treiben mehr, der Garten wurde von Unkraut überwuchert, auch die Arbeiter hatten uns verlassen. Geblieben war Joži, die Veronika so gernhatte. Sie hat immer gesagt, der wahre Gutsverwalter und Burgherr sei sie, sie wisse immer, was im Speisesaal zu tun sei, im Garten oder auf den Feldern. Dann blieben wir zwei allein, wir betrachteten die Fotos. Auch sie kannte das Lied von der „Bionda“, manchmal sangen wir es gemeinsam oben in meinem Zimmer. Zum Speisesaal oder in den Burghof ging ich fast gar nicht mehr hinunter. Meine Beine hatten mich im Stich gelassen, aber ich wollte auch nirgends mehr hin. Überall war zu viel von Veronika und Leo, von ihren Sachen, selbst den ausgestopften Alligator in der Eingangshalle konnte ich nicht ansehen, ohne mich an sie zu erinnern. Ich führte Gespräche mit Peter. Und mit Joži.

An jenem Silvesterabend wussten wir nicht, dass noch im selben Jahr der Krieg zu uns kommen würde. Auch nach Podgorsko.

Dort hinauf, von wo eines Nachts im Winter Veronika, meine Tochter, weggegangen ist. Sie musste gehen. Jeden Tag saß ich dort oben am Fenster und wartete darauf, dass ich sie erblicken würde. Leo und sie würden mit dem Auto kommen und Veronika würde mir zuwinken, wenn sie mich am offenen Fenster sitzen sähe. Das war ein schöner Gedanke, aber damals wusste ich schon, dass sie mit dem Automobil jedenfalls nicht kommen werden. Eines Nachmittags schaffte ich es mit Jožis Hilfe die Treppe hinunter und betrat die Garage, das Auto stand dort, auf dem Rücksitz lag ihr Sportsakko, das sie immer zum Fahren anzog. Auch ihr Regenschirm war da. So wusste ich schon, dass sie mit dem Auto bestimmt nicht kommen werden. Es wird sie eben jemand anders bringen. Vielleicht jemand von denen, die plötzlich in den Zimmern herumgingen, aßen und tranken, manchmal auch übernachteten.

Dieses Jahr im Frühling kamen sie wieder, sie fragten nichts, sie kamen einfach. Wer sind diese Menschen?, fragte ich Joži, sind das Freunde von Leo? Joži sagte, sie seien aus Ljubljana, sie wollen die Burg eine Zeitlang mieten. Wie mieten? Mieten eben, sagte sie. Und mit wem werden sie unterschreiben, wenn Leo nicht da ist? Die brauchen nichts zu unterschreiben, sagte Joži. Die mieten einfach. Ich verstand nicht, jetzt verstehe ich: Es war die neue Staatsgewalt. Damals sah sich Joži um und flüsterte: Manche Sachen nehmen sie sich auch einfach. Einige Tage später sah ich vom Fenster aus, wie sie die großen Bilder aus dem Speisesaal auf einen Lastwagen luden, sie trugen auch etliche Kisten und Hirschgeweihe weg, die an den Wänden gehangen hatten. Einer hatte Schachteln mit Essbesteck unter dem Arm, ich erkannte sie wieder. Ich rief Joži: Wohin bringen sie das denn? Sie haben es sich ausgeliehen, sagte sie, für die Ämter in Ljubljana. Gut, sollen sie sich das ausleihen, dachte ich, das wird Leo schon alles zurückbekommen. Aber was wollen sie mit den Hirschgeweihen, mit diesen ausgestopften Hirsch- und Keilerköpfen? Eigentlich war es mir egal, sollen sie es mitnehmen, wenn nur Veronika zurückkommt, mit Leo oder Stevo oder allein, mit dem Automobil oder auf dem Pferd oder zu Fuß, wenn sie nur kommt, damit ich sie umarmen und fragen kann, wo warst du schon wieder? Warum hast du wieder nicht gesagt, wohin du gehst? Auch als du nach Sušak gefahren bist, hast du nichts gesagt. Und als du mit Stevo nach Serbien gegangen bist, hast du auch nichts gesagt. Tagsüber saß ich am Fenster, so wie jetzt, nachts weinte ich. Jetzt weine ich nicht mehr, ich werde nur andauernd wach, jede Nacht, und sehe an die Decke und warte auf den Morgen, wo ich wieder die Gesichter auf der Straße beobachten werde. Einige Tage nachdem sie von Burg Podgorsko die Bilder und Geweihe abtransportiert hatten, hörte ich im Burghof ein Gespräch zwischen unserer Haushälterin und einem Herrn in Stiefeln.

Und wie lang wird die Alte noch hier sein?, schnauzte er Joži an.

Man sucht eine Wohnung für sie, sagte Joži.

Soll ein Verwandter sie zu sich nehmen, sagte dieser Herr, während er mit dem Stiefel gegen die Wand trat, um den Dreck von ihnen abzukriegen. Die Gnädige ist schon sehr alt, sagte Joži. Deswegen sollen sie sie zu sich nehmen, schrie er, oder soll ich etwa für sie sorgen? So sind diese Leute, sagte er, einen alten Menschen würden sie auf der Straße stehen lassen. Ich war sehr verwundert: Ich stehe doch nicht auf der Straße, ich lebe hier schon das sechste Jahr und Leo, der Besitzer dieser Burg, ist mein Schwiegersohn.

Dann kam eines Morgens im Mai Filip und sagte, man habe eine Wohnung für mich in Moste gefunden. Joži half mir, zwei Koffer zu packen, ein Mann in Uniform fuhr mich mit dem Auto zum Bahnhof in Poselje, auch Filip, der dann mit mir im Zug nach Ljubljana fuhr. Und Joži, die mir winkte, als der Fahrdienstleiter mit der roten Mütze die Kelle hob und der Zug anfuhr. Sie weinte. Ich wollte ihr sagen, sie solle doch nicht weinen, ich käme bald zurück, vielleicht zusammen mit Veronika und Leo.

Ich weiß nicht, wo Joži jetzt ist, ich weiß nicht, wo Veronika ist. Nur Filip kommt noch. Gestern Vormittag vertraute er mir an, dass er nach München geschrieben habe. Jetzt müssen wir nur noch auf die Antwort warten.

Die Nacht geht, hinter den Fenstern wird es langsam hell. Vom Gang höre ich die Stimmen der ersten wachen Bewohner, die schon in der Reihe vor der Toilette stehen. Jemand lässt Wasser in einen Kübel laufen. Ich werde noch ein bisschen liegen bleiben und mich mit Peter unterhalten. Über unseren Tanz in Rijeka. Er war immer zurückhaltend und ruhig, aber damals war er so forsch. Dann werde ich mich ans Fenster setzen und die Passanten unten auf der Straße beobachten. Vielleicht kommt wieder dieser Jeranek aus Poselje vorbei, ich werde ihn heraufrufen und ihn fragen, ob er weiß, mit wem Veronika mitgegangen ist. Wenn es Jeranek nicht weiß, weiß es vielleicht Horst, der deutsche Arzt. Filip hat ihm einen Brief geschickt. Ich werde auf Filip warten, schon von Weitem wird er mir mit dem Brief zuwinken, der aus Deutschland gekommen ist. Vielleicht schon diesen Morgen.

3

Als ich heute früh gegen acht Uhr von meinem Morgenspaziergang durch den Luitpoldpark zurückkam – wenn man zu dem Gehen am Stock überhaupt Spaziergang sagen kann –, erwartete mich im Briefkasten ein merkwürdiger Brief, der mich mit aller Macht zurückbrachte in die Zeit, als ich meinen Dienst in den slowenischen Bergen verrichtete. Ein mir völlig unbekannter Mensch namens Franc Gorisek fragte mich in dem Brief, ob ich vielleicht über irgendwelche Informationen zu den während des Krieges verschwundenen Eheleuten Veronika und Leo Zarnik verfüge. Das versetzte mich in schlechte Laune, über was für Informationen hätte ich verfügen sollen? Es sind zwei Jahre, seit ich die Eheleute Veronika und Leo zum letzten Mal gesehen habe, und ich soll jemandem erklären, warum und wohin sie verschwunden sind, was mit ihnen passiert ist?

Meine Frau war auf der Arbeit, unser Sohn weiß Gott wo, und ich wie jeden Tag in der leeren vormittäglichen Wohnung, ein Mann, dessen Haar zu früh grau wird und der zu nichts mehr taugt. Außer dass er morgens Milch und Brot holt, danach auf einen Spaziergang in den Luitpoldpark geht, durch die Brunnerstraße zurückkehrt und den fleißigen Menschen zuschaut, die ihre zerbombten Häuser wieder herrichten. Um sich schließlich mit der letzten noch nützlichen Sache zu beschäftigen, die er jeden Tag verrichten kann: mit dem Essenkochen.

Dieser Vormittag war anders, in den Händen hielt ich einen Brief, bei dem mich eine plötzliche Erregung überkam. Ich hüte mich vor ihnen, wir Menschen, die wir während des Krieges Dinge erlebt haben, die wir nun einmal erlebt haben, hüten uns vor ihnen, vor den Erinnerungen. Jedes schöne Ereignis aus jener Zeit zieht etwas Böses nach sich, es ist besser, dass da nichts ist, weder Schönes noch Böses, nur ein gehumpelter Spaziergang, die Zeitungslektüre, das Zubereiten des Essens, das ist völlig genug. Und das Bewundern der jungen Leute, die meisten von ihnen Frauen, die sich in langen Ketten die Ziegel zureichen. Gebäude wachsen aus den Ruinen, das Leben ersteht neu und schreitet voran, was geschehen ist, ist geschehen, was die Bomben und Schüsse begraben haben, ist begraben. Obwohl noch vor wenigen Monaten Bomben auf die Stadt fielen, ist das schon Vergangenheit, und alle, die wir an diesem unglücklichen Krieg mitgetan haben, sind schon morgen Menschen der Vergangenheit. Ich bin es bereits heute, weil ich mich nicht erinnern will. Über die Vergangenheit und über meine Erinnerungen legt sich allmählich der Schleier des Vergessens. Auf dem Kopf habe ich graue Haare, die es vor fünf Jahren dort noch nicht gegeben hat. Und wenn ich in den Spiegel sehe, weiß ich: Die Waagschale des Lebens hat sich auf die andere Seite gesenkt, dorthin, wo meine toten Kameraden sind, die in den ukrainischen Sümpfen gefallen sind, auf den schlammigen Waldwegen in Slowenien, wo aus dem Hinterhalt die Partisanenkugeln flogen und Autoscheiben und Gesichter zerfetzten, in den Ebenen der Lombardei, durch die wir uns im Jahre fünfundvierzig Richtung Alpen zurückzogen. Damals hat der Tod ausgeholt und zugeschlagen, um sich dann anderswo auf die Lauer zu legen. Und doch habe ich ihn nicht so gespürt wie jetzt, jetzt weiß ich, dass er in mir ist, in meinem Körper, der durch die Wohnung und hinaus zum Morgenspaziergang schlurft, wenn im Park in aller Frühe die Vögel singen und, bei meiner Rückkehr, schon die Augustzikaden zirpen und auf der Straße die zupackenden Hände der jungen Menschen dabei sind, die Ziegel und Balken an ihre alten Plätze zu setzen, die Fenster und Türen hochzumauern, und auch Lachen zu hören ist, aufmunternde Rufe. Überall ersteht das Leben neu, in mir aber hat sich der Tod eingenistet, zu viele sterbende Menschen habe ich gesehen, als dass ich mich jetzt an diesem Sommer erfreuen könnte, wo alles aufs Neue beginnt, der menschliche Tod hat sich wie eine nagende Ratte in meine Gedanken eingefressen, denen es nicht hilft, wenn sie sich nicht an den Krieg erinnern wollen, an die vergangenen Jahre meines Dienstes in der Wehrmacht, an nichts. Er weckt mich mitten in der Nacht und lässt mich wissen, dass jeder Atemzug, jeder hinkende Schritt zum Badezimmer und zurück zum Bett nur ein Schritt mehr in seine Leere ist. Ich kannte ihn nicht, den Tod, als er in fernen Ländern ganz nah bei mir war, jetzt sehe ich ihn überall, im abgefallenen Laub auf meinem Morgenspaziergang, in den Augen des alten Hundes, der sich seinem Herrn nachschleppt.

Sie, Veronika, nach der mich der Brief fragt, hat ihn schon damals gesehen, sie beugte sich über einen überfahrenen Frosch auf der Straße und sagte, sehen Sie die Augen ... Eines Morgens sagte sie zu mir dort auf Podgorsko, am Fischteich: Sie leben doch die ganze Zeit zwischen Leben und Tod. Wir hörten das Wiehern ihres Pferdes aus dem Stall, die Sonne ging gerade auf, hinter uns lag eine lange, fröhlich gesellige Nacht, aber sie sagte das wie ein Kind angesichts der plötzlichen Erkenntnis, dass das Leben, dass die Jugend vergänglich ist, sie war wie ein Kind, das sich über alles wundert, was um sie herum geschieht, über die Soldaten, die Uniformen, das Töten, den überfahrenen Frosch. Zwei Jahre versuche ich das alles zu vergessen, auch sie, obwohl ihre Gestalt aus jenem Morgen mir noch lange nachgefolgt ist, ihre beharrliche Anwesenheit, die Stimme, ihr sportlicher Schritt und ihre wehmütigen, ruhigen, fast reglosen, von den Strahlen der Morgensonne beschienenen Augen.

Aber der Brief war an diesem Augustmorgen hier, er verlangte eine Antwort, mich überkam eine Erregung, die ich nicht wollte. Vor meinen Augen erstanden die in der Sonne liegende grüne Landschaft unter den Bergen, die weiten sanften Felder, die Schotterstraße und wir drei im Automobil, hinter dem der Staub aufstieg. Es war an einem Sonntagnachmittag, fast schon Abend, als wir den Frosch überfuhren.

September zweiundvierzig, Ende August, vielleicht Anfang September. An einem warmen Sonntagnachmittag fuhren wir zu ihrer Burg, Leo steuerte, neben ihm saß Veronika, ich war auf dem Rücksitz. Sie hatten mich in Kranj unterwegs von Ljubljana aufgelesen. Ich hatte an jenem Sonntag kein Auto zur Verfügung, ich hatte Leo angerufen, ich wollte nur mitteilen, dass ich am Abendessen nicht teilnehmen könne, da ich keine Fahrgelegenheit hätte. Gemeldet hatte sich aber sie: Kleinigkeit, meinte sie, wir werden Sie aufsammeln und fahren gemeinsam hinauf. Wir haben einen Pianisten, wir werden Beethoven hören. Ich zögerte etwas, vor allem weil ich wusste, dass es für ihr Ansehen nicht unbedingt gut sein würde, wenn die Leute sähen, wie sie mit einem deutschen Offizier in der Gegend umherfuhren. Vor Jahr und Tag hatten sie uns noch ganz freundlich begrüßt, jetzt aber wechselten die Bauern schon verstohlen Blicke, unsere Verwaltung agierte nicht immer aufs Klügste, auch das Kriegsglück war eine ungewisse Sache geworden, die Nachrichten aus Russland und Afrika waren nicht immer die besten. Leo hätte das verstanden, sie aber lebte sozusagen ein wenig hinter dem Mond, jedenfalls interessierte sie die Politik nicht, der Krieg war irgendwo weit weg in Russland, wir waren in ihrem Land mehr oder weniger vorübergehend oder durch einen Zufall namens Stammrolle; wenn all das zu Ende sein würde, würden wir uns diese oder jene Ansichtskarte schicken. Ich sagte, dass ich dann auch für zurück keine Fahrgelegenheit hätte, am Morgen aber zur Morgenvisite im Krankenhaus sein müsse.

Kleinigkeit, sagte sie wieder, Sie werden bei uns übernachten, und am Morgen werden wir Sie schon zurückbringen zu Ihren Kranken.

Ihr zu widersprechen war mitunter nicht möglich. Ich weiß nicht, warum ich mich schon damals an diese Fahrt erinnert hatte, schon im Jahr vierundvierzig, als ich in Italien erfuhr, dass beide aus Podgorsko verschwunden waren, sie und ihr Mann. Nur wegen dieses Frosches? Und jetzt trat mir diese Fahrt wieder lebhaft vor Augen, das gleichmäßige Motorengeräusch, die langen Schatten des milden Abends.

Während der ruhigen Fahrt rief Veronika plötzlich, dort, ein Frosch. Und einen Augenblick darauf: Wir haben ihn überfahren. Sie verlangte von Leo, er solle das Auto anhalten. Er hielt an, sie stieg aus, und er sah mich über die Schulter hinweg an: So ist sie eben. Etwas ungewöhnlich mitunter. Sie ging auf der Straße zurück und hockte sich zu den Überresten des überfahrenen Tieres. Eine Zeitlang warteten wir, dann stiegen wir auch aus, zündeten uns eine Zigarette an und spazierten zu ihr. Veronika war offensichtlich am Rande der Tränen. Der Ärmste, sagte sie, ein Rad ist über ihn hinweggegangen. Obwohl sie ziemlich erschüttert war, widmete sie sich der Anatomie des kleinen Körpers, so als wollte sie, dass auch wir beide verstünden, was da passiert war. Schau, sagte sie zu Leo, das sind die Därmchen, der Magen und die Blase sind dem Ärmsten geplatzt. Aber hier am Schenkel sind noch die Muskeln, mit denen er sich abgestoßen hat. Leo zuckte mit den Achseln, und sie erhob sich. Bück dich, sagte sie, siehst du denn nicht? Leo bückte sich geduldig, um es ihr recht zu machen.

Sieh doch, flüsterte sie fast, wie diese Augen schauen, sie sind ja noch lebendig.

Dann drehte sie sich zu mir um: Was, Doktor, da lässt sich nichts tun. Ich wusste nicht, ob das eine Frage oder eine Feststellung war. Ich sagte scherzend, ich bin kein Veterinär, worauf sie mich streng ansah und zum Wagen ging. Für einen Moment war ich richtig schlechter Laune. Was hatte ich alles schon gesehen, menschliche Gedärme, die aus zerschossenen Bäuchen quollen. Und menschliche Augen, die gerade noch lebendig waren und einen Augenblick später nicht mehr. Jedenfalls schien es mir nicht notwendig, dass jemand einen solchen Zirkus wegen eines überfahrenen Frosches macht und dann noch den Beleidigten spielt, wenn andere nicht mit ihm mitfühlen.

Damals war ich schon fast ein Jahr in Oberkrain, im alpinen Teil des besiegten und zerfallenen Jugoslawien. Vom ersten Augenblick an, als ich dort ankam, hatte mich die Landschaft an daheim erinnert, an den Bergkranz über unseren Seen. Nachdem mir in den Dnjeprsümpfen der Splitter einer russischen Granate das Kreuzband zerrissen hatte, schleppte ich mich eine Zeitlang durch die Lazarette, wo mich die Kollegen zusammenflickten, dann fand ich mich nach einer langen Zugfahrt in einem Sanatorium fast daheim in Bayern wieder. Nach gut einem Monat ging ich schon wieder, obwohl ich von da an bis ans Kriegsende hinkte. Ich hatte gedacht, dass sie mich nach Hause schicken würden, aber an Ärzten bestand Mangel und sie sagten, ich sei für den Dienst im ruhigen Hinterland durchaus noch tauglich. Für eine Parade mit Stechschritt reicht es zwar nicht, sagte einer aus der Kommission, aber du gehst recht gut. Sie schickten mich nach Krain. Dort war es, verglichen mit dem, was ich wenige Monate zuvor in den Pripjetsümpfen Russlands erlebt hatte, verhältnismäßig ruhig. Ich arbeitete im Krankenhaus in Krainburg, wohnte zusammen mit mehreren Ärzten im Haus von Leuten, die die Unseren irgendwohin auf den Balkan ausgesiedelt hatten, und jeden Tag sagten wir uns, welch ein Glück! Vor allem ich konnte das sagen, der ich die ukrainischen

Sümpfe, den Schlamm, die Gewaltmärsche, die Schüsse aus dem Hinterhalt, das Heulen der Artilleriegranaten hinter mir hatte. Es war verhältnismäßig ruhig, die Rede war von Aufständischen und einer Offensive der Italiener, unserer Verbündeten, in den großen Wäldern am unteren Ende des Landes. Auch hier kam es zu diesem oder jenem Überfall auf einen Gendarmerieposten oder eine Militärpatrouille, Offiziere der besiegten jugoslawischen Armee versuchten verzweifelt den Widerstand zu organisieren, damals wusste man über die bolschewistischen Horden noch nicht viel. Mitunter brachten sie einen Verwundeten von uns, aber im Großen und Ganzen heilten wir Brüche und Blasen, Furunkel und Fußkranke, die sich nach dem Kasernenhofexerzieren etwas Ruhe wünschten und sich nach den Patrouillemärschen durch Alpentäler und Bergwälder in einem Bett auszuruhen gedachten. Eigentlich ließ es sich dort in jenem Jahr fast so leben wie in Deutschland, das die Bombenangriffe noch nicht zerstört hatten, ich bewegte mein Knie bei langen Spaziergängen durch die Morgennebel in der Umgebung, die Felsengipfel in der Ferne erinnerten mich an meine bayerische Heimat; wenn die Sonne stärker schien, summten Bienen über den blühenden Feldern, die Menschen klaubten Kartoffeln, der Krieg war weit weg.

Veronika lernte ich bald nach meiner Ankunft kennen. Eines Sonntagvormittags brachte sie während meines Bereitschaftsdienstes eine Kranke mit hohem Fieber zu mir, die Frau stöhnte vor Schmerzen und fantasierte schon. Ich diagnostizierte eine Blinddarmentzündung und ordnete die Operation an. Mitgekommen war auch ein junger Mann, sein Name war Jeranek, jedenfalls nannten sie ihn so. Ich habe mir den Namen gemerkt, weil er für meine Ohren ungewöhnlich klang und weil ich Jeranek auch später begegnet bin, wenn ich Veronika und Leo auf Podgorsko besuchte, wo er Gelegenheitsarbeiten verrichtete. Er ist mir auch deshalb in Erinnerung geblieben, weil die liebenswürdige Dame, die die Kranke gebracht hatte und sie die ganze Zeit über an der Hand hielt, den Namen ausgesprochen hatte, Jeranek. Sie werden sie doch gesund machen, Herr Doktor, sagte sie in tadellosem Deutsch, die ganze Zeit sage ich ihr, sie brauche keine Angst zu haben. Jeranek ist auch hier, Ihre Patientin hat Angst, dass er weggegangen sein könnte. Jeranek ist ihr Verlobter, fügte sie hinzu, sie werden heiraten. Als sie die Kranke aus der Ordination schoben, zeigte sie auf den Hof, dort ging ein junger, untersetzter Mann mit breiten Schultern und grünem Hut auf dem Kopf um das Auto herum, das ist Jeranek, sagte sie. Er ist ein guter Junge.

Ist dieser Jeranek Ihr Chauffeur?, fragte ich.

Nein, sagte sie, ich bin gefahren, er wollte mitkommen, er liebt sie.

Sie fahren Auto?, fragte ich verwundert.

Nicht nur Auto, lachte sie, auch Flugzeug, wenn nötig.

Sie sagte, sie habe die Pilotenprüfung. Für Sportflugzeuge. Und Jeranek arbeite zuweilen bei ihnen. Mehr als Jeranek interessierte mich diese elegante und ungewöhnliche Frau, die angeblich zu pilotieren verstand, was ich im ersten Moment zugegebenermaßen kaum glauben konnte, die aber mit Sicherheit dieses große Auto zu fahren wusste. Und Deutsch mit Berliner Tonfall sprach. Sie sagte, sie habe in Berlin studiert. Sie wohne in einer Burg am Fuß der Berge, hauptsächlich, mitunter auch in Ljubljana, wo sie ebenfalls eine Wohnung hätten. Aber jetzt verbringe sie die meiste Zeit auf der Burg, sie heiße Podgorsko, Ljubljana befinde sich in der italienischen Zone und sie mag nicht über diese entsetzlichen Grenzübergänge fahren, wo bewaffnete Menschen in ihrem Auto herumschnüffeln und sich überhaupt benehmen, als wären wir alle irgendwelche Schmuggler. Sie fragte, wann sie die Kranke heimholen könne. Ich sagte, in einer Woche, ich hoffe, dass alles in Ordnung sein wird.

So lernte ich die junge Burgherrin kennen, bald darauf auch ihren Mann, der mich einlud, sie auf ihrer Burg Podgorsko zu besuchen, Burg?, eher schon ein Schloss, ich lernte auch die ältere Burgdame kennen, Veronikas Mutter, Frau Josipina, und eine energische Haushälterin namens Joži, die mehr als eine Haushälterin war, eher eine Vertraute Veronikas und der Familie, ich lernte ihren Gärtner kennen, den Hund, die Pferde, nach gut einem Monat war ich dort ein regelmäßiger Gast. Nicht der einzige, auf der Burg versammelte sich eine Clique aus Unternehmern und Dorfmagnaten nebst ihren Frauen aus der Umgebung, verschiedenen Laibacher Künstlern und jungen Damen, Veronikas Freundinnen. Auch von deutschen Offizieren, zu denen Leo gute Kontakte hatte, sie kamen ihm zupass bei verschiedenen kleinen Gefälligkeiten, bei Reise- und Arbeitsbewilligungen, bei manchem, wegen dem seine Fabrik ungestört arbeiten konnte. Kurzum, eine bunte Gesellschaft aller möglichen Leute, die dort unter dem Hang des großen Waldes ein Asyl gefunden hatte, ein Gefühl für ziviles und normales Leben inmitten des großen Krieges. Veronika war mir dankbar, weil ich diese junge Bäuerin erfolgreich operiert hatte, noch lange danach stellte sie mich als den Herrn Doktor vor, der Jeraneks Verlobte gesund gemacht habe, vielleicht sagte sie es nicht so, vielleicht sagte sie ihren Namen, den ich vergessen habe.

Auf Jeranek bin ich noch einmal gestoßen, Ende des Jahres zweiundvierzig, vielleicht November, Eisblumen hatten sich an den Scheiben gebildet. In der Ambulanz rief mich Leo an und sagte, er bitte mich um einen kleinen Gefallen. Die Polizei habe einen ihrer Arbeiter eingesperrt, man verdächtige ihn der Zusammenarbeit mit den Partisanen. Doch er lege die Hand für ihn ins Feuer, das sei ein ruhiger, loyaler Mensch, der sich nicht mit Politik abgebe. Sie hätten an die dreihundert Leute festgenommen, darunter seien sicherlich auch Unschuldige, Jeranek bestimmt. Ich sagte, dass ich schwerlich etwas tun könne, vor allem wenn die Gestapo ihn in den Händen habe, mit der Gestapo hätten auch wir nicht gern zu tun. Dann gab er mir Veronika ans Telefon. Das ist dieser Bursche mit dem grünen Hut, sagte sie, damals … als sie seine Verlobte mit dem entzündeten Blinddarm gebracht habe, ich erinnere mich doch. Natürlich erinnerte ich mich an unser beider erste Begegnung. Die Verlobte sei sehr unglücklich und erschrocken; sie, seine Eltern, alle würden mir sehr dankbar sein, wenn ich etwas tun könnte, auch sie, Veronika werde mir das nie vergessen. Zögernd versprach ich, es zu versuchen. Wenn mir Veronika das nicht mit ihrer bittenden und zugleich unnachgiebigen Stimme gesagt hätte, hätte ich das sicher nicht getan.

Ich rief Wallner an, einen kühlen Mann, mit dem ich bis dahin kaum ein Wort gewechselt hatte. Er sagte, ich solle persönlich vorbeikommen. Aus dem Krankenhaus fuhr ich gleich im Arztkittel zum Sitz der Gestapo. Wallner traf ich im Hof an, als ich aus dem Auto stieg. Gleich dort sagte ich ihm, dass ich einen der jungen Männer, die man in einer großen Gruppe in den Dörfern festgenommen hatte, persönlich gut kenne. Ein bisschen war das gelogen, ich kannte ihn wohl, auch nachdem er zusammen mit Veronika seine Verlobte gebracht hatte, hatte ich ihn ein paar Mal auf dem Gutshof gesehen, aber dass ich ihn persönlich und gut kannte? Wallner sah mich kühl an, er sagte, ich soll mich nicht in Angelegenheiten der Sicherheit einmischen. Ich wollte schon aufgeben, musste dann aber daran denken, wie ich vor Veronika treten würde, es würde mir nicht leichtfallen, in ihre traurigen, vielleicht verzweifelten Augen zu blicken. Ich feuerte meine schwerste Munition ab, ich wusste, mit einer ziemlich gewagten Behauptung. Ich sagte, dass ich persönlich, als Soldat des Deutschen Reiches, mit meiner Offiziersehre für diesen Mann bürge. Wenn mit der Offiziersehre, sagte Wallner ironisch, dann wollen wir mal versuchen, etwas zu tun. Ich gab ihm die Personalien des Festgenommenen. Nach ein paar Tagen stellte sich heraus, dass es sich tatsächlich um einen Irrtum gehandelt hatte, Jeranek war frei.

Es war mir nicht leichtgefallen. Wallner war ein gefährlicher, kalter Mann. Damals, als wir im Hof standen, hallte während unseres Gesprächs hinter den Fenstern ein schrecklicher Schrei wider und darauf ein langes Brüllen. Wir stockten und Wallner sah mich mit seinen leeren hellen Augen an. Ich fragte nichts, ich sagte nichts. Ich fuhr fort, als ob nichts geschehen wäre. Aber ich wusste gut, was da vor sich ging, jemand wurde verhört. Der, der geschrien hatte, war einer der Festgenommenen, ihn hatte danach der Vernehmende angebrüllt. Ich wusste, dass sie bei den Verhören Ochsenziemer verwendeten. Ich kannte die Folgen dieser Verhöre, mitunter brachten sie einen zu mir in die Ambulanz, damit wir ihn nähten, zusammenflickten und verbanden. Einen, der eingewilligt hatte mitzuarbeiten. Wer nicht willig war, kam nicht zu mir, den stellten sie vor das Erschießungskommando. Wenn sich herausstellen sollte, dass ich Wallner etwas vorgelogen hatte, könnte ich mich in dem Verhörraum wiederfinden, ich sage wohl besser, in der Folterkammer.

Ich war sehr froh, als Wallner nach dem Badoglio-Verrat unseres italienischen Verbündeten nach Triest versetzt wurde. So erfuhr er nicht, dass Jeranek ein paar Monate später von der Burg und auch aus seinem Dorf verschwunden war. Aller Wahrscheinlichkeit nach war er zu den Partisanen gegangen. Ein Glück für mich und meine Offiziersehre, dass Wallner da nicht mehr in der Nähe war. Vielleicht auch für Leo, der für den Bauernburschen die Hand ins Feuer gelegt hätte. Aber als ich diesen Jeranek rettete, war ich überhaupt nicht auf den Gedanken gekommen, ich könnte möglicherweise nicht für einen Unschuldigen bürgen. Mit der Ehre eines deutschen Offiziers.

An jenem Tag, als wir angesichts des überfahrenen Frosches philosophierten, wurde auf einem Lastwagen ein neues Klavier auf die Burg gebracht. Aus dem Speisesaal kamen gleichmäßige, irgendwie aufdringliche Töne, der Pianist stimmte selbst. Abends begannen dann vor dem Tor die Wagen vorzufahren. Das Schlagen von Autotüren war zu hören, unsere Offiziere in gewichsten Stiefeln stiegen aus, die Fahrer öffneten ihnen die Türen und schlossen sie nach ihnen wieder. So viele Leute kommen zum Abendessen?, fragte ich Veronika. Sie lachte und sagte, dass sich manche gleich selber eingeladen hätten. Ihnen sei langweilig in dem fremden Land, sagte sie. Es kamen auch mehrere Unternehmer aus Ljubljana, und etliche Einheimische, Dorfmagnaten und lokale Politgrößen mit ihren Frauen. Ich erinnere mich nicht mehr, warum an dem Abend so viele Leute da waren, vielleicht hatte Leo Geburtstag, oder er hatte sie einfach so eingeladen, seine Geschäfte, die während des Krieges weiterliefen, brauchten gute Verbindungen.

Der Pianist, den sie Vito riefen, spielte nach dem Abendessen Beethoven. Die Mondscheinsonate. *Sonata quasi una Fantasia.* Wir saßen im Dämmerlicht zwischen Feldblumensträußen, die mit ihren warmen Farben überall im Raum leuchteten, die Fenster standen offen, die Abendkühle duftete nach den Fichten aus dem nahen Wald. Die hundert Finger des Pianisten wirbelten über die Klaviatur; abwechselnd schwebten leise und scharf konturierte Passagen des Klavierkonzerts durch den Raum, ich erinnere mich, dass ich ganz ergriffen war. Das melancholische Adagio. Hätte es in dem Raum nicht die Uniformen gegeben, auch meine natürlich, hätte ich denken können, dass nirgendwo auf der Welt Krieg sei, dass ich mich in meinem lieben München in der Konzerthalle oder aber auf einer wunderbaren seligen Insel in einem fremden Land befinden müsse. Ich sah Veronika an, sie atmete tief, als würde die Musik irgendwo in ihr Inneres strömen oder als würde sie etwas mit Erinnerungen füllen, mit weit zurückliegenden Erlebnissen, ich dachte, ihr müsse schwer ums Herz sein und sie werde gleich in Tränen ausbrechen. Aber so war es nicht, sie lachte. Als die letzten Tastenschläge des dramatischen Finales verklungen waren, schwieg sie einige Augenblicke lang und sah vor sich hin, dann lachte sie wie ein glückliches Kind, ging zum Pianisten und umarmte ihn.

Es war ein unvergesslicher Abend. Genau genommen Nacht. Nach dem Konzert verabschiedete sich das Gros der Gäste, durch die offenen Fenster hörte ich die Offizierskollegen, die im Burghof gut gelaunt nach dem Abschiedscognac Scherzworte wechselten und sich in die Wagen setzten. Die slowenischen Gäste, die aus den näher gelegenen Ortschaften waren, wurden von Leos Chauffeur zurückgefahren. Auch Leo verabschiedete sich und ging in die oberen Räume hinauf. Er machte nie die Nacht zum Tag. Er sagte, er müsse morgen früh nach Ljubljana, es sei Montag und viele Dinge müssten erledigt werden. Er könne mich, wie verabredet, wieder nach Krainburg zurückbringen.

Ich weiß nicht, warum mir diese Nacht, so viele Jahre später, dieser überfahrene grüne Frosch auf der Straße nicht aus dem Kopf geht, ein so unbedeutendes Ereignis, das sich einem gegen seinen Willen in die Erinnerung drängt. Alles Mögliche ist während des Krieges geschehen, mir aber kamen angesichts des Briefes, den ich am Morgen im Briefkasten vorgefunden hatte, der überfahrene Frosch und seine Froschaugen in den Sinn, die, obwohl schon tot, lebendig waren.

Das Kuvert wurde, wie aus dem Poststempel ersichtlich, vor einer Woche in Graz aufgegeben. Das heißt, dass die Post für diese Verhältnisse recht gut funktioniert, allerdings hat sie auch während des Krieges tadellos funktioniert. Aber im Brief stand ein viel älteres Datum, zwanzigster Mai fünfundvierzig. Das bedeutete nichts anderes, als dass er in Slowenien geschrieben wurde und dass man viel Zeit brauchte, bis man ihn über die Grenze gebracht hatte. Wie auch immer, jetzt war der Brief hier, und in ihm fragte im Namen der Familie Zarnik ein gewisser Franc Gorisek, ob ich irgendwelche Informationen über die vermissten Eheleute Leon Zarnik, genannt Leo, und seine Gattin Veronika Zarnik hätte. Ob ich während meines Dienstes im Gau Kärnten, dem Oberkrain damals angeschlossen war, irgendetwas erfahren hätte über die Umstände, besonders aber über die Folgen ihres Verschwindens. Er war in einem etwas antiquierten Deutsch geschrieben, und der Name des Absenders war mit großer Sicherheit erfunden. Ich vermute, dass der Schreiber ein Verwandter ist, der in diesen Zeiten nicht zu erkennen geben darf, dass er Kontakte zu einem ehemaligen deutschen Offizier anknüpft, einem Besatzungsoffizier, einem Nazi, wie man uns jetzt alle durch die Bank nennt. Die Familie, die ihn beauftragt habe, sich bei mir zu erkundigen, wüsste nämlich gern, ob die verschwundenen Personen noch am Leben seien, denn sie verfügten über keinerlei dementsprechende Informationen.

Wie sollte ich wissen, was mit Leo und Veronika passiert ist?

Im Februar vierundvierzig, als ich erfuhr, dass die Partisanen sie mitgenommen hatten, war ich in der Lombardei, wo wir zusammen mit den Truppen der Repubblica di Salò eine Gegenoffensive gegen die vorrückenden Alliierten einleiteten. Damals war es schon nicht mehr wichtig, dass ich ein kaputtes Knie hatte, sie schickten uns hin und her, angesichts der großen Ereignisse waren mein Hinken und die daraus resultierenden stärkeren Schmerzen aufgrund der ständigen Belastung von völliger Bedeutungslosigkeit. Die Nachricht überbrachte mir ein Stabsoffizier, den sie, wie mich, aus Krain hierher versetzt hatten, wenn auch einige Monate später. Aber der unterschriebene Franc Gorisek wendet sich mit dem Brief an mich, weil die Verwandten der Vermissten wissen, dass ich den beiden Eheleuten nahestand und dass ich sie oft auf Burg Podgorsko besucht habe, das sich im Besitz des verschwundenen Leo Zarnik befand. Ich solle, wenn mir das möglich sei, einen der Polizisten befragen, die damals in der Gegend Dienst getan hätten und jetzt vielleicht in Bayern demobilisiert seien. Vielleicht erinnere sich jemand von diesen Polizisten, dass es beim Verhör von gefangenen Partisanen zu irgendwelchen Angaben über die beiden Vermissten gekommen sei, von denen man wisse, dass sie in einer Winternacht des Januars vierundvierzig mit einer Partisaneneinheit mitgegangen und nicht wieder nach Podgorsko zurückgekehrt seien. Am Schluss des Briefes, übersät mit Höflichkeitsfloskeln, hieß es, dass man sehr besorgt sei und dass die „alte Dame“, derer ich mich sicherlich erinnere, Veronikas Mutter, besonders traurig sei. Von all dem Bösen sei sie so mitgenommen, dass sie kaum ein Wort spreche. Auf der Burg habe sie bis Kriegsende gelebt und gewartet, dass ihre Tochter zurückkehre. Jetzt wohne Frau Josipina, Witwe nach ihrem früh verstorbenen Mann Peter, allein in Ljubljana und sitze die ganze

Zeit am Fenster und warte auf die Rückkehr ihrer Tochter. Es würde ihr sehr helfen, die Wahrheit zu erfahren, wie immer sie auch laute.

Ihre Freunde, schrieb der Absender am Schluss, waren gute Menschen und haben, wie Sie selber wissen, nicht mit der Besatzungsmacht kollaboriert.

Schön, dachte ich, dass sie nicht mit der Besatzungsmacht kollaboriert haben, warum fragt ihr dann einen Angehörigen dieser Besatzungsmacht, auch wenn es nur ein Militärarzt ist, warum fragt Herr Gorisek nicht die neue Verwaltung, deren Leute, Angehörige von deren Armee haben sie verschleppt, als sie noch nicht die Verwalter waren. Natürlich wusste ich, dass das nicht möglich ist, aber ein merkwürdiges, ungeschickt formuliertes Postskriptum am Schluss des Briefes brachte mich doch ein wenig auf: Der Herr Doktor habe schließlich mit seinen häufigen Besuchen in deutscher Uniform Aufmerksamkeit erregt und die Partisanen auf den Gedanken einer möglichen Kollaboration mit den Besatzern gebracht und hat so, sicherlich ungewollt, dazu beigetragen, dass das Ehepaar Zarnik verschleppt und womöglich sogar umgebracht wurde. Deshalb seien sie dankbar für eine Antwort, die ich an postlagernd in Graz adressieren möge, dazu die Nummer des Postfachs.

Und was soll ich antworten?

Dass ich schuld bin an ihrem Tod, weil wir zusammen Beethoven gehört haben? Weil ich in ihrem Automobil mitgefahren bin? Weil ich in der Burg der versammelten Gesellschaft eine Reportage aus der *Morgenpost* über die Schlacht am Fluss Teterew vorgelesen habe? Dieser doch etwas weit hergeholte Zusatz brachte mich aus der Fassung. So sehen heute die Menschen die Dinge, seit denen weniger als zwei Jahre vergangen sind. Jeder ist schuld, der mit oder gegen seinen Willen Uniform getragen hat. Und ich soll verantwortlich sein für den Tod, natürlich Tod, was denn sonst, dieser beiden lieben Menschen! Ich zerriss den Brief und warf ihn in den Papierkorb und beschloss, überhaupt nicht mehr an den dämlichen Schrieb zu denken.

Nach einiger Zeit kriegte ich Stiche in der Brust, ein Angstgefühl stieg in mir auf, als käme ein Anfall, der in einen Infarkt mündet. Was aber, wenn ich mit meinen Besuchen tatsächlich ihr Verschwinden verursacht habe, dass man sie verschleppt und mit ihnen gemacht hat, was man eben gemacht hat? Wenn ich sozusagen der Auslöser ihres Todes bin? Natürlich ihres Todes, ich bin nicht die „alte Dame", die sich mit dem Gedanken tröstet, sie seien am Leben. Dass man sie irgendwo verstecke oder ihnen die Reise ins Ausland ermöglicht habe, oder dass sie geflüchtet seien, oder was weiß ich. Wen die einmal in den Wald verschleppt haben, der ist nicht lebendig zurückgekommen. Sie hatten weder die Zeit noch die Möglichkeit, Verdächtige und Festgenommene mit sich herumzuschleppen. So viel weiß ich schon. Sie mussten sich ja selber durch die Wälder und den Schnee durchschlagen wie die Wölfe. Wie hätten sie im Winter vierundvierzig noch die Eheleute Zarnik mitschleppen sollen, nachdem sie sie schon von ihrem Besitz in Podgorsko verschleppt hatten. Und überhaupt müsste man jemanden anders fragen, da sind auch andere Offiziere gekommen, erheblich höher im Rang als ich und mit ganz anderen Obliegenheiten, als es die meinen waren. Es stimmt, dass sich viele gleich selber eingeladen haben, die beiden sprachen Deutsch, sie waren nicht in die Politik verwickelt, und Geselligkeit war gesucht und erwünscht in dem angeschlossenen Gebiet, wo dich alle scheel ansehen, wo du nicht ihre Sprache verstehst und wo ein Auto mit deutschen Soldaten auf einsamer Straße mit Kugeln eingedeckt wird. Oder wo sogar mitten in der Stadt eine Bombe im Offizierskasino hochgeht. Beethoven hören und sich mit normalen Menschen unterhalten, die kein Messer hinterm Rücken oder sonst eine verborgene Absicht haben, das war etwas, was das Leben im Krieg überhaupt nach Leben aussehen ließ. Jene, die in den Tiefen der Wälder oder in den Bergen saßen, sahen das alles natürlich mit anderen Augen. Wer mit uns Gesellschaft pflegte, war ein potenzieller Verräter. Genau genommen war er schon ein Verräter, wenn er deutschen Offizieren Gastfreundschaft bot, ein Abendessen und ein Klavierkonzert, während sie da draußen hungerten, froren, auf der Flucht waren und ihre Verwundeten mit sich schleppten. Außerdem hatten sie ihre Informationen, bestimmt steckten ihre Leute auch unter dem Personal auf der Burg.

Im Jahre dreiundvierzig, als es auch in der dortigen Gegend immer häufiger zu knallen begann und sie Soldaten, die in den Kämpfen mit den Partisanenbanden verwundet worden waren, in meine Ordination brachten, begann ich Dinge zu beobachten, die ich lieber nicht gesehen und von denen ich lieber nicht gewusst hätte. Damals setzten sie mich, trotz meiner Gehbehinderung, auch immer öfter in das Sanitätsfahrzeug, mit dem ich in einem Dorf oder am Fuß eines Berghangs, wo unsere Einheit operierte, darauf wartete, dass die Sanitäter die notdürftig verbundenen Verwundeten aus den Kämpfen zu mir brachten.

Eines Herbstabends, es war wenige Tage nach der italienischen Kapitulation, kehrte ich von einer erfolgreichen Aktion zurück, die eine unserer Einheiten auf einem Bergplateau oberhalb des idyllischen Wocheiner Sees durchgeführt hatte. Der Sinn stand mir nach etwas Ruhe, sicherlich auch nach Veronikas Gesellschaft, vor allem ihrer, das muss ich schon zugeben, und ich befahl dem Fahrer, nach links abzubiegen, Richtung Podgorsko. Als wir ankamen, war es schon Nacht, nur im ersten Stock brannte noch Licht. Fahrer und Auto ließ ich auf der Straße, ich wollte einmal nachsehen, ob sie in der Burg schon schliefen. Der Lärm des Automobils sollte sie zu dieser späten Stunde nicht beunruhigen. Die Eingangstür stand offen und in dem fahlen Licht, das von den Fenstern kam, sah ich menschliche Gestalten, die Kisten aus dem Gebäude trugen und mit ihnen Richtung Wald verschwanden. Ich wartete, bis sie weg waren, dann trat ich in den Burghof. Dort stand Leo in Gesellschaft mir unbekannter Männer und sprach mit ihnen. Ich grüßte laut, und alle verstummten, genau genommen standen sie wie erstarrt, als sie meine Uniform sahen. Auch Leo war überrascht. Sofort trat er zu mir, er sagte, dass sie mich zu dieser späten Stunde nicht erwartet hätten, dass ich aber trotzdem willkommen sei, er war ungewöhnlich redselig, dieser sonst eher schweigsame Mann. Er führte mich sofort in den Speisesaal, und der Haufen Leute verlor sich rasch, noch bevor wir das Gebäude betreten hatten. Der Gedanke durchfuhr mich, daran erinnere ich mich deutlich, dass Leo gewisse Kontakte auch zu denen „im Wald“, zu den Partisanen hatte, nicht nur zu uns, auch zu denen. Ich erinnerte mich seiner und auch Veronikas Bitte, ich solle mich für diesen Jeranek einsetzen, ihren Arbeiter. Damals hatte ich seine Festnahme für einen Irrtum gehalten, dem ich mit einem einzigen Gespräch glücklich hatte abhelfen können, jetzt weiß ich, dass es sich nicht um einen Irrtum handelte. Und dass auch meine Ahnung an jenem Abend kein Irrtum war. Ich stellte keine Fragen, das war nicht meine Angelegenheit, sollten sich damit Wallner und seine Leute beschäftigen, ich wollte nichts wissen, weder über ihren Arbeiter Jeranek noch über die Kisten, die zusammen mit den unbekannten Leuten in den Wald verschwunden waren. Ich wollte nicht wissen, was in den Kisten war, die sie aus der Burg trugen, am liebsten wäre mir gewesen, wenn ich auch das nicht gesehen hätte.

Er hatte Verbindungen zu den Leuten, die wir als Banditen bezeichneten und die sich selbst Partisanen nannten, wir Verbrecherbanden, sie selbst sich Befreiungsarmee. Und unter Zarniks Personal gab es Leute, die beobachteten, was in der Burg vor sich ging, das erscheint mir heute ganz eindeutig. Und wenn es so war, mussten sie auch wissen, dass der Umgang Veronikas mit mir kein Kollaborieren mit den Besatzern war.

Worin sollte dann meine Schuld bestehen?

Was mich betrifft, ist die Sache erledigt. Ich beschloss, auf den Brief nicht zu antworten und mich überhaupt nicht mehr damit zu beschäftigen. Der Krieg ist vorbei, auch in meinem zerstörten Deutschland irren Mütter umher, die nach Vermissten forschen, auch hier sitzen sie an den Fenstern und warten auf ihre Söhne. Oder Frauen auf ihre Männer. Es ist nicht meine Sache, was mit den beiden da unten in Krain passiert ist, wo jetzt wieder Jugoslawien ist, ein kommunistisches. Aber dieser dämliche Satz, dieses PS, dass meine häufigen Besuche in deutscher Uniform dazu beigetragen hätten … dieses Postskriptum verfolgte mich und reichte bis in die Herzgegend, wo sich ein gefährliches Stechen meldete, verbunden mit Angst. Wo ohnehin schon diese Ratte nistet, die dem Ende entgegen nagt, den Körper hinfällig und das Denken träge macht, die einem das Haar grau werden lässt.

Ich holte die zerrissenen Schnipsel wieder aus dem Papierkorb, setzte sie zusammen und las den Brief von Neuem. Ich überlegte, ob ich vielleicht einen Polizisten kenne, der dort unten eingesetzt war, und wenn er dort unten eingesetzt war, mit Sicherheit einen der Banditen verhört hat. Ich erinnerte mich an Wallner, der eine Zeitlang in Krainburg wohnte, in derselben Straße wie ich, gerade bei ihm war es mir ja gelungen, diesen Bauernburschen, diesen Jeranek, der zeitweilig auf Podgorsko arbeitete, vor dem Gefängnis zu bewahren, vielleicht auch vor dem Konzentrationslager. Aber den Wallner, diesen eiskalten Menschen, der sowieso nichts erzählt hätte, hat ein Artilleriegeschoss an einem Waldrand im Karst oberhalb von Triest zerrissen. Und selbst wenn ich noch jemanden kennte, wer würde wohl, bitte schön, ein paar Monate nach Kriegsende irgendetwas darüber erzählen wollen, wie er in einem Gestapokeller Partisanen verhört hat? Und wer würde mir, einem Militärarzt, überhaupt etwas anvertrauen? Und schließlich, was weiß ich, wer dieser Franc Gorisek ist, wie soll ich ihm glauben, dass er tatsächlich Informationen für die Familie sammelt, und das aus Mitleid mit der alten Dame?

Ich weiß nur das eine: Tatsache ist, dass sie mit keinem der Gäste auf der Burg so befreundet waren wie mit mir. Veronika hatte in Berlin studiert, eines Morgens fragte sie mich, was glaubst du, wie es jetzt in Berlin ist, an der Spree? Im selben Augenblick, als ich an den Morgen dachte, an die Zeit zwischen Nacht und Tag, als wir am Wasser standen, am Fischteich unter der Burg, als stünden wir in einer Zeit zwischen Leben und Tod, stand mir ihr Bild vor Augen: Veronika im Abendkleid mit ihrem sportlich federnden Schritt unter den Gästen, Veronika mit aufgekrempelten Hemdsärmeln, ihr Pferd aus dem Stall führend und mir zuwinkend, Veronika, die sich über den toten Frosch beugt. Und sagt: Sieh doch, wie diese Augen schauen, sie sind ja noch lebendig. Was, Doktor, da lässt sich nichts mehr tun? Nein, da lässt sich nichts mehr tun.

Und obwohl mir ihr Bild jedes Mal erschien, wenn in der Lombardei Ruhe herrschte, wenn die taub machenden Explosionen oder die Sirenen, die vor den herankommenden Bombern und Jagdflugzeugen warnten, verstummt waren. Sogar ihre Stimme begleitete mich, in Momenten der Stille hörte ich sie deutlich. War ich möglicherweise in sie verliebt? In gewisser Weise schon. Ich war allein und sie war eine wundervolle Erscheinung mitten in der wilden Zeit. Als ich sie kennenlernte, herrschte dort unten ein wunderbarer Frieden, die Vögel sangen in den Bäumen, die Bienen summten über dem blühenden Buchweizen. Der Pianist, ich glaube, sein Name war Vito, spielte Beethoven. Der Maler war betrunken eingeschlafen. Ihrem Mann begegnete ich mit Respekt, auch ihn, einen ernsten Menschen, immer tadellos gekleidet, mochte ich irgendwie, aber es drängte mich in ihre Nähe, mit Macht. Genau genommen ist das die einzige, die einzig helle, fast leuchtend helle Erinnerung aus der Kriegszeit, alles andere sind Militärtransporte, Fahrten hin und her über den Kontinent, Lazarette mit stöhnenden Verwundeten, im letzten Jahr die erschossenen Geiseln in Italien, denen ich den Puls des verrinnenden oder schon ausgeronnenen, ausgehauchten Lebens gefühlt habe. Und ich soll jetzt, wie es das Postskriptum eines gewissen Franc Gorisek sagt, verantwortlich sein für das, was passiert ist, ich soll, um es direkt zu sagen, schuld sein an ihrem Tod? Und an seinem. Aber wenn er sich mit deutschen Offizieren eingelassen hat, weil er daran interessiert war, dass seine Fabrik läuft, dass die Geschäfte laufen, wenn er sich bei ihnen für Leute aus den umliegenden Dörfern eingesetzt hat, die sonst im Zuchthaus oder in einem Konzentrationslager gelandet oder sogar erschossen worden wären, wenn er sich auf diese Weise unabsichtlich und meiner Meinung nach genauso ohne jede Schuld, selbst wenn ich es mit ihren Augen sehe, mit den Augen der Partisanen, in etwas verstrickt hat, wozu wir Politik sagen, wenn das bedeutet, dass er selbst das Schicksal in den Geistergestalten des nächtlichen bewaffneten Besuchs, des Marsches durch den Schnee in den Wald oberhalb der Burg, über sich hereingerufen hat, warum mussten sie dann auch sie mitnehmen?

Warum sie, Veronika?

In diesen Jahren ist mir kein Mensch begegnet, der so weit weg war vom Kriegsgeschehen wie sie. Pferde, Dorfhochzeiten, Laibacher Maler und Dichter, das Leben der Mägde und Köchinnen, alles das schien ihr wichtiger zu sein als die Ereignisse, über die wir oft vor dem Hintergrund der Nachrichten aus Russland oder Afrika sprachen, oder als die einheimischen Aufständischen, die unsere Kolonnen auf einsamen Bergpfaden angriffen oder Gendarmerieposten in Brand setzten. Diese Gespräche mochte sie nicht, gewöhnlich verließ sie einfach den Tisch, wenn wir mit Politik, Waffen und Krieg anfingen. Noch jetzt weiß ich nicht, ob sie sich dabei langweilte oder ob sie einen eigenen Weg des Überlebens in dieser gefährlichen Zeit gefunden hatte. Sie hasste jede Gewalt. Wenn die Jäger mit dem erlegten Wild beladen zurückkamen, erwartete sie sie nicht im Burghof. Sie stand am Fenster, sah auf die getöteten Tiere hinunter und schüttelte den Kopf. Beim Reiten verwendete sie nie die Peitsche. Selbst ein überfahrener Frosch erschütterte sie. Vielleicht hatte sie einfach Angst, mit dieser fürchterlichen Zeit wollte sie nichts zu tun haben. Obwohl sie mit Menschen zu tun hatte, die mit ihrem Willen oder gegen ihn tief in sie verstrickt waren.

Ein einziges Mal hat mir geschienen, als ob sie der Krieg interessierte. Genau genommen die Kavallerie.

Das war in jener Nacht, als eine kleinere Gruppe in Gesellschaft des Pianisten zurückgeblieben war und immer neue Melodien von ihm forderte, natürlich nicht mehr Beethoven, die Mondscheinsonate ließ sich nicht wiederholen, dafür aber deutsche Schlager, das wehmütige *Lili Marleen*, auch slowenische Volkslieder, die Veronika leise mitsang. Es waren zwei Verwandte von ihr, vielleicht von Leo, geblieben, ein Maler aus Ljubljana, der sich bald darauf unsäglich betrank und, in einen Lehnstuhl gesunken, einschlief, und eine Freundin, an deren Namen ich mich beim besten Willen nicht mehr erinnere, auch an ihr Gesicht nicht. Die Bedienung schenkte uns Wein ein, allmählich wurden wir still, der Pianist war müde, da sagte Veronika plötzlich, aber es ist doch Krieg. Alle sahen sie an. Und sie drehte sich zu mir um: Horst, sagen Sie, wie ist es im Krieg, im richtigen Krieg, an der Front. Sie wusste, dass ich an der russischen Front gewesen war, sie wusste auch, dass ich darüber nicht sprechen mochte.

Ich habe gehört, sagte sie, dass die Polen zu Pferd gegen Ihre Panzer gekämpft haben.

Das stimmt, sagte ich. Ulanen. Tapfere Soldaten waren das, aber gegen unsere Militärtechnik hatten sie keine Chance. Leichte Kavallerie gegen schwere Technik ... Obwohl es schrecklich war, wie sie unter dem Feuer der Kanonen und Maschinengewehre anritten, hatte es auch fast etwas Komisches. Sie waren aus einer anderen Zeit.

Lange schwieg sie, dann wiederholte sie: Aus einer anderen Zeit.

Und was war daran Komisches?, fragte sie nach einer Weile.

Ich antwortete nicht. Und sie fuhr mit leiser Stimme fort: Das heißt, dass ihr diese Ulanen umgebracht habt, sie und ihre Pferde?

Ich war nicht dabei, sagte ich, aber soviel ich weiß, haben unsere Einheiten sie mit ihren Maschinengewehren in Garben hingemäht. Es war nicht komisch, sagte ich, es war wirklich schrecklich, eine

Kavallerie im Frontalangriff besitzt keinerlei strategische Bedeutung mehr, keinerlei Schlagkraft. Jeder Infanterist kann auch den besten Reiter schon von Weitem mit dem Gewehr vom Pferd holen. Oder das Pferd töten, sagte sie. Sie ließ nicht locker. Ich wusste, dass sie Pferde liebte, ich wusste nicht, was ich ihr antworten sollte. Sie waren nicht dabei, sagte sie zornig, so als wäre ich schuld, wenn sie im Krieg Pferde umbringen und wenn die polnischen Generäle die Kavallerie gegen unsere Panzer schicken, Sie waren nicht dabei, wo waren Sie überhaupt dabei?

Ich war beleidigt.

Ich erinnerte mich, dass ich in der Tasche einen Zeitungsausschnitt hatte, der vor ein paar Tagen mit der Post gekommen war, ein Freund, dem es wegen seiner schwachen Gesundheit gelungen war, der Einberufung zu entgehen, hatte ihn mir aus München geschickt. Es war ein Artikel aus der *Morgenpost* aus dem Jahre einundvierzig. Noch jetzt habe ich diesen Ausschnitt, ich habe ihn überallhin mit mir getragen. Über den Artikel, der ein Gefecht in den ukrainischen Sümpfen beschreibt, hatte er geschrieben: *Warst du nicht auch dabei?* Ich war. Ich wusste nicht, dass sie gerade über unsere Division in deutschen Zeitungen schrieben. Dass man, ein paar Tage nachdem wir in diesen Sümpfen am Verrecken gewesen waren, über uns in den Morgenblättern lesen konnte, bei Butter und Honig, Milch und Tee, damals gab es in Deutschland noch von allem genug. So ein schöner ferner Krieg, die Schlacht um den „Hexenkessel“ am Teterew.

Ich sagte, dass ich davon nicht erzählen werde, aber ich hätte eine Geschichte bei mir, an der ich beteiligt war. Wer wolle, könne sie gern lesen.

Lesen Sie nur, sagte Veronika, und auch die anderen begannen mich zu ermuntern. Ich war in Verlegenheit. Trotzdem gab es keinen Weg zurück, wenn ich die Sache angefangen hatte, musste ich sie auch zu Ende bringen. Ich ließ mir ein Glas Wein einschenken und nahm im Lehnstuhl unter der Lampe Platz. Der Maler schnarchte leise, er brabbelte im Schlaf ein paar slowenische Wörter und alle lachten. Ich fragte, was er gesagt habe, Veronika winkte mit der Hand ab, nicht wichtig, lesen Sie. Also fing ich an zu lesen, und ich konnte nicht umhin, das Geschreibsel zu kommentieren.

Der Fluss Teterew, so beginnt der Kriegsberichter Oswald Zunkner seine Reportage, fließt nordöstlich von Kiew durch die Pripjet- und Dnjeprsümpfe. Selbst ist er nicht breiter als fünfundvierzig Meter, aber sein Flussbett geht über in einen anderthalb Kilometer breiten, dicht mit Schilf überwachsenen Sumpfgürtel voller Tümpel und übersät mit Gestrüpp, das unter sich einen schrecklichen Feind verbirgt: Schwimmsand. In diesem Geländestreifen haben deutsche Truppen einen von vielen Brückenköpfen geschaffen. Dieser war nur ein kleiner, wie ihn ein Regiment Infanterie bilden kann, aber die Soldaten haben ihn auf den bedeutungsschweren Namen „Hexenkessel" getauft. Die Geschichte dieses kleinen Kessels – schreibt die *Morgenpost* – ist mit Blut geschrieben.

Ich sah auf diese Buchstaben, als läse ich sie zum ersten Mal, und meine Hände zitterten ein wenig. Ja, mit Blut, auch mit meinem, dachte ich. Genau dort, am Fluss Teterew, wurde ich verwundet. Nicht in der Schlacht, die der Kriegsberichter beschreibt, einige Tage später. Aber davon sagte ich an jenem Abend nichts. Ich sagte: Wissen Sie, ein Kriegsberichter ist wie so ein Vogel, der über uns kreist, die wir in diesem klebrigen Schlamm eingegraben sind. Er schreibt, dass der Sumpf und die Flussarme des Teterew ein völlig unpassierbares Hindernis nicht nur für Panzerfahrzeuge und Lastwagen seien, sondern auch für die Kavallerie. Nicht aber für uns, die man uns in den Schlamm und direkt unter das Feuer der russischen Kanonen getrieben hat, die uns erbarmungslos einheizen, dass die Wipfel der Bäume bersten und es rings um uns aufspritzt von einschlagenden Granaten, von splitternden Stämmen. Auch auf uns herunter. Jetzt zitterte auch mir die Stimme. Bis zu den Knien, sagte ich, manchmal bis zum Gürtel im Wasser und im Schlamm schleppte ich mich hierhin und dahin mit meiner Sanitätertasche über der Schulter, desinfizierte und flickte Wunden und zog Verwundete aufs Trockene. Aber der Kriegsberichter, der Vogel über uns, sagt, dass der Divisionsstab die Weisung ausgegeben habe, das Dorf K. einzunehmen, das auf der einen Seite von den Sümpfen gesichert wird, auf der anderen vom Wald, auf der dritten von den vier trägen Flussläufen des Teterew. Das frontale Herangehen war Wahnsinn, sagt er, aber unsere Truppen sind genau auf diesen Wahnsinn losmarschiert.

Von dort oben, aus der Vogelperspektive, sieht man nicht, dass die Soldaten im Schlamm versinken, dass jeden Moment jemand unter der Oberfläche des stehenden, stinkenden Wassers verschwindet, dass ich mit einem Gazebausch das Loch an der Schulter eines jungen Mannes stopfe, dem blutiger Schleim aus dem Mund quillt, das sieht er nicht. Er sieht aber, dass die Kompanie, wie er sagt, in sechs Stunden um zwei Kilometer vorgerückt ist, was sich nach nicht viel anhört, aber unter diesen Bedingungen ein außerordentlicher Erfolg ist. Den Soldaten hat man völliges Schweigen eingeimpft, das heißt, sie warten auf einen neuen Angriff, und an der Spitze von allen steht ein Kommandeur, ein alter grauhaariger Soldat, den eine bayerische Tapferkeitsmedaille schmückt. Ja, das war dieser Verrückte, der damit prahlte, wie sie im Ersten Weltkrieg an der Isonzofront mit Rommel durch die Drahtverhaue bei Karfreit gestürmt seien, er war es, der uns in das stinkende, die Schreie schluckende, die Leiber schluckende Wasser hineingetrieben hat.

Man muss sich in Acht nehmen, schreibt der Korrespondent, denn die Roten sind überall im Schilf versteckt, im Wald und im Schlamm eingegraben. Jetzt rattern auch die MGs, sagt unser Korrespondent aus der Vogelperspektive, und unsere Soldaten sehen eine breite Bewegung vor sich, ähnlich dem Wimmeln eines Bienenstocks. Die Sache wird gefährlich, schreibt er, denn die feindlichen Kräfte sind jetzt fünfmal stärker. Aber die deutsche Artillerie beginnt mit wunderbarer Präzision zu schießen und schlägt die Bolschewiken direkt auf die Köpfe. Doch die Russen kümmert das nicht, auch ihr Feuer wird immer stärker. Der Kampf entbrennt auf ganzer Linie.

Ich sah, dass die Worte des Kriegsberichters, eines gewissen Oswald Zunkner, die Hörer mehr fesselten als meine Kommentare. Gespannt hörten sie zu, niemand stieß mit dem Glas an, kein Tisch knarrte, auch die Bedienung stand reglos an der Tür. Also überließ ich ihm, dem Kriegsberichter, das Wort zur Gänze:

Und sehen Sie die unliebsame Überraschung: Aus dem Wald kommt ein gutes Dutzend Panzerfahrzeuge angedröhnt. „Hier werden wir alle den Kopf verlieren!", sagt der Kommandeur. Und ein Unteroffizier meint, das sei die reine Wahrheit. Aber es gibt nicht einen Soldaten, dem es einfiele, den Bolschewisten einen Fußbreit Land zu überlassen.

Inzwischen hat die deutsche Artillerie die feindlichen Stellungen aufgespürt und begonnen, mit wunderbarer Präzision zu schießen. „Mein Gott, was für wackere Burschen!", ruft ein Soldat aus. Und ist schon verstummt: Er stirbt, als sein Blut vor Begeisterung am höchsten wallt. Die Deutschen stürmen, allen voran Leutnant G., bewaffnet mit einer Maschinenpistole. Mehrere Männer fallen. Da sagt der Leutnant: „Männer, dies ist die Hölle, wer weiß, ob wir nicht schon tot sind." Aber dieser geistreiche Einfall kann die Lage nicht entflechten. Es ist unmöglich für die Einheit, die im Schlamm versinkt und vom Kreuzfeuer eines ganzen Waldes von Waffen gepeitscht wird, die übertragene Aufgabe zu erfüllen. Das Schlachtfeld ist bedeckt mit feindlichen Leibern, aber auch unsere Einheit hat Verluste erlitten. Es gelingt ihr, sich ans Flussufer zurückzuziehen. Die besten Schwimmer entkleiden sich und retten die Verwundeten. Die Russen greifen wieder an, aber es gelingt ihnen einfach nicht, die zweite Kompanie zu vernichten. Unsere Absicht, hinter der Flanke des Feindes einen neuen Brückenkopf zu bilden, ist tatsächlich fehlgeschlagen, endet der Kriegsberichter Oswald Zunkner seine Beschreibung, aber im Krieg geht nie alles glatt.

Ich gebe zu, der Mann versteht zu schreiben, der Schluss war wirkungsvoll. Wieder wollte ich etwas hinzufügen, aber ich überlegte es mir. Auch dass es zumindest aus meiner Perspektive, die nicht die eines Vogels war, sondern die eines schlammigen, nassen, angsterfüllten und blutigen Frosches, überhaupt nicht so war, auch das habe ich nicht gesagt. Jemand sagte in dieser Stille, ja, im Krieg geht nie alles glatt. Dann lösten sich die Zungen, der Pianist war inzwischen wieder zu Kräften gekommen und strich mit den Fingern über die Tasten. Veronika schwieg. Nach einer Zeit kam sie zu mir und sagte, so also ist der Krieg. Ja, sagte ich, so ungefähr. Damals wurden Sie am Bein verwundet. Ja, sagte ich, ein Granatsplitter zerriss mir das Kreuzband, ich bekam das Eiserne Kreuz und Genesungsurlaub in der Etappe. Durch Verdienst des Hexenkessels am Teterew bin ich hierhergekommen und habe Sie kennengelernt. Eigentlich ein Glück, sagte ich. Ein Glück, sagte sie, dass Sie am Leben geblieben sind. Nur das ist Glück. Kurz zuvor, beim Gespräch über die polnische leichte Kavallerie, hatte mir geschienen, dass sie mir gegenüber fast feindlich eingestellt war, sie war sarkastisch und unnachgiebig gewesen. Jetzt sagte sie, dass es ein Glück sei, dass ich am Leben geblieben sei. Auf einmal war sie mir nahe, ihr Blick war müde und warm, ich fühlte, wie er in mich eindrang, irgendwo in die Brust, dass wir uns nahe waren, für zwei verheiratete Menschen fast zu nahe.

In dieser Nacht ging ich überhaupt nicht ins Bett. Beim Frühstück wartete ich auf Leo, der mich mit dem Auto zurückfuhr, genau genommen fuhr damals sein Chauffeur. Das war ein guter Umstand. Nach einer solchen Nacht war ich nicht fähig zu einem Gespräch mit einem ausgeschlafenen und nüchternen Mitfahrer. Auf dem Rücksitz sank ich in eine Art Halbschlaf und hörte irgendwo in der Ferne ihr in Slowenisch geführtes Gespräch, wie eine ruhige Melodie flossen die Worte, die ich nicht verstand. Ich hörte die ruhige, fast monotone Stimme Leos und dachte – an seine Frau.

Vor den Augen hatte ich ihr Gesicht, das inmitten jener Gesellschaft leuchtete, ihren sportlichen Schritt, den das lange schwarze Kleid mit den roten Fransen nicht verbergen konnte. Der Maler war von den Bediensteten ins Bett verfrachtet worden, die beiden Verwandten und Veronikas Freundin waren mit den ersten Sonnenstrahlen, die durchs Fenster schienen, auf ihre Zimmer verschwunden. Wir waren allein zurückgeblieben. Sie sagte, dass es sie an die Luft ziehe, in den tauigen Morgen, ich könne sie begleiten. Wir durchquerten den Burghof und schritten langsam durch die frische Morgenluft zum Fischteich. Wir begegneten zwei Frauen, die auf die Burg eilten, vermutlich um hinter uns aufzuräumen. Sie tauschten Blicke, als sie die Burgherrin in Gesellschaft eines Mannes sahen, der nicht ihr Ehemann war, sie in Abendtoilette, er in Offiziersuniform.

Veronika sagte, dass sie sich so manchmal morgens am Ufer der Spree eingefunden habe, das sei damals gewesen, als sie in Berlin studiert habe. Sie drehte sich zu mir um: Was denken Sie, wie ist es jetzt in Berlin? Ich weiß nicht, sagte ich, Berlin kenne ich schlecht, ich bin nur einmal dort gewesen. Es ist Morgen, wie hier. Sie sagte, dass auf der Spree so kleine Enten schwimmen, unter den Brücken tauchen sie. Sie sprach über den Berliner Morgen, hier unter ihrer Burg ging auf der einen Seite der Landschaft die Sonne auf, auf der anderen hing noch die Mondsichel am Himmel. Wir blieben am Wasser stehen. Es war still, hell, eine müde, fast schmerzlich schöne Stimmung mitten in dieser irrsinnigen Zeit. Aus dem Stall kam das Wiehern eines Pferdes. Das ist er, sagte sie, ich kenne ihn. Sie sagte nicht, wie sein Name war, er eben, er, der Rappe, so als würde sie die Stimme eines Menschen hören, nicht die eines Pferdes. Dort am Teterew, an diesem Fluss, dort waren Sie die ganze Zeit zwischen Leben und Tod, sagte sie. Ja, scherzte ich, davon hinke ich noch jetzt. Ihr war nicht nach Scherzen zumute. Heute haben Sie zum ersten Mal erzählt, sagte sie, wo Sie verwundet wurden. Ich schwieg. So als wäre in dieser Nacht der Krieg zum ersten Mal in unser Haus gekommen, sagte sie. Ich nahm ihre Hand und sah ihr in die Augen. Ich wollte sagen, dass es schön sei zu leben, etwas in der Art, dass es schön sei, bei aufgehender Sonne am Fischteich zu stehen.

Da hörten wir jemanden pfeifen, etwas polterte am Heuschober. Sie zog die Hand zurück. Am Heuschober stand ein Mann und sah zu uns herüber. Das ist unser Ivan, sagte sie. Es war dieser Jeranek, ich kannte ihn. Der Mann kletterte die Leiter hinauf und verschwand durch eine Tür auf dem Heuboden, ohne sich noch einmal umzudrehen. Der spioniert uns nach?, sagte ich. Ach ja, sagte Veronika, ein braver Kerl ist das, manchmal ein bisschen stur. Sie lachte: Ich habe den Eindruck, dass er mich gern sieht. Dann setzten wir unseren Weg am Wasser fort.

Eigentlich, setzte sie nach einer Zeit hinzu, solange Sie diese Uniform tragen, leben Sie die ganze Zeit so, Sie preisen das Leben und schauen den Tod. Ich sah die Sonne, ich sah die bleiche Mondsichel, die über der Ebene unter den Bergen hing. Zwischen Leben und Tod, dachte ich, alle leben wir so, zwischen Nacht und Tag, wie jetzt. Ich habe sie nicht mehr berührt. Obgleich ich es mir wünschte. Sie war unberührbar. Anziehend, aber unberührbar.

So wird sie mir in Erinnerung bleiben.

In dieser Nacht sehe ich sie. Ich spüre ihre Anwesenheit, obwohl ich sie nicht anders berührt habe, als dass ich ihre Hand nahm, ich spüre sie so, als wäre sie noch jetzt hier.

Ich kann nicht daran denken, was ihr passiert ist, was sie mit ihr gemacht haben, ich kann es nicht.

Auch auf diesen Brief werde ich nicht antworten. Noch einmal habe ich die Papierstückchen zusammengesammelt und sie dann verbrannt. Ich habe auf das kleine Feuer im Aschenbecher gesehen. Ich habe mir eine Zigarette angesteckt. Jetzt liege ich da und sehe an die Decke. Bald wird es Morgen. Wieder einer, dann wird es Abend. Und dann wird einmal die Nacht kommen, wo sich diese Ratte vorgenagt hat bis ans Herz oder ans Hirn und alles zusammen sich zuerst hinübersenkt und dann abreißt und auf jene Seite fällt, dorthin, wo wir alle enden. Ich höre das Bimmeln der Straßenbahn. Es wird Tag, auf der einen Seite wird die Sonne leuchten, auf der anderen wird die Sichel des abnehmenden Mondes hängen. Mondscheinsonate.

Wir leben in einer Zeit, wo man nur Menschen respektiert, seien sie lebendig oder tot, die bereit waren zu kämpfen, sich für die gemeinsamen Ideen sogar zu opfern. So denken beide Seiten, Sieger wie Besiegte. Niemand schätzt Menschen, die nur leben wollten. Die andere Menschen gernhatten, Tiere natürlich, die Welt, und die sich mit all dem gut fühlten. Das ist für die heutige Zeit zu wenig. Und obwohl ich mich zu jenen zählen kann, die gekämpft haben, auch wenn sie besiegt wurden, habe ich genau genommen nur leben wollen. Und dass das einen Sinn hat, hat mich während des Krieges diese neugierige, fröhliche, für die ganze Welt offene und etwas wehmütige Frau gelehrt, der ich in jenem nahen fernen Land begegnet bin. Veronika. Nur leben wollte sie, in Einklang einzig mit sich selbst, und nur verstehen wollte sie, sich und die Menschen um sich herum. Und sie haben sie umgebracht. Ich habe keine Informationen, dass das geschehen ist, wie auch ihre Mutter, die auf ihre Heimkehr wartet, keine Informationen hat. Aber mir ist ziemlich klar, dass es geschehen ist. Wenn so etwas geschieht, möchte jeder wissen: warum? Dieser Gorisek möchte es gern wissen, ihre Mutter, die erfahren wird, dass sie tot ist, ebenso. Aber im Krieg brauchte es nicht immer einen guten Grund, um jemanden umzubringen. Ich kann den Gedanken nicht akzeptieren, dass der Anlass für ihren Tod der Umgang mit einem deutschen Arzt war. Hat sie vielleicht mit uns sympathisiert? Einmal erzählte sie mir, dass sie während des Krieges für zwei Monate nach Berlin zurückgekehrt sei, an den Ort ihres Studiums. Eine Freundin von der Universität habe sie eingeladen. Berlin sei noch ruhig gewesen, die Schrecken hätten dort erst viel später eingesetzt. Ich denke, sie hat wieder Spaziergänge an der Spree gemacht und Unter den Linden die Museen besucht. Sie erzählte, dass sie in Berlin auch vorübergehend ein Sanitätsfahrzeug gefahren habe. Freiwillig. Es habe an Leuten gefehlt, die Kranke transportierten. Jemand habe ihr den Vorschlag gemacht und sie hätte angenommen. Aber darin war keinerlei politische Überzeugung. Wenn es die bei mir nicht gab, der ich Verwundete in der Ukraine, in Krain und in Italien zusammengeflickt habe, wie hätte sie das aus Sympathie für unseren großen Wahnsinnskrieg tun sollen? Ich denke mir, dass man es ihr in der Heimat übel genommen hätte, wenn man davon erfahren hätte. Aber dass man sie deswegen umgebracht hätte? Vielleicht. Für einen Mord brauchte es in dieser Irrsinnszeit keinen rationalen Anlass.

Zu viel habe ich gesehen, zu viel Tod, der so viele Male so leichthin passiert ist, im Vorübergehen, mit einem Schuss, mit einem Granatsplitter, vor einem Erschießungskommando oder durch eine verirrte Kugel, als dass ich hätte anders denken können. Einen Menschen zu töten war etwas so Selbstverständliches wie einen Frosch auf der Straße zu überfahren. So war es mit Veronika, niemandem wollte sie etwas tun, niemandem wollte sie etwas Böses, sie war nur zur falschen Zeit am falschen Ort. Dort, wo es Menschen gab, die bereit waren zu töten. Und auch, wenn nötig, einen Unschuldigen umzubringen.

Kaum ein halbes Jahr ist es her, dass wir uns durch die Ebene von Friaul Richtung Österreich zurückzogen. Es war Frühling, und in der Ferne, wo unser Bestimmungsziel war, leuchteten schon die felsigen Berge, die Alpen, mit weißen, verschneiten Gipfeln. Wir wussten, dass alles zusammen dem Ende entgegenging, und wenn wir auf der anderen Seite sein würden, vielleicht tatsächlich schon alles zu Ende war. Damals war an einer mit wenigen Bäumen bewachsenen Straßenkehre auf uns geschossen worden. Es war ein schwacher Angriff einiger lokaler Bewaffneter, die erst gegen Ende des Krieges Mut gefasst hatten oder sich im letzten Moment in die Phalanx der Sieger einreihen wollten und der sich zurückziehenden deutschen Autokolonne einen Hinterhalt errichtetet hatten. Nichts Besonderes war das, das Geballer verstummte sofort, als wir von den Wagen sprangen, zwischen den Bäumen sahen wir gebückte Gestalten laufen, die im dichten Unterholz verschwanden. Vom militärischen Standpunkt aus war die Sache völlig unbedeutend, auch besonderen Schaden gab es keinen, nur einer der Soldaten war am Allerwertesten verwundet worden, als er ungeschickt vom Wagen kletterte, sein Stiefel hatte sich an der Seitenklappe verhakt, als ihn eine Kugel streifte. Er ließ die Hose runter, ich desinfizierte seine Wunde, eine Kugel war nirgends zu finden, und die Soldaten, die von der kurzen, erfolglosen Verfolgung zurückkehrten, machten auf Rechnung des Verwundeten und seines weißen Hinterns ihre Witze. Ich glaubte, dass wir die Fahrt fortsetzen würden, aber auf der Straße kam ein junger Leutnant angerannt, der wütend mit der Pistole fuchtelte.

Feiglinge, Aasgeier, schrie er, das werden sie bezahlen.

Wir fuhren weiter und hielten in einem kleinen Weiler etwa zwei, drei Kilometer weiter an der Straße. Der Leutnant befahl, alle Männer aus dem Dorf zusammenzutreiben, wenn man diese paar Häuser, unter denen keine Kirche war, nicht einmal ein Gasthaus, ein Dorf nennen konnte. Die Soldaten schwärmten in Gruppen zu drei und vier zu den Häusern aus und kehrten schon nach etwa zwanzig Minuten mit eingefangenen Bauern zurück. Die Ausbeute war bescheiden, nicht nur aufgrund der Kleinheit des Dorfes, sondern auch deshalb, weil die jüngeren Männer schon längst von einer der vielen Armeen, die hier vorübergezogen waren, mitgenommen worden waren. Die Soldaten stießen ein paar erschrockene alte Männer vor den noch immer wütenden Leutnant. Der rief den Übersetzer und teilte den armen Kerlen mit, dass sie wegen des Angriffs auf die deutschen Streitkräfte erschossen würden. Die Alten zitterten, ich sah, dass einer von ihnen nasse Hosenbeine hatte. Der Leutnant stellte ein Erschießungskommando zusammen, die ausgewählten Soldaten stellten sich langsam und fast unwillig zu einer Schützenformation auf. Ganz bestimmt sahen sie in all dem keinen Sinn mehr. Ich saß im Sanitätsfahrzeug und mir war von der ganzen Sinnlosigkeit fast zum Kotzen. Nicht von Mitgefühl, das Mitgefühl war irgendwo in den ukrainischen Sümpfen des Jahres einundvierzig geblieben, von der alles erfassenden Sinnlosigkeit, nach der jetzt diese alten Leute mitten an diesem Frühlingstag, vor der Kulisse der sonnenbeschienenen weißen Berge, ihre Leben verlieren würden. Als die Salve gellte, fielen vier sofort um, der fünfte blieb auf den Beinen stehen. Das war genau der, der vor Angst in die Hose genässt hatte. Beim Kommando zum Schießen hatte er die Arme hochgerissen und sich gebückt, die Kugel hatte seinen Kopf gestreift, Blut floss ihm über das Gesicht, aber er stand auf den Beinen und lebte. Der Leutnant rief mich, damit ich den Tod derer feststellte, die auf dem Boden lagen. Ich sprang aus dem Auto und nahm auch meine Arzttasche mit, ich weiß nicht, warum ich dachte, dass ich dem Alten den Kopf verbinden würde. Was sollen wir mit dem machen?, fragte der Leutnant und sah den vor Entsetzen völlig verlorenen Menschen, der angefangen hatte, hin und her zu gehen, ungeschickt stolperte er um die Leichen herum, die auf dem Boden lagen, er fasste sich mit den Händen an den Kopf und sah verwundert auf seine blutigen Hände.

Keiner sagte ein Wort. Der Leutnant sagte zum Übersetzer, der Mann solle sich beruhigen, damit er ihn erschießen könne. Ich weiß nicht, ob er ihm das wortwörtlich übersetzt hat, der Alte hörte auf herumzustolpern. Er sagte, er solle sich hinknien. Der Übersetzer übersetzte. Der alte Mann kniete nieder, unter Schwierigkeiten, offensichtlich schmerzten ihn die Knie. Der Leutnant trat zu ihm, repetierte die schwere Pistole und schoss ihm von hinten in den blutigen Kopf. Das Blut, vermischt mit Brocken seines Schädels, spritzte über seine Hände. Langsam trat ich vor, um dem Alten den Puls zu fühlen, aber die Soldaten sprangen schon auf die Transporter, auch ich machte kehrt und stieg ins Auto.

Ich zitterte am ganzen Körper. Aber nicht wegen dem, was ich gerade gesehen hatte. Deshalb, weil ich nichts gesagt hatte. Ich hätte schreien müssen, dass das verdammt noch mal ja keinen Sinn mehr hatte. Ich war höher dem Rang nach, vielleicht hätte mir der Leutnant gehorcht, obwohl er Kommandeur der Kompanie war, ich war nur ein Arzt, der einer Sanitätseinheit befehlen konnte, das heißt zwei ältlichen Sanitätern. Wenn ich ihn vor den Soldaten angeschrien hätte, wäre dieser Verrückte fähig gewesen, die Pistole auf mich zu richten. Ich hätte ihn zumindest zur Seite nehmen und mit ihm reden müssen. Aber ich habe nichts getan. Ich hatte Angst. Es war vor Kriegsende, wir wussten alle, dass die Sache ihrem Ende entgegenging, und ich wollte mich nicht mit dem gefährlichen, wütenden jungen Mann anlegen. Auch er wusste, dass es zu Ende war. Gerade deshalb hatten ihn diese Schüsse aus dem Hinterhalt in solche Wut versetzt, er fühlte sich besiegt und erniedrigt, weil sie ihm jetzt, wo er sich doch aus diesem Land zurückzog, seine Soldaten niedermachten. Und obwohl sie nur einen am Arsch erwischt hatten. Es hätte ihn auch in den Kopf treffen können, zu schießen verstanden sie sowieso nicht. Die Soldaten sprangen auf die Transporter, die Motoren brummten noch immer, wir hatten sie überhaupt nicht abgestellt, wir hatten nur angehalten, ein paar Leute umgebracht und fuhren weiter. Wenn überhaupt, hätte ich damals etwas tun, zumindest deutlich mein Nichteinverständnis zeigen müssen. Aber ich habe nichts getan. Wegen dieses Geschehens wache ich häufig auf. Den Menschen verfolgen nicht Dinge, die er getan, sondern Dinge, die er nicht getan hat. Die er hätte tun können oder zumindest versuchen zu tun, es aber nicht getan hat.

Durch das Fenster sah ich den jungen Leutnant, er wusch sich die Hände mit Wasser, das ihm ein Soldat aus einem Kanister zugoss. Bestimmt kam ihm nicht der Gedanke, er könne unmittelbar vor Kriegsende an einer Straße in der Ebene von Friaul einen Mord an fünf alten Männern auf sein Gewissen geladen haben. Vielleicht denkt er es heute. Wie ich an Dinge denke, die ich nicht getan habe. Die Kolonne setzte sich in Bewegung auf die verschneiten Berge zu. Durch die Heckscheibe des Wagens sah ich Frauen und Kinder, die aus den Häusern an den Schauplatz des sinnlosen Todes gelaufen kamen.

So ist der Tod. Wie der Tod des Frosches, den wir eines sonnigen Sonntagnachmittags überfahren haben, Leo, Veronika und ich. Was für einen Tod hatte sie, Veronika, im kalten Januar des Jahres vierundvierzig im Wald oberhalb der Burg oder irgendwo anders in diesen Bergen, gab es dort jemanden, der gesagt hätte, sieh diese Augen, sie sind ja noch immer lebendig? Ihre lebendigen, lebhaften Augen, die immer voller Freude gewesen waren, hatten vielleicht verzweifelt und leer zu den Wipfeln der verschneiten Fichten hinaufgesehen, bevor sie erloschen. Zu den Fichten, die sie jeden Morgen gesehen hatten, wenn die Sonne sie beschien, wenn auf der einen Seite die glühende Sonnenkugel emporstieg und auf der anderen in der grenzenlosen, reinen und hellen Bläue die schmale Sichel des abnehmenden Mondes hing.

4

Sie kamen mitten im Winter, wie nächtliche Wölfe.

Es waren an die zehn, vielleicht mehr, sie waren alle bewaffnet. Plötzlich liefen sie durch die Burg, gingen in die Zimmer, durchwühlten Schubladen und trugen verschiedene Sachen in den Burghof. Sie fragten nichts, sagten nicht, weshalb sie gekommen waren und was sie suchten, sie schrien oder drohten nicht, schweigend taten sie ihre Arbeit, nur hier und da fiel ein abgerissener Befehl. Sie bewachten die Burg, ich sah, dass einer von ihnen mit einem Gewehr in den Händen am Eingang stand, die Gestalt kam mir bekannt vor, aber es war Nacht und trotz des Mondlichts, das den Burghof erhellte, konnte ich ihn nicht erkennen, ich kannte auch keinen von den anderen, die hereingekommen waren, sie waren nicht aus unserer Gegend.

Die bewaffneten Ankömmlinge gingen in die oberen Räume, wir hörten, wie sie Schränke öffneten und Möbel verrückten. Veronika und Leo waren im Speisesaal eingesperrt, wir hatten unten in der Küche zu bleiben. Man hatte uns eingeschärft, dass niemand hinausdürfe, und die Wache, die bei uns blieb, sah, dass wir völlig verängstigt waren und dass es keine Möglichkeit zur Flucht gab. Unsere Wache sagte, es werde alles gut, wenn wir ruhig und still blieben. Wie sollten wir denn sein, wenn nicht ruhig und still, wo wir doch bis ins Mark verschreckt waren. Nach einiger Zeit, als er sah, dass sich niemand rührte und dass wir regungslos vor uns hin sahen, wir wagten nicht einmal, uns gegenseitig anzusehen, ging er die Treppe hinunter in den Keller. Wohl um sich eine Flasche Wein zu holen. Und da schlüpfte ich in den Burghof hinaus. Ich wusste selbst nicht, warum, vielleicht dachte ich, ich müsste ins Dorf, um Gärtner Majcen zu berichten, was hier vor sich ging. Er wusste immer Rat, ich wusste auch, dass er Verbindungen zu den Unsrigen hatte, vielleicht hätte er heraufkommen und sagen können, dass Herr Leo den Partisanen geholfen hat, und alle zusammen beruhigen. Denn die, die gekommen waren, waren nicht von hier und konnten das nicht wissen, außerdem sahen sie ziemlich entschlossen aus. Wenn solche Bewaffneten abends in ein Haus eindringen, kommen sie einem schon gefährlich vor, wild. Aber ich war sehr nervös, ich hatte vergessen, dass da noch eine Wache am Eingang zum Burghof stand, man ist unter solchen Umständen verwirrt, und ich rannte fast in den Soldaten hinein, der am Eingang stand.

Es war Jeranek.

Oh, sagte ich ganz außer Atem, Ivan! Wie bin ich froh, dass du hier bist. Geh zurück, sagte er, niemand darf hinaus. Ich versuchte ihm klarzumachen, dass sie alle Schränke und Schubladen aufbrechen, was soll denn das heißen, friedlichen Bewohnern das Mobiliar kaputt zu schlagen, den Herrn und die gnädige Frau haben sie in den Speisesaal eingesperrt und das Personal in die Küche. Er solle hineingehen und ihnen klarmachen, dass sie sich geirrt haben, dass hier gute Menschen wohnen, die niemandem etwas getan haben. Wir haben den Partisanen öfters Lebensmittel gegeben, sogar Kleidung. Sei still, sagte er, das ist jetzt eine Aktion. Was für eine Aktion?, rief ich laut, dass er sich nervös umblickte. Erinnere dich, sagte ich etwas leiser, weil ich ihn nicht wütend machen wollte, erinnere dich, wie gut die Gnädige zu dir war. Für einen Augenblick schien er etwas verlegen zu sein, er sah zu Boden und scharrte mit dem Fuß, wie immer, wenn er etwas Wichtiges sagen wollte. Dann deutete er mit dem Kopf zur Tür, das bedeutete, ich solle dorthin zurückgehen, woher ich gekommen war. Ivan, sagte ich leise, ich bin es, Jožì, kennst du mich denn nicht? Ich bringe dir Salami und Käse. Als ginge ein Ruck durch ihn, nahm er im selben Moment das Gewehr von der Schulter und schob mich gleichzeitig weg, sodass ich stolperte und in den Schnee fiel. Er schnauzte mich an: Dass du dich sofort da rein verziehst … Es muss so ausgesehen haben, als hätte ich ihn nicht richtig verstanden, weil das alles wirklich schwer zu verstehen war, ich hob die Hände wie zum Gebet, als würde ich ihn wie den Herrgott bitten, und das machte ihn noch wütender, er sagte noch: … sonst knall ich dich hier im Hof ab wie eine Katze.

Ich drehte mich um und rannte. Er rief mir noch etwas nach, ich blickte zurück und sah, wie er wütend auf einen Schneehaufen eintrat. Was ist denn mit dir?, rief ich über den Burghof. Ich dachte, es fiel ihm schwer, weil er hier Wache stehen musste, während seine Kameraden im Haus lärmten und plünderten, das immer gut zu ihm gewesen war. Du weißt, rief ich, dass sie nichts getan haben. Da sagte er etwas richtig Hässliches über Frau Veronika, etwas, das ich nicht einmal für mich selbst wiederholen kann, etwas so Hässliches und eine solche Lüge. Na ja, heute denke ich mir, dass er das gerade deswegen gesagt hat, weil es ihm schwerfiel.

Er wusste nicht, dass ihn Veronika aus dem Gefängnis gerettet hat, damals, als sie die Burschen in den Dörfern zusammengetrieben und mehrere von ihnen als Geiseln erschossen haben. Ich wusste es aber, ich wusste es deshalb, weil ich eines Abends gehört hatte, wie sie zu Leo sagte: Unseren Ivan lassen sie frei. Gott sei Dank, sagte Leo. Und auch dem Arzt, sagte Veronika, auch ihm sei Dank. Das habe ich mit eigenen Ohren gehört. Aber davon habe ich Ivan nie erzählt. Schon sowieso sahen alle die Herrschaften von der Burg schief an, weil die Deutschen Podgorsko besuchten, aber auch uns, das Personal, hatten sie im Verdacht. Wenn jemand gewusst hätte, dass Veronika einen solchen Einfluss bei den Leitenden der deutschen Behörden hatte, wäre alles zusammen noch schlimmer gewesen. Einmal, als unser Ivan wegen Frau Veronika ganz finster blickte, ich weiß selbst nicht, weshalb, sagte ich zu ihm, du kannst froh sein, die Gnädige hat dir sehr geholfen. Geholfen, ja, sagte er wie ein sturer Esel, der nichts versteht. Du weißt ja gar nicht, wie, sagte ich und kehrte ihm den Rücken. Vielleicht hätte ich es ihm an dem Abend im Burghof, als er diese ganzen Schändlichkeiten von sich gab, trotzdem sagen sollen. Aber damals ging alles so schnell, ich wusste überhaupt nicht, wo mir der Kopf stand.

Als ich in die Küche zurückkam, herrschte dort Stille, nur Fani klapperte mit dem Geschirr, das sie kurz zuvor aus dem Speisesaal gebracht hatte und das sie nun mit zitternden Händen abwusch, wobei ihr andauernd das Besteck auf den Boden fiel. Die übrigen Burgbediensteten sahen schweigend vor sich hin und warteten, was geschehen würde. Das Poltern in den oberen Räumen hatte nachgelassen, die Stimmen kamen jetzt aus dem Jagdzimmer, wo die Ankömmlinge Platz genommen hatten, um zu essen. Es war nicht das erste Mal. Herr Leo hatte ihnen schon öfters mitten in der Nacht die Tür geöffnet und ihnen zu essen gegeben, und wenn sie gingen, hatten sie stets volle Rucksäcke mitgenommen. Und weil ich das wusste, ich hatte ja selber öfter Wurst und Käse für sie aufgeschnitten, war ich noch immer überzeugt, dass nichts passieren würde. Der Gärtner, einer von der Firma Majcen aus Gorenja vas, erzählte, dass ihnen der Burgherr sogar eine Druckmaschine in den Wald geliefert habe, er versorge sie nicht nur mit Lebensmitteln. In seiner Jagdhütte oben am Berg übernachteten sie auch öfter. Er ist klug, sagte der Mann von Majcen, er will es sich mit keinem verderben, weder mit den Deutschen noch mit uns. Ich wusste, dass er klug war, deswegen war ich noch immer überzeugt, dass am Ende alles gut ausgeht.

Aber es lag ein Unheil in der Luft.

Noch nie waren sie so hereingestürmt gekommen und hatten in allen Räumen alles durcheinandergeworfen wie an diesem Abend. Genau genommen hatten sie die anderen Räume außer der Küche nie betreten. Und uns hatten sie in die Küche gesperrt, den Herrn und die Gnädige in den Speisesaal. An jenem Abend war Majcens Mann nicht bei uns, da waren die beiden Zimmermädchen, Fani und mehrere Arbeiter, einer hieß Franc, der half dem Mann von der Gärtnerei Majcen im Garten. Und die alte Dame, Veronikas Mutter, oben in ihrem Zimmer. Ich hatte Angst um sie, sie war von so zarter Gesundheit, und wenn ein Bewaffneter in ihr Zimmer getreten wäre, hätte sie sich bestimmt zu Tode erschrocken. Am Tisch in der Ecke der Küche hockte ein mir unbekannter Mann, der an dem Abend in der Burg aufgetaucht war. Er schlürfte Schnaps und sah schweigend vor sich hin, er sprach mit niemandem auch nur ein Wort. Sie sagten, er sei Pferdezüchter, irgendwo aus Ig bei Ljubljana. Noch heute weiß ich nicht, wer er war und was er an dem Abend dort wollte. Vielleicht wollte er Frau Veronika ein neues Pferd verkaufen, ich weiß es nicht, aber das tut man tagsüber, warum war er dann noch am Abend da? Mitten im schlimmsten Winter? Ich weiß nicht, manches weiß und verstehe ich nicht. Auch nicht, warum ich bis zuletzt geglaubt habe, dass nichts Schlimmeres passieren kann. Dass sie ein paar Sachen einsammeln, requirieren sagten sie dazu, sie auf einen Wagen laden und wieder gehen.

Dann ging die Tür auf und eine junge Partisanin kam herein – der Kragen ihrer weißen Bluse sah unter dem schweren Wintermantel hervor, und am Gürtel baumelte eine Pistole im Halfter. Wer von euch ist Joži, fragte sie. Ich stand auf. Die gnädige Burgfrau, sagte sie und lachte, die Gnädige wünscht mit dir zu sprechen. Wir gingen am Jagdzimmer vorbei, wo mehrere von ihnen standen, aßen und sich laut unterhielten. Sie besichtigten die Jagdgewehre und die Trophäen an den Wänden. Über die nassen Treppenstufen, wo sie mit ihren Bergstiefeln den Schnee hereingetragen hatten, gingen wir zum Speisesaal. Im Gang kamen uns mehrere Burschen entgegen, ganz junge, die Decken und Schuhzeug mit sich schleppten.

Die beiden Herrschaften saßen im Speisesaal an dem Tisch, wo sie kurz zuvor zu Abend gegessen hatten. Herr Leo war bleich wie die Wand. Am Fenster stand der Kommissar, so hatten ihn die jungen Burschen gerufen: Genosse Kommissar. Er trug Stiefel und einen Soldatenrock. Sein Mantel lag über den Stuhl geworfen, auf den er sich mit einer Hand stützte, über der Lehne hing auch ein Maschinengewehr. Er war zum Fenster gewandt, ich sah nur seinen Rücken. Ich sehe ihn noch heute, wie er in die Nacht hinaussieht, als ob man draußen in der kalten Winternacht etwas hätte sehen können oder als ob er über das nachdenken würde, worüber sie sich gerade unterhalten hatten. Veronika lächelte mich an. Ich machte ihr Zeichen mit den Augen und dem Kopf, dass sie mir ein Zeichen geben solle, damit ich wüsste, was eigentlich vor sich ging. Aber sie sagte nur leise: Joži, geh bitte hinauf zu meiner Mutter und beruhige sie. Sag ihr, dass alles gut wird und dass sie keine Angst um mich zu haben braucht. Erst da bemerkte ich, dass die beiden reisefertig angezogen waren. Sie hatte eine Reithose und einen Pullover an, Herr Leo trug seinen Winterjagdrock, auf den Knien hielt er seinen Hubertusmantel, den er im Winter immer zur Jagd anzog. Beide trugen Bergschuhe. Ich konnte mir nicht helfen und fragte laut: Wohin fahren Sie denn? Der Kommissar am Fenster rührte sich, die beiden gaben jedoch keine Antwort. Nach Berlin, sagte dann der Kommissar und drehte sich um.

Die gnädige Frau fährt nach Berlin, dort gefällt es ihr so sehr.

Bei dem Herrn wissen wir es noch nicht, sagte er. Natürlich im Scherz. Möchtest du vielleicht mitfahren, Joži?, sagte er mit einem unangenehmen Lächeln. Er machte Scherze, aber mir war nicht nach Scherzen zumute. Wie wussten alle diese unbekannten Leute, dass ich Joži heiße? Und wer hatte ihnen erzählt, dass die gnädige Frau in Berlin gewesen war? Ich musste an Jeranek denken und auch an den Gärtner, den von Majcen. Die ganze Zeit hatten sie alles gewusst, von jedem Besuch, von der gnädigen Frau, die manchmal mit dem Arzt Horst am Fischteich spazieren ging, vom Pianisten und vom Maler, von den deutschen Offizieren und von allen anderen Besuchern. In diesem Moment war mir auch klar, dass sie sie mitnehmen würden. Verzweifelt sah ich mich um, als ob es irgendwo eine Rettung gäbe. Ich sah, dass der Telefondraht aus der Wand gerissen war, das machte mich völlig fertig. Wir waren in der Burg eingesperrt, ohne Kontakt zur Außenwelt, bewacht, wir waren ihnen auf Gnade und Ungnade ausgeliefert. Jetzt war mir schon klar, dass das kein gutes Ende nehmen würde. Die Tränen traten mir in die Augen, ich hatte doch beide gern. Alles Mögliche ging mir durch den Kopf, als ich diesen Draht sah, so aus der Wand gerissen, dass auf dem Boden weiße Stückchen Verputz lagen, ich erinnerte mich, wie Herr Leo jeden Abend am Telefon gewartet hatte, dass ihn seine Veronika aus Berlin anrufen würde, er machte sich große Sorgen um sie, er liebte sie sehr, wenn er das nicht getan hätte, hätte er sich nicht ein zweites Mal mit ihr verheiratet, wenn auch nur auf eine lustige Weise. Als der Kommissar sagte, die gnädige Frau reise nach Berlin, überkam mich eine schreckliche Ahnung. Als ich sah, dass das Telefon herausgerissen war, habe ich verstanden. Ich fing an zu weinen. Die beiden werden doch wohl nicht in dieser kalten Nacht hinausgehen, sagte ich. Doch, doch, sagte der Kommissar. Und jetzt tu das, was dir die Frau gesagt hat, fügte er hinzu. Ich ging zur Tür und vorbei an dem jungen Mädchen mit der Pistole, das mich hergeführt hatte und noch immer dastand. In der offenen Tür drehte ich mich noch einmal um. Ich sah Veronikas traurige Augen, mir schien es, als würden sie sagen: Sei lieb zu Mamachen, so hatte sie immer gesagt, wenn sie auf Reisen gegangen war, auch damals, als sie auf Besuch zu ihrer Freundin nach Berlin gefahren war, sei lieb zu Mamachen, du weißt ja, dass sie krank ist. Durch den Tränenschleier sah ich sie beide das letzte Mal so von Nahem. Ihn, bleich wie der Tod, mit dem Hubertusmantel, den die zitternden Hände auf den Schoß pressten. Sie im Reitanzug, mit abwesendem Blick und einem Lächeln, das wie ein Auftrag war.

Ich wischte mir die Tränen ab, damit ich die alte Frau Josipina mit meinem Weinen nicht noch mehr erschreckte, und lief die Treppe hinauf zu ihrem Zimmer. Auch sie war angekleidet. Sie saß auf dem Bett. Joži!, rief sie, als sie mich erblickte. Als sie sah, dass ich ruhig war, ich spielte die Ruhige, obwohl ich im Innern zitterte, fragte auch sie mit ruhigerer Stimme: Wer sind diese Leute, die durch das Haus gehen? Ich sagte, dass der Herr und die gnädige Frau Besuch aus Ljubljana hätten. Ach ja?, sagte sie, warum reißen sie dann die Schränke auf und schlagen mit den Türen?

Frau Josipina hatte das letzte Jahr fast die ganze Zeit in ihrem Zimmer verbracht, zwischen Fotografien und Briefen. Ein langes Leben lag hinter ihr, Veronika war ihr einziges Kind, sie hatte sie in einem Alter geboren, wo die meisten Frauen schon denken, sie hätten mit diesen Dingen abgeschlossen. Und in diesem Zimmer beschäftigte sie sich lieber mit den Erinnerungen als mit dem, was um sie herum geschah. Sie ging schwer, manchmal brachten wir sie an einem sonnigen Vormittag hinaus auf die Wiese oder zum Fischteich, dort saß sie eine Zeitlang und sah in die Ferne, dann verlangte sie aber meistens bald, zurückgefahren zu werden. Mir schien immer, dass sie sich am wohlsten zwischen ihren Fotografien fühlte, ich kannte sie alle, denn wir hatten sie uns viele Male gemeinsam angesehen, auf ihnen war sie meistens mit ihrem früh verstorbenen Mann, mitten in einem Park vor einer Villa in einer Hafenstadt, auf der Promenade in Ljubljana, auf einer Italienreise, in Venedig unter Tauben, Gesichter, Städte, Landschaften, Hunderte Fotografien aus ihrem Leben – das war die Umgebung und auch die Zeit, in der sie sich am wohlsten fühlte. Mir scheint, dass sie so schon zu leben begonnen hatte, bevor sie nach Podgorsko kam. Damals, als Veronika sie in Ljubljana allein gelassen und irgendwohin in den Süden gezogen war, nach Serbien oder wohin. Allein in der großen und leeren Wohnung ohne ihre lebhafte Tochter – was blieb ihr anderes übrig, als die Erinnerungsalben mit den Fotografien von ihrem verstorbenen Mann und sich selbst in eleganten Kleidern und mit weißen Hüten aufzuschlagen. Als Frau Veronika zu Leo zurückkehrte, nahm sie sie mit sich auf die Burg, damals war sie schon ziemlich alt und krank und bereits entrückt von allem, was um sie herum geschah. Mitunter hörte ich sie, wie sie halblaut etwas auf Italienisch sang, das ist ein Lied aus Istrien, sagte sie, das habe ich in Rijeka gelernt ... *una mula di Parenzo* ... diese Worte habe ich mir gemerkt. Das Liedchen erzählt von einem Mädchen aus Parenzo, in unserer Sprache ist das Poreč, das kein blondes Haar hat, sondern schwarzes. Und das Fische verkauft. Einmal habe ich sie gefragt, was es mit dem Lied auf sich habe, und sie fing an, mir eine lange Geschichte vom Leben in der Hafenstadt und von einem Ball in einem Kaffeehaus zu erzählen. Ihre Augen glänzten, und da wusste ich, dass ihr eine Zeit, die es nicht mehr gab, sehr am Herzen lag, dass sie gern zu den schönen Erinnerungen zurückkehrte, zu den Bildern der Menschen, die nicht in ihrer Nähe oder überhaupt nicht mehr auf der Welt waren.

Wie hätte ich ihr an diesem schrecklichen Abend, genau genommen in dieser Nacht, denn alles zusammen zog sich lange hin, und es war schon Nacht, als ich bei ihr saß, wie hätte ich ihr erklären sollen, wer die Leute waren, die die Schränke aufrissen und mit den Türen schlugen? Und dass am Eingang unser Ivan mit einem Gewehr stand?

Wie hätte die arme Frau verstehen sollen, dass unten im Speisesaal ihre Tochter saß, angetan mit Reithose und Stiefeln, bereit, irgendwohin zu gehen, mit unbekannten bewaffneten Menschen irgendwohin mitgehen zu müssen. Dass dort im Jagdanzug Herr Leo saß, den sie liebte wie ihr eigenes Kind, den sie für den besten Menschen auf der Welt hielt? Nicht nur deshalb, weil er ihre unruhige Veronika wieder aufgenommen hatte, nachdem sie ihn für so lange Zeit verlassen hatte, sondern weil er auch sie, die alte Frau, zu sich genommen hatte, mehr noch, weil er sie auch dann besucht hatte, als sie allein war und Veronika in dem unbekannten Land weit im Süden verloren gegangen war. Nicht nur deshalb, sondern weil er, wie die alte Dame oftmals sagte, ein guter Mensch war. Er war ein fähiger Mensch, er verstand sich auf Geld und Geschäfte, und er war gut. Wisst ihr, sagte sie manchmal, das geht nicht immer zusammen. Bei Leo ging es, so dachte zumindest Frau Josipina, Veronikas Mutter. Nicht alle dachten so, die schon gar nicht, die ihn im Speisesaal bewacht hielten, ihn, der bleich war wie der Tod, der wohl zu Tode erschrocken war, dessen zitternde Hände den Hubertusmantel krampfhaft auf den Knien festhielten. Wie hätte ich ihr sagen sollen, dass Herr Leo dort unten im Jagdanzug sitzt, obwohl er nicht vorhat, auf die Jagd zu gehen.

Nein, das konnte ich ihr nicht sagen. Ich sagte, dass sie unten eine Gesellschaft gehabt hätten, Sie wissen ja, sagte ich, manche kriegt man danach schwer zum Schlafen. Das kam ihr bekannt vor, auch sie war einmal auf solchen Gesellschaften gewesen, wo sich manche Gäste nur schwer vom Tisch weg, aus dem Haus oder in die Gästezimmer bringen ließen. Wir setzten uns an den Tisch, sie begann die Fotografien umzublättern, und ich dachte, ich hätte sie überzeugt. Doch nach einiger Zeit wurde sie wieder unruhig.

Warum gehen Sie andauernd ans Fenster?, fragte sie plötzlich.

Und wirklich stand ich andauernd auf und ging ans Fenster. Hinter dem zurückgeschobenen Vorhang spähte ich in den Burghof hinunter, in den das Licht aus dem Speisesaal fiel. An der Tür stand eine Wache, die unruhig auf und ab ging und in den Schnee trat, das war Jeranek.

O Ivan, o du Jeranek, dachte ich, so schön hast du im Kirchenchor gesungen, und jetzt trittst du dort in den Schnee und wartest darauf, dass sie die gnädige Frau, die dir so geholfen hat, wegschleppen. Und den gnädigen Herrn, der dich immer für deine Arbeit gelobt und gut bezahlt hat. Und redest solche Schändlichkeiten, dass mir noch jetzt die Ohren wehtun von dem, was du vorhin im Hof gesagt hast. Als ich zu dir sagte, du sollst hineingehen und unseren, das heißt deinen Leuten erklären, dass es sich hier um ein Missverständnis handelt. Dass die beiden nichts verschuldet haben und dass man sie nirgends hinbringen muss. Als ich die unruhige Gestalt im Militärmantel und mit dem Gewehr am Eingang in den Burghof sah, fiel mir plötzlich ein, was ich schon fast vergessen hatte. Und verstand plötzlich auch, woher dem dummen, fleißigen Jungen solche hässlichen Worte über die Lippen gekommen waren. Es war vor mehr als einem Jahr, eines taufrischen Morgens, in aller Frühe, als ich vor dem Frühstück aus dem Haus trat, stand dort Jeranek. Ivan, dieser fleißige Bursche, der mähen gekommen war, trat auf mich zu und sagte: Mir scheint, dass deine Gnädige die Deutschen gern sieht. Ich habe gelacht, was redest du da, Ivan, die Gäste kommen auf Besuch, da muss sie sie doch empfangen. Sie kommen in Uniform, sagte Ivan und scharrte mit dem Fuß im Kies, als würde er etwas auf den Boden zeichnen. Es lag kein Schnee wie in dieser Nacht, mehrere Monate später, als er Wache stand, es war ein frischer Sommermorgen. Vermutlich sah er zu seinen Füßen hinunter und scharrte im Kies, weil es ihm peinlich war. Wer wäre nicht verlegen, wenn er solche Dummheiten sagt?

Natürlich in Uniform, sagte ich, sie haben ja keine Zivilsachen mit. Ich musste lachen, weil ich noch immer glaubte, er mache Scherze. Einmal kommen Herren aus Ljubljana, Geschäftsleute, Schriftsteller und Maler, und einmal Deutsche aus Krainburg, ich sagte, ich kann sie ja nicht vor die Tür setzen. Und er sieht noch immer zu Boden und rührt den Kies um, dass da schon ein richtiges Loch ist, aber einen sieht sie besonders gern, sagt er. Na, und wen?, sage ich, schon ein bisschen böse auf ihn, weil er einfach nicht aufhören will. Den einen Offizier, den von den Sanitätern, sagt er. Was du nicht sagst, sage ich. Ich habe sie heute Morgen gesehen, sagt er, als ich zum Mähen gekommen bin. Sie haben am Fischteich gestanden, als die Sonne aufging. Du Dummkopf, sage ich, sie hatten ein Konzert, Herr Vito hat auf dem Klavier gespielt, und danach waren sie im Speisesaal noch ein bisschen lustig. Bis zum Morgen?, sagt er. Das soll dir doch egal sein, war ich jetzt schon ziemlich böse, kümmere dich um deine Arbeit. Aber er hört nicht auf, der Sturschädel, und wo war der Burgherr?, sagt er. Er ist schlafen gegangen, sage ich, du weißt ja, dass er überhaupt nicht trinkt, und reden tut er auch eher wenig. Schlafen gegangen, ja, sagt Ivan, und sie spaziert mit einem deutschen Offizier um den Fischteich herum. Wenn du den Arzt meinst, Herrn Horst, er respektiert unsere gnädige Frau sehr. Ivan lacht hinunter zu seinem Fuß, der im Kies scharrt: Respektiert, ja. Respektiert, ja, sage ich wütend, alle respektieren sie, du hast sie auch respektiert. Sie war immer freundlich zu dir, sage ich, und jetzt redest du solch ein dummes Zeug, dass ich mich für dich richtig schämen muss. Was würde deine Pepca sagen, wer hat sie denn ins Krankenhaus gefahren, wenn nicht unsere gnädige Frau? Wenn du nicht sofort aufhörst, werde ich es ihr sagen, das wird sie nicht freuen, denn sie respektiert Frau Veronika auch.

Glaubst du etwa, sie weiß es nicht?, sagte Ivan, alle wissen, dass sie deutsche Gesellschaft gernhat. Jetzt hatte ich aber wirklich genug. Nimm die Harke, sagte ich, und mach den Kies glatt, du wühlst darin rum wie ein Wildschwein im Wald. Und dass ich mir so etwas nie wieder anhören muss. Er hörte auf, im Kies herumzuscharren, hob den Kopf und sah mir in die Augen. Dass du es weißt, Joži, sagte er, unseren Leuten gefällt das überhaupt nicht, ich fürchte, das wird kein gutes Ende nehmen.

Unseren Leuten? Damals wusste ich noch nicht, dass Jeranek etwas mit denen „im Wald", wie wir damals zu den Partisanen sagten, zu tun haben könnte. Dieser ruhige Bursche, der so still seine Arbeit verrichtete, der mähte, das Heu wendete, der die Balken schleppte, wenn sie das Stalldach reparierten, der sich im Wald eins pfiff und fröhlich auf dem Fahrrad herumfuhr und am Sonntag im Chor sang, von diesem Ivan konnte ich mir einfach nicht vorstellen, dass er etwas mit denen zu tun haben könnte. Dann erinnerte ich mich, dass er ein paar Tage in Krainburg im Gefängnis gewesen war, als die Deutschen einfach so mehrere Männer aus dem Dorf in der Ebene unterm Strmi vrh aufgegriffen hatten. Und wer hat ihn gerettet? Veronika, sie hat ihn gerettet, nachdem sie den Arzt Hubmayer um Hilfe gebeten hatte. Genau den, ja, wegen dem der Bursche hier jetzt mit dem Fuß im Kies kratzt und sich benimmt wie ein eifersüchtiger Depp. Damals hieß es, sie hätten Jeranek irrtümlich eingesperrt, der Arzt habe für ihn gebürgt, weil Veronika ihn darum gebeten hat. Ich hatte es auf der Zunge, ihm das zu sagen. Aber Gott weiß, was in seinem Sturschädel vorging. Selbst das könnte er gegen sie kehren. Er wusste doch, dass Herr Leo denen im Wald half, wir wussten es alle. Das hätte genügen müssen.

Du könntest ihr etwas dankbar sein, sagte ich, schließlich hat sie Pepca ins Krankenhaus gefahren.

Seine Pepca hatte sie ins Krankenhaus gefahren, ihn hatte sie auf ihre Weise gern. Unser Ivan, sagte sie immer, er sorgt am schönsten für die Pferde. Ihn hatte sie auf ihre Weise gern, mich hatte sie fast zur Freundin. Mir hat sie erzählt, wie ihr Leben in Serbien war. Einmal erzählte sie, dass sie und ihr Voriger, genau genommen ihr Zwischenzeitlicher, eine Zeitlang ein schweres Leben gehabt hätten. Dass sie dort unten in einer kleinen Stadt Hühner gezüchtet hätten. Es hörte sich unglaublich an, aber ich glaubte ihr. Niemanden sah sie von oben herab an, obwohl sie eine Burgherrin war. Wir hatten sie gern. Mir hat sie einmal Seidenwäsche geschenkt. Du bist so gut zu mir, sagte sie. In Wirklichkeit war sie gut zu allen, auch zu ihm.

Das ist etwas anderes, sagte Ivan, deshalb braucht sie nicht gleich mit einem deutschen Offizier am Fischteich spazieren zu gehen.

Ich konnte nicht in seinen Kopf hineinsehen, um zu verstehen, was es für eine Verbindung gab zwischen der Krankheit seiner Pepca und Veronikas Spaziergang. Ich sagte, ziemlich wütend, dass sie ihn vielleicht gebeten habe, sie auf den Spaziergang zu begleiten.

Ja eben, sagte er trotzig, dieser Offizier macht es ihr in allem recht. Und sie ihm vielleicht auch hin und wieder.

Das war zu viel. Mach, dass du verschwindest, zischte ich, ich war wütend wie eine Natter, ich hätte ihm die Augen auskratzen können. Langsam drehte er sich um und ging weg, als er am Tor über die Schulter zurücksah, drohte ich ihm mit dem Finger. Dieser dumme Kerl.

Vielleicht konnte er Frau Veronika ja gut leiden. Das wäre nicht verwunderlich gewesen, alle Männer, auch jüngere als sie, sahen sie gerne, bei ihrer Liebenswürdigkeit und Fröhlichkeit verstanden sie das manchmal wohl auch falsch. Vielleicht verehrte er sie ja insgeheim, und es brachte ihn um den Verstand, dass er sie mit dem Arzt gesehen hatte, mit diesem ruhigen Herrn Horst, zu früher Stunde am Fischteich. Aber damals habe ich mir darüber nicht den Kopf zerbrochen. Es gab genug andere Sorgen. Außerdem wusste ich, dass es zwischen Frau Veronika und dem Arzt Hubmayer, Herrn Horst, nichts anderes geben konnte als Zuneigung, höchstens Freundschaft. Sie war ihrem Mann Leo treu. Das lustigste Ereignis, an das ich mich von Podgorsko erinnere, war ihre erneute Hochzeit. Natürlich nur symbolisch, denn formal hatten sie sich nie scheiden lassen. Sie war nur weggegangen und war zurückgekommen. Es ist richtig, dass er ihr verziehen hat, das können nur die besten Männer. Wir waren alle zu dieser Scherz-Hochzeit bald nach ihrer Rückkehr eingeladen. Im Burghof waren Tische aufgestellt und gedeckt, ein Herr aus Ljubljana, es hieß, er sei ein Dichter, hielt eine launige Rede, zum Schluss band er ihnen die Hände mit einer Kette zusammen – er sagte, von nun an würden sie immer zusammen sein, nie auseinander, und sollte einem von ihnen etwas derartiges einmal in den Sinn kommen, brauche er nur auf diese Kette zu sehen. Dann sagte er noch – wie der Geistliche in der Kirche –, bis dass der Tod euch scheidet. Ich bin auf zahlreichen Hochzeiten gewesen und bei diesen Worten hat es mir immer die Kehle abgeschnürt, auch dieses Mal, sodass ich kaum die Tränen zurückhalten konnte, obwohl dieses Mal alles scherzhaft und lustig war und wir alle lachten, am meisten die Braut. Besonders als Herr Leo, der immer nur Wasser trank, ein Glas Wein trinken musste. Der Herr Dichter sagte, dass das Gelöbnis sonst nicht halten werde, man müsse es nicht nur mit der Kette besiegeln, sondern auch mit Wein. Die seltsame Hochzeit meiner lieben Frau Veronika.

Ich wusste, dass sie Leo liebte und dass das Gelöbnis halten würde. Ich wusste aber auch, dass sie ihre große Liebe nicht vergessen hatte, deretwegen sie ihn für einige Zeit verlassen hatte. Noch immer kamen Briefe nach Burg Podgorsko, auf denen die Anschrift in kyrillischer Schrift geschrieben war und wo die Postboten zu Anfang richtig Schwierigkeiten hatten zu entziffern, an wen sie gerichtet waren. Aber Frau Veronika öffnete sie überhaupt nicht, sie trug mir auf, sie wegzuwerfen. Vermutlich hatte sie Angst, diese Briefe könnten ihr ans Herz greifen und sie mit Wehmut erfüllen. Denn Liebeserinnerungen, das wissen wir Frauen alle, sind mitunter stärker als Ketten, mit denen wir uns binden, wenn auch nur symbolisch und im Scherz. Die Köchin Fani und ich haben einmal einen von diesen Briefen, anstatt ihn fortzuwerfen, gemeinsam gelesen. Und haben dabei beide geweint. Denn dieser Stevo, bei uns Štefan, so hieß der Mann, mit dem sie nach Serbien geflohen war, schrieb so schön und so gefühlvoll, war ohne sie so unglücklich, dass sie bestimmt auch geweint hätte, wenn sie den Brief gelesen hätte. Ich sah ein, dass es für ihre Verbindung mit Leo und für den Familienfrieden viel besser war, wenn sie die Briefe nicht las. Fast jeder endete so wie der, den Fani und ich gemeinsam gelesen hatten, mit den Worten: Komm zurück, Geliebte. Das war in Serbisch geschrieben, und dann noch in Slowenisch: ljubezen moja – meine Liebe.

Joži, sagte die alte Dame, warum stehen Sie am Fenster?

Ich war etwas verwirrt, als hätte sie mich bei einer Lüge ertappt, ich sagte, dass einige doch schon weggingen. Ich warte, dass sie gehen, sagte ich rasch, denn ich hatte wirklich gelogen, was wollte ich sonst machen, die einen werden in den Gästezimmern schlafen, die anderen werden wegfahren, dann werden wir hinter ihnen aufräumen, ein bisschen jetzt gleich, plapperte ich, um sie zu überzeugen, und das andere morgen. Frau Josipina schien zu ahnen, dass im Haus etwas nicht stimmte. Obwohl ich innerlich zitterte und mein Herz noch immer nicht zu klopfen aufgehört hatte, setzte ich mich zu ihr und schlug das Album auf. Was für einen schönen Hut Sie hatten, sagte ich. Die alte Dame ging nicht darauf ein, sie sah weiterhin beunruhigt zum Fenster. Es war wohl sehr heiß dort in dem Hafen, sagte ich. Ja, sagte sie, manchmal war es wirklich heiß. Wir gingen zum Baden nach Opatija. Ich atmete ein wenig auf, es sah so aus, als würde die alte Dame jeden Moment wieder in ihre Erinnerungen versinken. Oft hatte sie mir erzählt, wie sie gelebt hatten, wie sie in Istrien Ausflüge gemacht hatten, häufig sogar bis hinauf nach Ljubljana, auch in Wien waren sie gewesen und ins Theater gegangen, zu Operetten. Und getanzt haben Sie auch, sagte ich. Wie geht noch dieses Lied? Die alte Dame sah mich verträumt an. Veronika kennt es auch, sagte ich. Sie meinen das von der „Bionda"?, sagte sie. Das, ja, damals als Sie geheiratet haben. Ich habe nicht geheiratet, sondern ich habe während des Tanzes zu Peter gesagt, es sei höchste Zeit, dass wir heiraten. Sie lachte.

Jetzt war mir ein bisschen leichter, die Gnädige hatte aufgehört, zum Fenster zu sehen und zu horchen, was in den unteren Räumen vor sich ging. An ihren Augen sah ich, dass sie nicht mehr horchte. Diese Augen schauten auf etwas, was sie vor langer Zeit gesehen hatten, da war keine kalte Winternacht mehr und kein Lärmen nächtlicher Besucher, diese Augen sahen jetzt ein Tanzcafé, ein Schiff im Hafen, das warme Meer. Dieses Lied, sagte sie, das geht so, sie begann zu singen: *Tutti mi chiamano bionda, ma bionda io non sono …*

Das bedeutet, begann sie zu erklären, was ich schon wusste und oft gehört hatte, das bedeutet, alle rufen mich „Bionda", das heißt Blondchen, Blondhaar, aber das bin ich gar nicht. Merkwürdig, überlegte sie laut, noch heute verstehe ich das nicht ganz. Es stimmt zwar, dass ich blondes Haar hatte, und auch Veronika hat es, bestimmt nach mir, der Dichter nennt sie Goldhaar; Peter hatte kastanienfarbenes, ein wenig gelockt. Die alte Dame begann zu erzählen, was geschehen war, als ihr Peter quer durch das Café zu den Musikern gegangen war und bei ihnen dieses Stück bestellt hatte.

Jetzt war mir wirklich um einiges leichter zumute, es war mir gelungen, sie abzulenken. Vielleicht war es nicht schön, dass ich sie so abgelenkt habe, während mich die ganze Zeit zugleich die Frage quälte, was unten im Haus vor sich ging, aber Veronika hatte mir aufgetragen, ich solle die Gnädige beruhigen, und das beruhigte sie. Fotografien, Erinnerungen, das Lied von der „Bionda", sie übersetzte mir Satz für Satz dieses Liedes, das ihr Lied war, und ich trat wieder vorsichtig ans Fenster.

Ich sah, dass ein Lichtschein auf Jeranek fiel, jemand hatte das Licht in einem der Zimmer im ersten Stock angemacht. Er sah herauf, deutlich sah ich sein Gesicht. Mir schien, als wollte er etwas sagen. Er war nicht rasiert und seine Mütze hatte er in die Stirn gezogen. Wenn er nur das nicht sagt, was er mir unten im Burghof nachgerufen hat.

Dass du es nur weißt, Jožì, deine Gnädige ist eine deutsche Hure!

Das hatte er gerufen. Ich konnte nicht glauben, dass ich von diesem ruhigen Burschen etwas derartiges zu hören bekommen würde. Was in seinem Kopf vorging, verstehe ich bis heute nicht. Es war nicht nur, dass er jetzt Soldat war, der Wache stand und alles hasste, was sich mit den Deutschen einließ. Ich verstehe, dass sie Hunger litten, dass sie sich verstecken mussten und dass sie manchmal wie die Tiere in den Wäldern lebten, immer auf der Flucht vor den Deutschen, die sie jagten wie wütende Jäger, auch das verstehe ich, dass ihm sein Kommissar den Kopf mit Hass auf Menschen vollgestopft hatte, die reich waren und währenddessen friedlich weiterlebten, aber bei ihm war es mehr, etwas, was ihm schon damals im Kopf herumgegangen war, als er mit dem Fuß das Loch in den Kies grub und mir das von dem Arzt sagte, von Herrn Horst, mit dem Veronika an jenem

Morgen am Fischteich gestanden hatte. Oder es hatte sich in seinem jungen verwirrten Kopf die Wut schon früher aufgestaut, als es noch nirgends Deutsche und Partisanen gab.

Ich sah, dass sich seine Gestalt zur Tür umdrehte, im selben Moment wurde unten das Licht gelöscht. Jetzt lag der Burghof in fahlem Mondlicht, jemand aus dem Haus lief zu ihm, sie redeten miteinander. Einen Augenblick später kamen die nächtlichen Besucher heraus.

Die alte Dame versuchte aufzustehen. Ich hatte Angst, dass sie zum Fenster wollte, aber sie breitete die Arme aus und begann zu singen. Das Lied von dem Mädchen, das nicht blond war.

Im Burghof gingen mehrere dunkle Gestalten auf und ab. Dann kam Herr Leo heraus, er hatte seinen Jagdmantel angezogen, den Hubertusmantel, und Frau Veronika, ebenso im Mantel, die Wollmütze in der Hand. Der Mond schien auf ihr glattes blondes Haar. Die Gnädige sang: *Tutti mi chiamano bionda, ma bionda io non sono …* und tanzte durchs Zimmer, sie war ganz versunken in ihre Erinnerungen. Im Burghof blieben alle stehen. Jemand lief zurück ins Haus und kam bald darauf mit drei oder vier Jagdgewehren im Arm zurück. Offensichtlich hatten sie diese Gewehre vergessen. Einer warf sich ein Gewehr über die Schulter, die übrigen verteilte er. Alle hatten riesige Rucksäcke, voller Anziehsachen, Decken, aber auch wertvolle Dinge, die sie aus der Burg mitnahmen. Mir war klar, dass sie bei dieser Kälte Decken und Pullover brauchten, aber jetzt schleppten sie auch das Silberbesteck und einen Pelzmantel mit, den sich einer der Besucher an seinen Rucksack gebunden hatte, das verstand ich nicht. Vielleicht wollen sie ihn verkaufen und dafür Proviant oder Munition einhandeln, dachte ich, vielleicht wollte ihn diese Frau in der Uniform mit dem weißen Kragen haben, der Mensch denkt alle möglichen komischen Sachen in solchen Momenten. Dann gingen sie zum Tor und verschwanden. Die alte Dame tanzte und sang. Dann setzte sie sich aufs Bett. Ach, meine Beine, sagte sie. Wie habe ich früher getanzt! Und auch in die Berge sind wir gegangen. Und jetzt ist es so, dass ich nicht einmal mehr bis zum Fischteich komme.

Die nächtlichen Besucher zeigten sich wieder auf dem verschneiten Hang. Auf dem schmalen Pfad hatten sie sich zu einer Kolonne gereiht und stiegen den Berg hinauf zum Wald. In der Mitte der Kolonne gingen Veronika und Leo. Mir schien, dass in der Kolonne auch dieser Pferdezüchter ging, der an dem Abend zu Besuch war, ein Unbekannter. Leo sah zur Burg zurück, ich konnte sein Gesicht nicht sehen, er war zu weit weg, Veronika hatte den Kopf gesenkt, als würde sie vor sich hinunter sehen, in den Schnee. Ihre Gesichter hatte ich zuletzt eine oder zwei Stunden zuvor unten im Speisesaal gesehen, ihn bleich und sie mit einem seltsamen Lächeln auf den Lippen. Jetzt sah ich ihre Gestalten ein letztes Mal in der Kolonne von Bewaffneten, ich habe die beiden nie wiedergesehen.

Ich drehte mich zu Frau Josipina um. Machen Sie sich keine Sorgen, sagte ich, Sie werden wieder gehen. Wenn es Frühling wird, gehen wir zusammen Feldblumen pflücken. Wie auf diesem Foto, wo Sie das schöne Kleid mit den Spitzen tragen. Sie lehnte sich in das Kissen zurück. Schön haben Sie gesungen, sagte ich. Ich habe vieles vergessen, flüsterte sie, aber dieses Lied nicht, ich weiß jedes Wort. Ihre Augen schlossen sich. Sie hatte graues Haar. Ich dachte, dass es gewaschen gehört, morgen bringe ich Wasser und helfe ihr, wie schon so oft.

Ich ging leise aus dem Zimmer, um sie nicht zu wecken. Auf dem Gang war es dunkel und ich machte Licht. Fast im selben Moment rief jemand von unten: Sofort ausmachen! Ich machte es aus und tastete mich zur Küche. Wieder machte ich Licht, so viel, dass ich sah, wie alle in den verschiedenen Ecken der großen Küche saßen, einige den Kopf zwischen den Händen, andere in halb liegender Stellung. Einer der Arbeiter sprang sofort auf, knurrte etwas und schaltete das Licht aus. Dann steckte er sich eine Zigarette an, ich sah sein Gesicht, beschienen von rotem Licht, und die erschrockenen Augen. Warum sitzt ihr im Dunkeln?, fragte ich. Jemand erklärte mir flüsternd, sie würden jeden erschießen, der vor fünf Uhr morgens aus dem Haus ginge. Es kam mir komisch vor, dass sie flüsterten, denn die nächtlichen Besucher waren schon abgezogen, die waren sicher schon weit oben am Berg. Aber die Angst tut das Ihre. Als die Besucher gegangen waren und sich Burg Podgorsko in Dunkelheit und Stille gehüllt hatte, hatten sie sich seltsamerweise nicht um das Licht gekümmert, das im Zimmer der alten Dame brannte. Vermutlich hatten sie es schon eilig. Ich fragte ins Dunkel hinein, ob jemand wisse, wohin sie die gnädige Frau und den Herrn mitgenommen hätten. Lange antwortete niemand. Dann flüsterte jemand: Einen habe ich sagen hören, dass sie zur Jagdhütte gehen. Dort werden sie sie verhören. Was werden sie sie verhören, sagte ich wütend und laut, dorthin in die Jagdhütte hat ihnen Herr Leo Proviant und manches andere geliefert, da gibt es nichts zu verhören! Halt endlich den Mund, altes Weib, sagte einer der Arbeiter, der mit dem glühenden Zigarettenstummel vor dem Gesicht. Alle waren bis ins Mark erschrocken und nervös. So hielt ich wirklich lieber den Mund.

Am Morgen brachte ich Frau Josipina das Frühstück und sagte, ich würde ihr helfen, die Haare zu waschen. Nebenbei erwähnte ich, dass Frau Veronika und Herr Leo nach Ljubljana gefahren seien und bald zurückkehren würden. Sie sah mich verwundert an. Warum nachts?, sagte sie. Herr Leo, schwindelte ich weiter, hat wichtige Besorgungen zu machen. Es war wenig glaubhaft, und ich sah, dass ich Frau Josipina nicht überzeugt hatte. Wer waren diese Menschen, die mit den Türen geschlagen haben?, sagte sie.

Ich ging lieb um mit der alten Dame, Veronika hätte sich gefreut, wenn sie gesehen hätte, wie gewissenhaft ich ihren Auftrag erfüllte. Trotzdem ging es mit ihr nicht gut. Jeden Tag fragte sie mich, wann ihre Tochter und ihr Leo zurückkommen werden. Alles Mögliche musste ich mir ausdenken, am Ende, als mir schon nichts Neues mehr einfiel, antwortete ich nur noch: Sie werden schon zurückkommen. Und mit dem Satz gab sie sich zufrieden. Kein einziges Mal sagte sie, dass vielleicht etwas Schlimmes passiert sei, dass sie vielleicht doch nicht wiederkommen werden. Tagelang saß sie am Fenster, und wenn ich mit dem Essen oder mit den Büchern kam, die sie las oder die ich ausgelesen wieder in die Bibliothek zurückstellte, sagte sie: Sie kommen doch wieder, nicht, Joži, das werden sie doch? Natürlich werden sie das. Aber ich glaubte es schon lange nicht mehr. Aus Poselje kam ein paar Tage nach ihrem Verschwinden ein Arbeiter, um für Holz zu sorgen. Er hauchte in die Hände und flüsterte mir zu: Die Leute reden, sie hätten sie liquidiert. Ich verstand dieses Wort nicht. Na ja, er fuhr sich mit dem Finger über den Hals, so wie man einer Gans die Gurgel durchschneidet. Das glaube ich nicht, sagte ich, obwohl es mir schon möglich schien, aber warum hätten sie das tun sollen? Darum, sagte er fast zufrieden und nahm das Beil. Sie sind nicht die Ersten und nicht die Letzten, sagte er noch, da kommt noch so mancher dran, sagte er fast drohend. Dann verschwand er im Holzschuppen und fing an, mit gleichmäßigen Schlägen Holz zu spalten. Von den Mauern hallte es an diesem stillen Morgen bei jedem seiner Schläge prasselnd wider.

Dieser Winter war lang, die Burg wurde eine Zeitlang von deutschen Gendarmen bewacht, dann gab es auch die nicht mehr, nur hier und da erschienen drei, vier und fragten, ob die Banditen, so sagten sie, sich noch in der Gegend herumtrieben. Dann zogen sie immer rasch ab, da hatten sie vor den Unseren schon Angst. Die Burg war leer und still, viel Personal war weggegangen, es war niemand da, der die Leute bezahlt hätte. Fani und ich räumten noch immer auf und hielten die Räume sauber, wir kochten für uns und für die alte Dame, manchmal auch für die Arbeiter, die den Schnee räumten, und für Franc, der noch immer jeden Tag kam und die Pferde versorgte. Veronikas und Leos Schlafzimmer waren aufgeräumt und vorbereitet, die Kleider in den Schränken gebügelt wie früher, wenn sie sich auf Reisen befanden. Der Frühling kam, und die alte Dame saß noch immer am Fenster. Den ganzen Sommer sah sie in die Ferne und wartete, wann auf der Straße der Staub hinter dem Automobil der beiden aufsteigen würde. Eines Tages im Juli bestand sie darauf, dass ich ihr die Treppe zum Burghof hinunter helfe. Ich musste sie fast tragen, die alte Dame ging wirklich schon schwer, sie konnte sich kaum bewegen. Sie wollte in die Garage. Ich wusste, weshalb, aber es kam mir schon zu blöd vor, alles und jedes vor ihr verheimlichen zu sollen. Dort sah sie lange das Automobil an. Sie sah mich fast wütend an: Hast du nicht gesagt, dass sie mit dem Auto weggefahren sind? Das hatte ich wirklich nicht gesagt, in den langen Tagen des Wartens hatte sie es sich selber so vorgestellt und dann angefangen, es auch zu glauben. Das habe ich nie gesagt, erwiderte ich, die eigenen Schwindeleien fingen schon an, mir aufzustoßen und zumindest die Wahrheit traute ich mich entschlossen zu vertreten. Sie schwankte ein wenig, ich dachte, sie würde umfallen. Sie hielt sich an der Autotür fest. Wie sind sie denn weggegangen? Sie haben sie mitgenommen, sagte ich wahrheitsgemäß. Ich hätte sagen müssen, weggeschleppt, aber wir sagen ja auch, dass dich jemand mitnimmt, wenn du mit jemandem von zu Hause weggehst. Ach so?, sagte sie, die hatten ihr eigenes Auto? Ich gab darauf keine Antwort mehr, ich hatte nicht die Kraft, ich redete ihr gut zu, sie müsse ins Bett.

Ich ging lieb um mit Frau Josipina. So wie mir Veronika vor ihrem Weggang aufgetragen hatte. Weggang? Ich wollte nicht glauben, dass sie nicht mehr zurückkommt. Vielleicht hatte ich mich mit der Geduld angesteckt, mit der die alte Dame auf sie wartete. Oft saß ich bei ihr am Fenster und sah in die Ferne. Alle wussten, dass sie nicht wiederkommen würde, auch Herr Leo nicht, nur wir beide nicht. Über die Ereignisse jener Nacht sprachen wir nicht mehr, die Worte des Arbeiters, dass man sie liquidiert hätte, verfolgten mich zwar, aber wenn ich mit der alten Dame in ihrem Zimmer saß, waren sie einfach weg. Eines warmen Sommerabends hörte ich, bevor ich eintrat, im Zimmer jemanden reden. Das überraschte mich, denn ich konnte mir nicht vorstellen, mit wem die alte Dame sprach. Als ich eintrat, legte sie schnell das Buch weg, das sie in den Händen hielt. Mit wem haben Sie denn gesprochen?, fragte ich sie. Mit Peter, sagte sie, wir unterhalten uns manchmal. Ich dachte, dass in ihrem Kopf nicht mehr alles in Ordnung sei, wohl wegen all dem Schlimmen. Wir unterhalten uns öfter, sagte sie. Heute Abend habe ich ihm vorgelesen. Sie nahm das Buch in die Hand. Das hat Veronika von unserem Dichter geschenkt bekommen, sagte sie, *Gedichte von goldblonden Frauen*. Er hat ihr eine Widmung hineingeschrieben, *Der goldblonden Veronika – was können wir dafür, wenn die Jugend vergänglich ist!* Sie hat die Gedichte geliebt, sagte die alte Dame, sie hat sie oft vor dem Einschlafen gelesen. Sie blätterte im Buch und begann zu lesen:

Komm zur Dämmerstunde,
wenn die Dunkelheit fällt,
komm zur Dämmerstunde,
wenn du mich liebst.

Das habe ich Peter vorgelesen, sagte sie. Ich habe zu ihm gesagt, das könnte Stevo geschrieben haben, Leo nicht, niemals, er war nicht für solche Sachen. Ich habe zu Peter gesagt, ich sei schuld, dass Veronika von Stevo weggegangen ist, wäre sie nicht weggegangen, wäre sie jetzt in Maribor.

Frau Josipina sah mich erwartungsvoll an, als müsste ich ihr darin zustimmen. Ich wusste, wer Stevo war, seine Unterschrift war unter diesem Brief gewesen, den Fani und ich gelesen hatten. Damals hatten wir beide geweint, und auch jetzt würgte es mich in der Kehle, ich weiß nicht, ob von diesem Gedicht, das die alte Dame vorgelesen hatte, oder vom Anblick der armen verwirrten Frau, die sich mit ihrem verstorbenen Mann unterhielt. Vielleicht ist sie ja jetzt dort, sagte ich, vielleicht ist sie in Maribor. Sie sah mich fest an und sagte fast fröhlich, ja wirklich, vielleicht ist sie dort, oder aber, fuhr sie hastig fort, oder sie ist mit Leo in der Schweiz. So wird es sein, sagte sie zufrieden, bestimmt sind sie in der Schweiz.

Dann blätterten wir wieder die Seiten der Alben um und besahen alte Fotografien und sprachen über schöne Dinge, die vergangen waren. Die aber in ihren Erinnerungen immer aufs Neue auflebten.

Der Herbst verging, und von nirgends kamen Nachrichten, nur die geflüsterten Vermutungen von Leos und Veronikas Verwandten und Freunden, die uns immer seltener besuchten. Und so ging noch ein Winter über uns hinweg, der lange Winter fünfundvierzig, überall wurde geredet, dass es der letzte sei, dass im Frühjahr der Krieg zu Ende sei. Die Menschen hatten große Sorgen, viele ihrer Angehörigen waren in der deutschen Armee verschwunden, bei den Partisanen, in Lagern. Es herrschte auch großer Mangel an Lebensmitteln, Kleidung und Schuhwerk, jeder sorgte nur für sich und die Seinen, nur unter großen Schwierigkeiten bekamen wir noch Arbeiter. Zum Glück kam Filip, Leos Bruder, öfter vorbei und ließ uns etwas Geld da, dass wir irgendwie auskamen und die wenigen Leute bezahlen konnten, die noch bereit waren zu helfen. Filip hielt sich jedes Mal länger bei der alten Dame auf, mit uns erledigte er das Gespräch auf die Schnelle. Über die Burgherrin und den Burgherrn sprach niemand mehr. Die ersten Monate nach ihrem Weggang hatten mich die Leute nach der Sonntagsmesse immer gefragt, was passiert sei, ob es Hoffnung gebe, dass sie zurückkommen, alles Mögliche. Dann war auch damit Schluss, jeder machte, dass er nach Hause kam, es war eine Zeit, wo auch keiner mehr dem anderen vertraute, alle warteten, dass etwas geschehen würde, im Frühjahr fünfundvierzig sah ich mit Bündeln und Koffern beladene Gespanne, ganze Familien zogen weg, unbekannt, wohin. Wir warteten, dass die Partisanen kommen sollten. Schließlich kamen die Partisanen, doch es waren andere, aus Ljubljana, das waren hohe Herren, Genossen, die sagten, sie würden die Burg zu ihrer Erholung benutzen. Der Krieg war plötzlich zu Ende und die Herren Genossen wünschten sich nach der anstrengenden Tätigkeit in Ljubljana Ruhe und Erholung. Manche waren krank und genasen auf Podgorsko wieder.

Auch Jeranek war zurückgekommen. Er kam nie zu uns hinauf, ich sah ihn auf der Bahnstation. Er sah ernster und älter aus, aber gesund, kräftig, er war in Offiziersuniform, die Arme hielt er über dem Rücken gekreuzt und sah dem Zug nach, der vorbeifuhr.

Aber das war schon kurz vor unserem Weggang. Ich ging zu meinen Eltern. Ich heiratete Lojze Hribovšek, der Zarniks Auto gefahren hatte, auf Podgorsko waren wir uns nähergekommen. Auch er war zu den Partisanen gegangen, im Jahre fünfundvierzig, und war bald zurückgekehrt, ich habe mich sehr gefreut, als ich ihn traf. Aber das ist eine andere Geschichte, rein meine. Gespräche über Veronika und Leo vermieden wir, der Mensch darf nicht zu viel in die Vergangenheit sehen, das Leben ging weiter. Nur ein paar Tage vor der Hochzeit sagte ich zu ihm, Veronika wäre sicher gekommen, sie hatte mich gern. Ein Jahr nach dem Krieg wusste ich nicht, wie es um die alte Dame stand. Dann erfuhr ich doch, dass sie in Ljubljana ist, dort hatte man für sie eine kleine Wohnung gefunden. Einmal fuhr ich mit dem Zug zu ihr, sie saß noch immer am Fenster. Sie erkannte mich kaum.

Ich dachte, es würde ihr helfen, wenn sie die Wahrheit wüsste. Aber ich wusste sie ja selber nicht. Fast sicher waren sie tot, aber Tote begraben wir, wir beten beim Seelenamt für sie und verabschieden uns von ihnen. Wir wissen, wo ihr Grab ist, wir zünden Kerzen an. Von den beiden wissen wir nicht einmal das. Das Buch, aus dem mir an jenem Abend Frau Josipina vorgelesen hatte, habe ich mitgenommen, zur Erinnerung an die Zeit, die ich dort verlebt habe. Manchmal, wenn es Nacht ist und schon alle im Haus schlafen, mache ich Licht und lese darin, und mitten in der Nacht sehe ich Veronika. Ich bringe ihr warme Milch, sie sieht mich an und sagt, das lese ich, sieh auch mal hinein. Aber ich tat es nicht, damals war keine Zeit. Mir sind ein paar Fotografien geblieben und dieses Buch, alles andere ist verschwunden.

Komm zur Dämmerstunde,
und nur zur Dämmerstunde,
zur Stunde der Vergebung,
wenn der Tag in die Ewigkeit wandert
und die Seele von Liedern träumt,
selbst ganz Lied und Traum.

Burg Podgorsko aber steht noch immer da unter den grünen Hängen des Strmi vrh. Meine Tochter habe ich gebeten, mich einmal mit dem Auto dort hinaufzufahren. Nach dem Krieg war dort ein Rehabilitationszentrum. Jetzt gibt es dort ein Museum, und als wir aus dem Museum kamen, kam aus dem Eingang gerade eine Schülergruppe. Wir wollten hinein, aber sie schlossen gerade. Zu der Frau am Eingang, der Kassiererin, sagte ich, ich hätte hier früher gearbeitet, ich würde gern sehen, wie es jetzt drinnen aussieht. Sie sagte, die Kinder würden auf sie warten und sie müsse nach Hause, ich solle morgen kommen. Wir fuhren weg. Auch auf mich warteten die Kinder. Genau genommen meine Enkel. Zwei Mädchen und ein Junge. Manchmal erzähle ich ihnen, wie schön das Leben dort oben war. Ich zeige ihnen Fotos von Podgorsko, auf einem bin ich zusammen mit Veronika, wir haben beide Blumen in den Händen. Wir hatten sie für die Vasen oben im Speisesaal gepflückt. Mit großen Augen hören sie mir zu, wenn ich ihnen erzähle, was für Silbergeschirr wir hatten und wie aus Ljubljana ein Herr gekommen ist, der auf dem Klavier gespielt hat. Wie auf den weiten Wiesen unterhalb der Burg unbekümmert die Pferde geweidet haben. Aber lieber noch als von den Pferden hören sie die Geschichte von dem kleinen Alligator, den die junge Frau einmal hatte, der dann aber in der Badewanne ihren Mann gebissen hat. Die Kinder lachen und klatschen in ihre kleinen Händchen. Diesen Alligator hatten sie zum Schluss ausgestopft und an die Wand gehängt, damit er am Eingang ungebetene Besucher abschreckt. Diese Geschichte wollen sie immer wieder hören.

5

Heute haben wir Janko Kralj begraben. Als der Pensionistenchor *Počiva jezero – Still ruht der See* anstimmte und sich über der Grube, in die sie den Sarg hinunterließen, unsere Fahne senkte, fuhr mir ein Schmerz durch die Brust. Als hätte mich jemand mit einer Schmeisser durchlöchert. Vom metallenen Stern an der Spitze der Fahne sprang blinkend ein Sonnenstrahl in meine Augen, und dort unten, in der feuchten Erde, lag der Sarg mit seinem kleinen Körper. Ich erinnerte mich an den hochgewachsenen hageren Burschen, auf einmal hatte ich ihn wieder vor Augen, fröhlich lachend. So wie er immer gewesen war. Wo man sang, war er dabei, wann immer bei einer Zusammenkunft die Harmonika aufjauchzte, griff er sich das erstbeste Mädchen zum Tanz. Kurz nach der Befreiung, damals waren alle verrückt vor Freude und ausgelassen, raste er mit dem Motorrad und einem Mädchen auf dem Rücksitz schon durch die Straßen Kranjs, dass die Leute zurücksprangen, einem Gastwirt schoss er im Keller in die Fässer, dass die Burschen den Wein, der aus ihnen herausspritzte, in Strömen tranken, in der Küche eines Hotels in Bled trat er mit Stiefeln in Töpfe gerade gekochter Marmelade, ein lustiger Vogel war er, ein rechter Tunichtgut. Nach diesen ersten Monaten nach dem Krieg beruhigte er sich und warf sich auf die politische Arbeit, aber die Spitzbübigkeit hat ihn nie verlassen. Die letzten Jahre machte ihn die Krankheit völlig fertig, sie schleppten ihn durch Krankenhäuser und Heilstätten, wobei er irgendwie ziemlich zusammenschrumpfte. Als ich ihn das letzte Mal in seiner Wohnung in Ljubljana besuchte, war er schon ganz winzig, er saß in einem großen Lehnstuhl, der ihn noch kleiner und noch ausgetrockneter erscheinen ließ. Damals erwähnte er mir gegenüber zum ersten Mal die Ereignisse auf Burg Podgorsko. Nach dem schrecklichen Winter vierundvierzig hatten wir nie mehr darüber gesprochen. Zum ersten Mal erwähnte er sie. Und zum letzten Mal.

Aber er fluchte noch immer und machte sich auf eigene Rechnung lustig. Er lächelte dünn, als er mich sah, das war nicht mehr sein ausgelassenes Lachen von früher, das so ansteckend gewesen war. Was ist, Jerko, sagte er, bist du erschrocken? Vermutlich konnte man es mir am Gesicht ansehen, ein wenig war ich bei seinem Anblick wirklich erschrocken. Keine Angst, sagte er, noch habe ich nicht alle viere von mir gestreckt. Wirst du auch nicht, sagte ich, eine Brennnessel erfriert nicht. Aus der Tasche holte ich ein Fläschchen Selbstgebrannten, und seine Augen begannen zu leuchten. Ah, das ist dein berühmter Schnaps, versuchte er zu lachen. Ich darf nicht, sagte er, ich schlucke jeden Tag irgendwelche Medizin. Ich setzte mich zu ihm.

Verflucht, sagte er, wenn das nicht ungerecht ist. Vor drei Jahren bin ich noch in den Bergen herumgekraxelt, jetzt komme ich kaum noch bis zum Badezimmer gekrochen.

Ich verstand nicht, warum das ungerecht sein sollte, ich bin auf dem Land zu Hause und weiß, dass jedes Ding zuerst fröhlich sprießt, dann reif wird und schließlich abstirbt oder verdorrt, warum sollte es mit uns anders sein. Wenn meine Stunde kommt, scheint mir, dass ich sie zu erwarten weiß. Jetzt geht alles bergab, wir sind nicht mehr jung, sagen wir, wenn wir uns treffen und wer sich beklagt, dass ihm das Rheuma zusetzt, das er sich „damals im Wald" geholt hat, in jungen Jahren, aber das sagt man nur so, dann braucht keiner zu sagen, dass wir alt geworden sind und dass wir uns noch häufiger als auf Gedenkfeiern auf – Beerdigungen treffen. Das sagt dann immer einer von uns, und auch heute, wo wir mitten am heißen Tag im Schatten der Birken vor dem Friedhofseingang standen, hat das jemand gesagt: Jetzt schlägern sie schon in unserem Wald.

Schon seit Langem, habe ich gemeint, der Wald ist schon fast abgeholzt.

Wir haben ein bisschen gelacht, wie auf Beerdigungen nun einmal die etwas bitterer lachen, die noch am Leben sind. So ist es, und das ist kein Unrecht, wie es Janko geschienen hat, als er vor noch kaum vierzehn Tagen ganz verschrumpelt in seinem Lehnstuhl saß. Wenn überhaupt von jemandem, dann hätte man von ihm gesagt, dass es ihn nie umhauen wird. Immer auf Achse, in den Jahren nach dem Krieg ist er auf seinem Motorrad herumgedüst und war damit beschäftigt, irgendwelche Sachen zu regeln, dann wurde er ein hohes Tier, hoch, immer höher, er übersiedelte nach Ljubljana. Er stieg in den Bergen herum, obwohl wir uns damals im Wald oft gegenseitig beteuert hatten, dass nach dem Krieg die höchste Erhebung, die einer besteigen würde, seine Frau sein würde. Das hat man eben so gesagt, ich weiß nicht, warum, denn von uns war noch fast keiner verheiratet.

Er hatte es immer eilig irgendwohin, sagte Bogdan, als wir später im Gasthaus beieinandersaßen, auch ins Jenseits hatte er es ziemlich eilig. Bogdan zwinkerte mit seinen kleinen listigen Augen, die mitten im großen Kopf so seltsam wirkten.

Es ist gar nicht so eilig gewesen, fast drei Jahre hat ihm die Krankheit zugesetzt. Aber auch etwas anderes hat ihm zugesetzt, wie er mir erzählte, als wir das letzte Mal beisammensaßen.

Diese Aktion in Podgorsko, sagte er, da haben wir vielleicht doch Scheiße gebaut.

Er sah mich an, als ob er von mir eine kluge Antwort erwartete. Was hätte ich zu einem Menschen sagen sollen, der ganz winzig und von einer Krankheit ausgezehrt vor mir sitzt, die ihn irgendwo von innen her aufgefressen hat? Dass ich keine Scheiße gebaut habe, dass ich nur Wache gestanden, nur einem Befehl gehorcht habe?

Wir waren jung, sagte er, sie haben uns gejagt wie wilde Tiere. Und wir haben zurückgeschlagen, wo wir konnten.

Das hatte er vor zwei Wochen gesagt.

Jetzt konnte ich nicht daran denken. In der Mittagshitze sah ich die Fahne, die sich über sein Grab senkte, die Sonnenstrahlen sprangen von dem Metallstern blinkend in meine Augen, und der Chor sang *Počiva jezero v tihoti … Still ruht der See …* Noch jetzt höre ich: *… in listje rahlo mu šumi … und leise raschelt das Laub.* Noch jetzt, wo es Abend ist und ich auf der Bank vor dem Haus sitze und zum dunklen grünen Waldrand hinübersehe, höre ich es … *mlad partizan tam v* *temni noči ob jezeru molče stoji … der junge Partisan steht schweigend dort in dunkler Nacht am See,* und verdammt, wie Janko sagen würde, wieder würgt es mich in der Kehle, und verdammt, Tränen steigen mir in die Augen: *mu dekle je obljubo dalo, da bo čakalo tisti dan, ko bo svoboda zasijala … sein Mädchen schenkte ihm ihr Wort, bis zu dem Tag zu warten, an dem die Freiheit leuchtet …*

Als wir vom Begräbnis zurückkamen, hörte ich ein altes Weiblein, das einem anderen alten Weiblein zuzischte: Einfach verscharrt haben sie ihn. Ja, sagte die andere, schön gesungen haben sie ja, aber ohne Geistlichen gibt es keine richtige Beerdigung. Ja wirklich, dachte ich, bei unseren Beerdigungen fehlt etwas, in unserer Familie wurde viel gebetet, und als wir unsere Mutter zur letzten Ruhe geleiteten, war es schön, die Worte des Pfarrers zu hören, dass die Engel sie jetzt in den Himmel trugen, anders konnte es gar nicht sein. Für unsere Mutter passte es, es hörte sich schön an, für Genossen Janko Kralj könnte ich mir schwer vorstellen, dass ihn die Engel irgendwohin tragen, und wenn doch, würde er unterwegs laut lachen und einen derben Spruch loslassen. Obwohl die alten Weiblein irgendwie recht hatten, zumindest darin, dass etwas gefehlt hatte, überkam mich bei dem Gerede doch die Wut. Verfluchte Weiber, dachte ich, lasst dem Verstorbenen seinen Frieden, ich sagte aber nichts, ich streifte sie nur mit einem Blick, dass sie sofort still waren. Manches hatte gefehlt, auch der Leichenschmaus. Unter der heißen Sonne traten wir unschlüssig von einem Fuß auf den anderen. Aber niemand hatte uns irgendwohin eingeladen, es war Sommer und es schien, als wollte jeder in den Schatten flüchten oder nach Haus. Jankos Frau und Tochter stiegen sofort nach der Beerdigung ins Auto, als sie mich sahen, wie ich auf sie zuging, drehte die Kralj das Fenster runter und rief, besuchen Sie uns mal, Genosse Jeranek, und fuhr weg. Auch die anderen Verwandten und Genossen, die aus Ljubljana gekommen waren, knallten mit den Türen, und schon stieg hinter ihnen der Staub vom Friedhofsparkplatz auf. Die Kraljs hatten in Poselje nur noch das Grab ihrer Vorfahren und kamen nur am Totengedenktag her, und auch das nicht immer. Vielleicht würden sie jetzt öfter kommen und ich könnte seiner Tochter zumindest dann einmal die Hand drücken und ihr etwas Nettes über ihren Vater sagen.

Was von uns Wäldlern, wie wir uns früher untereinander scherzhaft genannt hatten, übrig war, setzte sich dann allein ins Gasthaus und bestellte Wein. Aber ein Gespräch wollte trotz des Weines nicht recht in Gang kommen. Früher haben wir über Nachtmärsche gesprochen, über Hinterhalte und Überfälle auf deutsche Kolonnen, über Jankos Singen und seine Reden auf den Treffen, über die verdammten Läuse und die Blasen. Jetzt machen wir uns lustig über unsere grauen Haare und über die Kurorte für das verfluchte Rheuma, das wir uns fast alle im Wald geholt haben. Dann sprang die Unterhaltung, wie immer in der letzten Zeit, auf die Politik über. Haben wir dafür gekämpft? Dass niemand mehr unsere Opfer achtet. Verfluchte Bande, sagte Bogdan und blinzelte mit seinen kleinen Augen, als würde ihn noch immer die Sonne vom Begräbnis blenden. Sollen zum Schluss die Weißgardisten mehr gelten als wir? Lass die Politik, Bogdan, sagte ich. Erinnere dich lieber, wie wir beide auf den Fichtenzweigen gefroren haben.

Das war nach der Aktion auf Zarniks Burg, wir haben geschlottert wie zwei junge Hunde in der Nacht. Da haben wir wohl Scheiße gebaut, hat Janko vor vierzehn Tagen gesagt.

Bogdan antwortete nicht. Er streifte mich nur mit dem Blick. Über diese Aktion wollte er nicht reden. Auch ich wollte es nicht, ich wollte, dass wir über Janko redeten, er ist damals dabei gewesen, jetzt ist er nicht mehr. Bogdan und ich sind als Letzte aus Jankos Kompanie übrig geblieben, alle anderen sind schon dorthin gegangen, wohin jetzt auch Janko gegangen ist.

Bogdan war vor dem Krieg Straßenarbeiter gewesen, er hatte knorrige Arme und schaufelgroße Hände.

Du hast geschnarcht, lachte ich, dass dich die Deutschen im Tal gehört haben.

Auch diesmal ging er nicht darauf ein. Früher haben wir gern Späße gemacht, doch obwohl nach einer Beerdigung, war jetzt niemandem nach Lachen zumute, alle redeten lieber über das Unrecht, das da läuft. Die Jungen wissen nichts mehr über unseren Kampf. Ich weiß ja, dass sich auch Janko darüber geärgert hätte, aber mir schien doch, dass wir uns jetzt daran erinnern sollten, was wir zusammen durchgestanden haben, wie Janko auf der Flucht aus einem umstellten Haus mitten zwischen drei Wehrmänner gesprungen ist, die im Hinterhalt lagen, und zuerst erschrocken war, im nächsten Augenblick aber zum Wald lief, kurz innehielt und zwischen die, die auch völlig perplex waren, eine Handgranate fegte. Wie wir durch den Schnee gestapft sind. Um das Lagerfeuer gesessen haben. Wie Bogdan geschnarcht hat. Früher haben wir über unsere Erinnerungen geredet, jetzt nur noch über Politik, und wer, habe ich laut gefragt, wer soll sich überhaupt noch an etwas erinnern, wenn wir es nicht tun. Alle sahen mich an. Aber ich habe mein Glas ausgetrunken, habe gezahlt und bin nach Hause gegangen.

Jetzt ist es Abend. Ich sitze allein vor dem Haus. Mein Sohn ist in Ljubljana, noch gestern hat er am Telefon gesagt, er werde auf alle Fälle versuchen, zu Jankos Begräbnis zu kommen, wieso denn auch nicht, er trägt doch seinen Namen. Heute Morgen teilte er mir mit, dass es nicht möglich sei, eine unumgängliche Sitzung in der Firma. Meinen Sohn habe ich nach ihm genannt, dem fröhlichsten und mutigsten Menschen, den ich gekannt habe. In der Kindheit sind Janko und ich zusammen auf den Wiesen herumgestreift und haben die Kühe in die Ställe getrieben. Nach Schulabschluss ging er nach Kranj, wo er Mechaniker lernte, und kam nur selten ins Dorf zurück. Er war ein Stadtjunge, heiter, jedes Mal, wenn er zurückkam, anders als wir, die wir dageblieben waren. Er war anders angezogen, hatte die Haare anders geschnitten, er redete auch schon anders, kurz vor dem Krieg kam er bei uns mit einem Motorrad angeknattert. Wir waren neidisch, die Dorfmädchen bewunderten ihn. Ich ging damals nach Podgorsko, um auf dem Gut gelegentlich beim Mähen, im Stall oder bei irgendwelchen Reparaturen in der Burg zu helfen. Janko stichelte manchmal, du machst doch nicht etwa den Knecht bei diesen Herrschaften? Er sagte, das sind Faulsäcke und Ausbeuter. Ich lachte, sie zahlen aber gut, sagte ich. Er lud mich ein, ich solle in die Stadt kommen, ich hätte mancherlei Kenntnisse, ich würde mich gut zurechtfinden. Aber ich fühlte mich zu Hause wohl, Vater konnte nicht mehr alles allein machen und so übernahm ich allmählich den Hof, auf der Burg lobten sie mich, außerdem war da Pepca, wir sangen zusammen im Kirchenchor, an Feiertagen gingen wir tanzen im Garten vor dem Gasthaus. Ich konnte mich von unserem Hof, vom Dorf, den Wiesen und Feldern nicht losreißen, und auch von Pepca nicht.

Du wirst immer ein Bauer bleiben, sagte Janko.

Das war spöttisch und ein wenig verächtlich gesagt, aber es war die Wahrheit.

Noch jetzt bin ich es, wenn auch ein Bauer mit Partisanenpension und ein Bauer, der lange Jahre zu Sitzungen in die Stadt gefahren ist und der neuen Regierung geholfen hat, wo es notwendig war. Und eher wenig Landwirt war. In den Jahren nach dem Krieg habe ich in der Genossenschaft gearbeitet, mehr im Büro als auf den Feldern. Trotzdem habe ich ein paar Stück Vieh und Wiesen behalten, ohne das konnte ich nicht. Jetzt steht der Stall schon lange leer und die Wiesen mäht keiner mehr. Aber das Haus ist renoviert und komfortabel eingerichtet, ich kann mich nicht beklagen, mein Sohn kommt mit dem Auto heraufgedüst, wenn er kann, seine Frau räumt bei mir mal auf und macht die Wäsche, meine beiden Enkel rennen um das Haus herum. Das sind schöne Tage. Aber im Großen und Ganzen bin ich allein. Heute Abend, wo Janko von uns gegangen ist, noch mehr. Ich sehe zum alten windschiefen Birnbaum am Zaun hinüber und denke, dass der bald mal gefällt gehört. Schon letztes Jahr habe ich das vorgehabt, aber soll er noch einmal seine herben Früchte tragen. Am Zaun wachsen Brennnesseln, die auch schon gemäht gehören, vielleicht mache ich das morgen. Jetzt werde ich noch ein bisschen dasitzen und mich darüber wundern, wie betäubend an diesem Abend das sommerliche Grün duftet, wie das unbezähmbare Gras austreibt, wie der Wind den kühlen Duft der Fichten aus den Wäldern oberhalb der Burg am Fuß des Strmi vrh heranträgt. Wie alles wächst und wie alles vergeht. Pepca ist schon zehn Jahre dort, wo jetzt auch Janko ist, dort sind meine Mutter und mein Vater, aber ich bin noch ziemlich gut auf den Beinen, krame im Haus herum, repariere den Zaun, manchmal fahre ich mit dem Auto zum Gasthaus, zur Messe gehe ich nicht. Die Pfarrer mag ich nicht, Politiker auch nicht, wenigstens diese neuen nicht. Solange das Janko und unsere Leute waren, war das eine andere Sache. Man wusste, um was es geht, die Rede war von Arbeitern und Bauern und von der anständigen Intelligenz, aber jetzt raffen alle nur zusammen und rennen dem Geld nach, auch mein Sohn.

Ich höre den Zug in der Ferne kommen. Das ist der lokale Abendzug, der bringt die Arbeiter aus Ljubljana und Kranj, jeden Abend tut er das. In den Jahren vor dem Krieg kam Janko mit ihm nach Hause, er war Lehrjunge in der Stadt, das war damals, als er noch kein Motorrad hatte. Ich habe ihn oft vom Bahnhof abgeholt. Den Bahnhof mochte ich auch deshalb, weil dort Onkel Štefan arbeitete. Er war Stationsvorsteher, ein gestandenes Mannsbild. Er trug Uniform und hatte diese Kelle, mit der er die Züge abfertigte. Er war kein Verwandter von uns, Onkel Štefan nannte ich ihn deshalb, weil er nach dem Dienst manchmal zu Vater auf ein Glas Schnaps kam, dann redeten sie bis spät in die Nacht hinein über Politik. Er war ein bedeutender Mann, mein Kinderherz war Feuer und Flamme vor Begeisterung, wenn ich sah, wie er das Stöckchen mit der runden roten Scheibe hob und dann alles seinen Gang zu nehmen begann, auf dem vorher ruhigen Bahnhof fangen alle an zu laufen, die Waggontüren knallen, die Lokomotive schnauft, dann setzt sich alles in Bewegung, kurz darauf verschwindet der Zug hinter dem Hügel, wenn er sich wieder zeigt, jagt er schon dahin. Und all das bewerkstelligte der mächtige Mann, der zu uns nach Haus kam. Auch ihn gibt es nicht mehr, so wie Janko, die Züge fahren aber immer noch, die meisten von ihnen brausen am Dorf vorüber, von dem, der jetzt kommt, weiß ich, dass er hält. Ich sehe Janko noch, wie er gleich vom obersten Trittbrett auf den Bahnsteig springt und ruft: Weißt du, dass ich mir ein Motorrad gekauft habe?

Bei einem seiner Besuche zu Hause hat mich Janko auf seinem Motorrad einmal mitgenommen. Es war gegen Ostern und die Straßen waren trocken, ein schon fast warmer Frühlingswind pfiff uns um die Ohren. An der Weggabelung bei der Johannesstatue hielten wir an und warfen uns ins Gras. Aus der Satteltasche zog Janko eine Flasche Wein hervor und wir nahmen ein paar Schluck. In der Ferne sahen wir einen Reiter, der auf dem Weg am Waldrand auf uns zu ritt.

Eine Frau, sagte Janko und lachte, sieh mal, wie sie sich aus dem Sattel hebt.

Es war die junge Burgherrin.

Sie heißt Veronika, sagte ich, sie reitet jeden Tag.

Donnerwetter, sagte Janko und stand auf, um sie besser zu sehen, sieh doch, wie schön sie mit dem Hintern hochkommt.

Mir kam es nicht richtig vor, dass er so über Frau Veronika redete, die immer ein freundliches Wort für mich und alle anderen hatte, die wir nach Podgorsko helfen gingen. Während der Mahd brachte sie uns manchmal selbst die Jause, die Köchinnen erzählten, dass sie manchmal zu ihnen komme, die Arme hochkremple und in der Küche helfe. Für jeden fand sie ein freundliches Wort und bis dahin war mir nie der Gedanke gekommen, die Burgherrin Veronika sei eine Frau, wenigstens nicht auf die Weise wie bei Janko. Sie ritt direkt auf uns zu, ihr blondes Haar hob sich im leichten Wind. Als sie näher kam, stand ich ebenfalls auf, sie hielt mit einem lauten Ruf das schwarze Pferd unter sich an und tätschelte es beruhigend.

Ist das nicht unser Ivan?, rief sie.

Sie war guter Laune und lachte.

Seit wann fahren Sie denn Motorrad, Jeranek?

Ich nicht, sagte ich etwas verlegen. Janko fährt, ich bin hinten mitgefahren.

Janko starrte sie frech an.

Ich kann Sie auch ein bisschen herumfahren, sagte er.

Sie wollen mich fahren?, sagte sie, als würde sie sein fast schamloses Angebot überhaupt nicht stören. Ich könnte auch Sie fahren, ich kann fahren.

Sie konnte Auto fahren, es hieß, sie könne auch pilotieren.

Ach was, sagte Janko, ich habe noch keine Frau gesehen, die Motorrad fahren könnte.

Das werden Sie schon noch sehen, lachte sie. Ein andermal. Jetzt muss ich zurück.

Und schon ritt sie den Feldweg hinunter, wir sahen ihr nach. Weit unten wendete sie das Pferd bergwärts, auf der Straße nach Podgorsko.

Janko war völlig behext.

Was für ein Weib, stöhnte er.

Dann fing er laut an zu lachen.

Wenn sie mich wirklich fahren würde, sagte er ausgelassen, würde ich sie so um die Mitte fassen.

Er trat hinter meinen Rücken und fasste mich um die Mitte, so, sagte er, mit den Händen fuhr er über mein Hemd nach oben und packte mich an der Brust, und so. Er hob mich in die Luft und auch ich musste albern grinsen.

Du Blödmann, sagte ich, die ist nichts für dich, die ist verheiratet.

Verheiratete reiten am besten, grinste Janko, und schon saßen wir auf dem Motorrad und düsten auf das Dorf zu, dass hinter uns die Staubwolke aufstieg.

Ivan, rief er, du kapierst überhaupt nichts, du bleibst immer ein Bauer.

Damals traute ich mich zum ersten Mal zu denken, dass es eigentlich stimmte, was Janko gesagt hatte, dass nämlich die junge Burgherrin auch eine Frau war, eine junge und attraktive Frau. Obwohl älter als ich, war sie doch interessanter als alle unsere Mädchen, Pepca eingeschlossen. Pepca hatte ich natürlich gern; wenn ich sie abends bis zu ihrem Hauseingang begleitet hatte, ging ich noch lange herum, sah zu den Sternen hinauf und dachte an sie, an ihr schwarzes Haar, das ich so gern berührte, wenn wir allein waren, an ihren geschmeidigen Gang und an ihre Augen, die mich in der Kirche suchten, wenn wir im Chor sangen. Einmal hat uns der Pfarrer, der uns auf der Wiese hinter der Kirche antraf, als ich sie an der Hand hielt, belehrt, dass körperliche Liebe vor der Ehe nicht erlaubt sei. Pepca lachte, der Pfarrer lachte auch, aber dann setzte er voller Ernst hinzu: Die allererste Bestimmung der Ehe ist es, Kinder zu gebären und aufzuziehen, erst die zweite Bestimmung sind gegenseitige Hilfe und körperliches Begehren. Möglicherweise hatte er ja recht, er war ein freundlicher Herr, er sang schön und sprach auch schön, vielleicht wäre es nicht verkehrt gewesen, wenn er heute Janko von dieser Welt verabschiedet hätte. Pfarrer mag ich nicht mehr, obwohl es stimmt, dass unserer nicht so verkehrt war, Pepca hat mir später wirklich einen Sohn geboren und mir im Leben sehr geholfen. Begehren aber ist etwas anderes.

Veronika war etwas anderes, sie hatte keine Kinder, um die Burg herum ging sie in Hosen und Hemd mit hochgekrempelten Ärmeln. Mit ihr ging stets eine Wolke guter Laune einher, und sie lächelte, nicht als gnädige Frau, die über die Arbeit spricht, die gemacht werden soll, sondern als Frau, die einem Mann zulächelt, auch mir. Eines Abends, als ich auf Burg Podgorsko mit Arbeiten in der Stellmacherei beschäftigt war, die ich noch vor Einbruch der Nacht fertig machen wollte, sah ich sie in einem seidenen Kleid. Sie stand vor dem Eingang und empfing die Gäste, die aus Ljubljana mit dem Automobil gekommen waren. Als sie mich sah, kam sie über den Burghof zu mir und fragte, ob ich manchmal noch mit dem Motorrad fahre. Ich sagte, nein, mein Freund sei schon lange nicht mehr auf Besuch nach Haus gekommen. Wie heißt er denn, dieser Motorist? Ich sagte seinen Namen. Von ihr kam ein Duft nach Parfüm und körperlicher Wärme.

Ich werde ihm einmal zeigen, dass ich wirklich Motorrad fahren kann, lachte sie.

Dann mischte sie sich wieder unter ihre Gäste. Sie war schön und fern und unerreichbar. Und ich war an diesem Abend eifersüchtig und wütend auf Janko. Das ist doch nicht möglich, dachte ich, dass der mit seiner Frechheit tatsächlich Eindruck auf sie gemacht hat. Ich stellte mir vor, wie er hinten auf dem Motorrad sitzt und sie um die Mitte fasst. Bestimmt würde er das tun, auch alles andere, was er mir gezeigt hatte, daran gab es keinen Zweifel. Ich würde mich das nicht trauen, und zwar deshalb nicht, weil ich immer ein Bauer sein würde, wie Janko gesagt hatte. Ich war wütend auf ihn. Und auf sie. In dieser Nacht habe ich von ihr geträumt. Und von Janko. Wie sie durch die Ebene fahren, zwischen den Feldern, hinter ihnen steigt eine Staubwolke auf, Janko hält sie um die Mitte gefasst, ihr blondes Haar wallt über sein Gesicht, und er legt seine Lippen an ihr Ohr und sagt etwas zu ihr.

Bis zu dieser Begegnung an der Johannesstatue hatte ich von den Leuten auf der Burg nie anders gedacht als von Menschen, die freundlich zu uns waren und uns gut bezahlten. Aber jetzt musste ich öfter darüber nachdenken, wie sie lebten, besser gesagt, wie sie dort oben lebte in der weitläufigen Burg, in diesen großen Räumen, mit ihrem Mann und den Besuchern, die oft bis spät in die Nacht blieben. Durch die offenen Fenster war manchmal Klavierspiel zu hören, Lachen und Gesang. Von ihr erzählte man, dass sie, bevor sie nach Podgorsko gekommen war, mit einem serbischen Offizier zusammengelebt habe. Nichts Besonderes schien mir das, Tratsch eben und das Leben von Herrschaften, die auf eigene Art leben, anders als wir. Aber nachdem sie mit Janko die wenigen Worte gewechselt und später sogar nach ihm gefragt hatte, konnte ich mir das sogar vorstellen, in mir begann eine stille Wut zu kochen, auf Janko, auf den unbekannten serbischen Offizier, in Gedanken stellte ich mich auf die Seite ihres Mannes und fuhr sie in seinem Namen manchmal wütend an. Ihr Mann, Leo, war ein besonnener und ruhiger Mensch, sie hätte ihm dankbar sein können. Aber nicht, dass sie einem Menschen mit Motorrad, dem sie zum ersten Mal begegnet, antwortet, dass sie ihn fahren wird. Das schmeckte mir gar nicht, und jedes Mal, wenn sie mich ansprach, war ich in Verlegenheit, als könnte sie in meinen Kopf hineinsehen. Einmal nach der Messe, manchmal kamen die Burgbewohner zur Messe nach Sankt Jakob, stellte sie mich ihrer Mutter vor, einer alten Dame. Damals ging die alte Frau von der Burg noch herum, später wurde sie krank und hockte nur noch in ihrem Zimmer oder saß oben am Fenster.

Das ist unser Ivan, sagte Veronika, er hat goldene Hände. Es gibt keine Sache, die er nicht zu machen verstünde. Und er singt auch schön. Du hast ihn ja heute gehört.

Die alte Dame fragte, ob ich im Chor gesungen hätte. Ich sah auf meine Schuhe und nickte.

Schön haben Sie gesungen, Jeranek, sagte die alte Dame.

Ein Goldjunge ist er, sagte die junge, Veronika.

Ich sagte nichts darauf. Mich machte wütend, dass sie mit mir so sprach und anders mit Janko. Mit ihren Besuchern macht sie Scherze und singt am Klavier, und mit mir spricht sie wie mit einem Bauernjungen, der sich auf nichts anderes versteht, als auf der Wiese die Sense und im Wald die Axt zu schwingen. Und das Halleluja zu singen. Ein Goldjunge ist er und fleißig und goldene Hände hat er, das ist alles, was sie zu sagen wusste, wenn sie sich mit mir unterhielt. Alles andere waren Anweisungen: Könntest du, Ivan, die Stalltür reparieren? Führen Sie den Rappen ein wenig am Halfter herum, damit er sich abkühlt. Den Weg am Bach hat das Wildwasser weggerissen, da wird es ziemlich viel Arbeit geben. Sie hätte wirklich auch mal ein Wort mit mir sprechen können. Ich war kein Knecht, sondern bald Herr auf eigenem Hof. Ich kam zum Helfen, weil mein Vater es mir aufgetragen hatte und weil es mich freute, auch das Geld, das mir jede Woche ihr Mann auszahlte, nicht sie. Und ich war kein Bauerntölpel, ich war bei der Landjugend, wo wir Theaterstücke lasen und einstudierten, einmal habe ich einen Pfarrer gespielt, der die slowenischen Burschen vor dem Kampf gegen die Türken segnet. Zu Hause hielten wir die Hermagoras-Bibliothek und den *Slovenski dom.* Ich hätte mich mit ihr über alles unterhalten können, was in der Welt vor sich geht, über Pferde, auch über Flugzeuge, wenn sie gewollt hätte, ich las viel und wusste so manches. Ihre gönnerische Stimme und ihr Lächeln empfand ich allmählich als störend. Ich versuchte ihren Aufträgen auszuweichen. Wenn ich auf die Burg kam, ging ich zu Herrn Leo, wenn er denn da war, und sprach mit ihm über die anstehenden Arbeiten.

Einmal, als sie mir etwas auftrug in Verbindung mit ihren Pferden, gab ich ihr schroff zur Antwort, dass ich schon mit Herrn Leo Arbeiten im Wald ausgemacht hätte. Vranac vermisst dich, sagte sie, du gehst am schönsten mit ihm um. Der Rappe, der ihr besonders am Herzen lag, hieß Vranac, sie ging um ihn herum und tätschelte ihn in einem fort, Vranac hier, Vranac dort, als wäre er ein Mensch. Mir hat sie nie so viel Freundlichkeit geschenkt wie diesem Pferd. Einmal habe ich beim Mittagessen über die Liebkoserei des Pferdes die Nase gerümpft, worauf die Köchin Fani meinte, dass sie wohl deshalb so mit dem Pferd umgehe, weil sie keine Kinder habe. Immer mehr kam sie mir vor wie so eine affektierte Städtische, die nur so tut, als hätte sie die Natur gern und Pferde und die bäuerliche Arbeit. Mit ihren hochgekrempelten Ärmeln und ihrem einfachen Arbeitsgewand beim Heuwenden konnte sie mir nichts mehr vormachen. Lieber hatte sie Seidenkleider und Pumps, Laibacher und später auch deutsche Kavaliere, die ihr die Hand küssen. Mir war es immer lieber, mit ihm zu arbeiten, mit Leo, wenn er auf der Burg war. Er war der Herr, er bemühte sich nicht so wie sie, hin und wieder einer unter uns zu sein, er war kühl und umsichtig, nie übertrieben freundlich. Er sagte, das haben Sie gut gemacht, Ivan, zahlte und auf Wiedersehen. Einmal nach der Jagd lud er uns ein ins Jagdzimmer, wir aßen und stießen auf die erlegte Strecke an. Er stieß mit Wasser an. So war er, wie Wasser, klar, kühl und immer irgendwie fremd. Auch sie behandelte er auf diese Weise, respektvoll und gönnerhaft, was mir besonders zusagte. Als wir eines Tages schon seit dem frühen Morgen eine Rinne für das Abwasser aus dem Pferdestall gruben, kam er und schaute verwundert.

Hat sie das so bestellt? Manchmal irrt sich meine Frau, wir werden es anders machen. Und wir machten es noch einmal, anders. Ohne ein Wort zu sagen zahlte er für alles, auch für das, was wir unnötigerweise gemacht hatten.

Veronika kriegte es wohl nach einer Zeit mit, dass ich ihren Aufträgen auswich. Einmal hielt sie mich im Burghof an und sagte fröhlich: Ich habe gehört, dass Sie heiraten werden, Jeranek. Auch dieses respektvolle Siezen störte mich. Janko und sie hatten miteinander geredet wie alte Bekannte, obwohl sie sich zum ersten Mal begegnet waren, mich behandelte sie wie einen Bedienten. Als ich nicht antwortete, fragte sie, wie mein Mädchen heiße. Ich sagte, dass sie Jožica heiße und dass sie zu Hause Pepca gerufen werde. Sie sagte, sie werde Pepca etwas Schönes zur Hochzeit schenken. Sie wollte wissen, welche Farbe sie am liebsten habe. Ich sagte, ich weiß nicht, vielleicht Blau. Es war mir unangenehm, über diese Frauensachen zu sprechen, und es störte mich auch, dass sie so in mich drang, lachend und trotzdem mit diesen traurigen Augen, ich bedankte mich und ging weg.

Im Sommer zweiundvierzig wurde Pepca krank, sie hatte hohes Fieber. Sie begann zu fantasieren, und ihre Leute waren total aus dem Häuschen. Weil es schon spät war und es keinen Zug mehr gab, mit dem wir sie hätten ins Krankenhaus bringen können, lief ich nach Burg Podgorsko und bat, ob ihr Chauffeur sie ins Krankenhaus fahren könne. Der Chauffeur war nicht da, er hatte frei. Auch Herr Leo war nicht auf der Burg, vermutlich war er in Ljubljana, möglicherweise auf der Jagd. Veronika überlegte nicht lange, dann werde eben ich sie fahren, sagte sie. Schon am selben Abend nahmen sie Pepca im Krankenhaus den entzündeten Blinddarm heraus. Operiert hat sie ein deutscher Militärarzt, und sie hat sich schnell erholt. Eine Woche danach bot sich die Gnädige selber an, sie abzuholen. Wir fuhren auf der Landstraße und eine Staubwolke erhob sich hinter uns. Ich dachte, jetzt fahre ich mit ihr, nicht Janko, im Auto, und nicht auf dem Motorrad. Das war ein fröhlicher Tag, zurück fuhren wir alle drei, auf dem Rücksitz meine geschwächte Kranke, vorne wir zwei. Janko hätte mich beneidet. Veronika verdarb mir ein wenig die Freude, als wir bei einem Gasthaus an der Straße haltmachten und Bier bestellten. Ach ja, sagte sie, wo ist denn dein Freund, wie heißt er noch? Es ärgerte mich, dass sie sich wieder an ihn erinnert hatte, aber es beruhigte mich auch ein wenig, dass sie sich nicht an seinen Namen erinnerte. Ich sagte seinen Namen. Ach ja, Janko, sagte sie. Und düst er noch immer mit seinem Motorrad herum?

Sie sind nie zusammen Motorrad gefahren und sie hat Pepca nie „etwas Schönes" zur Hochzeit geschenkt. Janko war schon „im Wald" und schoss auf die Deutschen, Pepca und ich haben erst nach dem Krieg geheiratet. Und sie, Veronika, war damals nicht mehr.

Der Krieg kam ganz plötzlich, durchs Dorf fuhren Kolonnen von Transportern voll mit deutschen Soldaten. Die ersten Monate änderte sich das Leben im Dorf nicht sehr, nur in die Gendarmerieposten zogen deutsche Gendarmen ein, die dann zusammen mit unseren durch die Dörfer gingen und abends zusammen im Gasthaus saßen. Ich ging noch immer auf die Burg, wo unter den Besuchern immer öfter auch deutsche Offiziere aus Kranj waren. Wohl deshalb, weil sie sich dort wohlfühlten, die beiden von der Burg konnten ihre Sprache, sie hatte wohl sogar in Berlin studiert. Im Jahr zweiundvierzig, kurz nachdem Veronika und ich Pepca ins Krankenhaus gefahren hatten, kursierten Gerüchte, dass sich unsere Soldaten, die nach der Kapitulation aus der Gefangenschaft zurückgekehrt waren, in den Bergen sammeln und deutsche Gendarmerieposten und Ämter angreifen, Waffen und Munition erbeuten und auf Autokolonnen schießen. Eines Tages kam eine größere Gruppe Gendarmen, die zusammen mit den einheimischen von Haus zu Haus gingen. Da war angeblich ein Gendarm aus dem Hinterhalt erschossen worden, als er mit dem Fahrrad einen Feldweg am Waldrand entlangfuhr. Sie bestellten uns auf den Gendarmerieposten und befragten uns, ob wir einen von den Wäldlern kennen. Auch mich luden sie vor, ein Tiroler in Gendarmenuniform marschierte auf und ab und stellte Fragen, unser Lehrer, der Deutsch konnte, übersetzte. Ich sagte nichts, denn ich wusste auch nichts. Auch wenn ich damals gewusst hätte, dass Janko Kralj schon zu den Wäldlern gehörte, hätte ich das nicht gesagt. Niemals. Ich bin kein Denunziant und Judas.

Im Herbst zweiundvierzig klopfte eines Nachts jemand lange ans Fenster. Mein Vater ging an die Tür, ich hörte ihn, wie er mit jemandem sprach. Ganz bleich kehrte er zurück. Er sagte, sie würden mich verlangen, nicht ihn. Dein Freund, setzte er mit ärgerlichem Unterton hinzu, obwohl man ihm den Schrecken direkt ansah. Er mochte nicht, dass ich mich mit Janko abgab, mit diesem, seiner Meinung nach, windigen Burschen. Und warum hast du ihn nicht hereingebeten?, fragte ich. Ich sah, weshalb, auch ich erschrak fast vor Janko, über die Schulter hatte er eine Maschinenpistole gehängt, über die Lederjacke war ein breiter Ledergurt geschnallt, an dem ein großes Halfter mit einem Revolver hing. Auf dem Kopf hatte er eine Kappe mit rotem Stern. Auch deshalb hatte er ihn nicht ins Haus gebeten. Der Vater mochte sie nicht, die Umstürzler, bis zu seinem Tod hat er mir nicht vergeben, dass ich mich ihnen später auch selber angeschlossen habe. Aber das war erst ein gutes Jahr später.

Ich sah, dass unterm Birnbaum am Zaun zwei dunkle Gestalten standen, seine Begleiter. Janko fragte mich ohne Begrüßung, ob ich noch auf Gut Podgorsko verkehre. Ich sagte, sehr selten.

Geh nur weiter hin, sagte er, und melde uns, was da oben vor sich geht.

Wir kämpfen für die Freiheit des slowenischen Volkes, sagte er mit feierlichen Worten, die mir ungewöhnlich klangen aus dem Mund dieses Spötters und Possenreißers.

Und die, setzte er hinzu, amüsieren sich mit dem Okkupator.

Hastig erklärte er mir, dass jede Information wertvoll sei. Wer komme und wer wann gehe, ich solle versuchen, vom Personal die Namen zu erfahren, ob unter den Besuchern deutsche Offiziere seien, nach Möglichkeit auch deren Rang, Beschreibung der Automobile, ob sie Wachen mithätten und wie viele.

Ich wunderte mich. Damals wusste ich schon, dass viele Menschen mit den Wäldlern nicht sympathisierten, weil es unter ihnen Kommunisten gab, die den Bauern alles wegnehmen wollen, so wie in Russland, ich wusste aber auch, dass ihnen die Menschen trotzdem helfen, mit Lebensmitteln und Kleidung, was immer sie sind, es sind unsere Leute. Wenn man auf der Burg arbeitet, sieht man so manches, auch dass volle Rucksäcke hinaufwandern in den Wald. Als ich eines Morgens im Burgwald arbeitete, sah ich den Jagdaufseher, wie er zusammen mit zwei Gehilfen schwere Rucksäcke hinaufschleppte zur Jagdhütte. Ist das für die Bären?, versuchte ich einen Scherz. Ja, sagte der Wildhüter, die sind aus der Gottschee zu uns heraufgekommen. Alle lachten. Wir wussten, dass es bei uns keine Bären gab, und hätte es sie gegeben, warum hätte der Mensch den Tieren Futter bringen sollen? Alle auf Podgorsko wussten, dass zwar die Deutschen zu Besuch kamen, aber alle wussten auch, dass Herr Leo den Partisanen half. Er führte, wie wir alle damals, ein Doppelleben. Den Deutschen konnte man nicht ausweichen, sie waren überall. Auch mehrere von unseren Burschen, die sie eingezogen hatten, kamen in deutschen Uniformen auf Heimaturlaub und erzählten von den Schlachten in Russland, einer von ihnen war sogar in Afrika gewesen.

Bisher habe ich gedacht, sagte ich zu Janko, dass die von der Burg euch helfen. Aber da geriet er richtig in Harnisch: Da habe ich nichts zu denken. Da denken andere, ich solle nur tun, was er mir aufgetragen hat. Eine Zeitlang sah er mich an. Dann lachte er und sagte: Du verstehst gar nichts, Ivan, du bist und bleibst ein Bauer. Gleich darauf wurde er wieder ernst. Er gab mir einen Auftrag. In einer Woche oder früher werde sich jemand melden und dem werde ich sagen, was ich sehen werde. Ich solle Namen und Zahlen notieren. Und damit ich es weiß, unter dem Personal hätten sie ihre Leute, jede Sache werde mehrfach überprüft. Das klang fast wie eine Drohung. Später werden sie einen Meldepunkt bestimmen, wohin ich selbst gehen und meine Informationen abliefern werde. Er hob die Faust ans Käppi, sagte „Tod dem Faschismus", belehrte mich, dass ich mit „Freiheit dem Volk" antworten müsse, und ging. Am Zaun schlossen sich ihm die beiden an, die unter dem Birnbaum gestanden hatten.

Seine Ernsthaftigkeit, besonders sein Gruß, alles zusammen kam mir komisch vor, so als würde Janko wieder irgendwelche Possen reißen – hätte es nicht ziemlich unangenehm gewirkt, sogar drohend. Was war das alles jetzt? Dass mir mein Freund, den ich bewundert hatte, auf einmal Befehle erteilt und mir sogar droht? Dass ich hinter Leuten herschnüffeln soll, die zu mir so freundlich sind und die mich schließlich für jede Arbeit gut bezahlen? Mein Vater, der im alten Österreich – Gott hab es selig – gelebt hat, hatte aus jenen Zeiten für Schnüffler noch immer einen deutschen Satz bereit. Wenn jemand bei der Gendarmerie oder beim Steueramt jemanden anzeigte wegen nicht genehmigten Schlägerns im Wald oder wegen Wilderei auf Rehböcke, sagte er immer: *Der größte Schuft im ganzen Land, das ist und bleibt der Denunziant.* Ich wusste ja, dass das, was Janko von mir verlangte, nicht dasselbe war, es waren schlimme Zeiten, ich wusste sehr gut, dass es hier um etwas anderes ging. Trotzdem war mir seltsam zumute und ich konnte die ganze Nacht nicht einschlafen.

Ich bin kein Denunziant und Judas, obwohl ich später, in jener schrecklichen Winternacht des Jahres vierundvierzig, oben bei der Jagdhütte fühlte, dass in ihrem, in Veronikas, Blick mehr war als nur Angst und mehr als die Hoffnung, dass ich ihr helfen werde, dass in jenem Blick irgendwie auch ein Vorwurf war. Wie hätte ich ihr helfen sollen? Ich stand nur Wache in jener Winternacht des Januars vierundvierzig, nur Wache, nichts sonst. Und wenn ich nur ein Wort dagegen gesagt hätte, dass sie die beiden mitgeschleppt hatten und jetzt verhörten, hätten sie mich abgeknallt. Recht hatte Janko, als er mir vor seinem Tod, vor kaum vierzehn Tagen, aus seinem Lehnstuhl heraus, in dem er ganz winzig und verdorrt saß, sagte, sie haben uns gejagt wie die Tiere. Deshalb war Disziplin eine furchtbar ernste Sache. Wenn eine Aktion lief, bedeutete jeder Widerspruch Sabotage, fast Fahnenflucht. Damals habe ich nichts tun können. In ihrem Blick waren nicht nur Angst und Hoffnung, es war auch, als wollte sie sagen, du bist doch unser Ivan, wir mochten dich, Pepca wollte ich etwas Schönes für die Hochzeit geben. Wirst du denn nichts tun? Was hätte ich tun sollen? Vielleicht hätte Janko helfen können, er war der Kommandant, aber ihm kam so etwas nicht in den Sinn. Und mit Janko hatte sie auf dem Motorrad fahren wollen, nicht mit mir. Sie wäre gefahren, er hätte auf dem Rücksitz gesessen, laut gelacht, sie um die Mitte gefasst und ihr Gott weiß was ins Ohr gesagt, sodass auch sie lachen musste. Sie ertrug es, dass er sich dreist benahm, es gefiel ihr sogar. Sie hat mich gefragt, wie er heiße, an jenem Abend, als sie im Seidenkleid ihre Gäste empfing. Mich hatte sie kaum bemerkt, für sie war ich nur das Bäuerlein Jeranek aus Poselje, der goldene Hände hat und der, unser Ivan, sogar das Halleluja im Kirchenchor zu singen versteht.

Gut zehn Tage nach Jankos Besuch klopfte es wirklich an meinem Fenster. Ich machte Licht und schob die Fensterläden auf. Draußen stand eine junge Frau, das Kopftuch hatte sie tief über die Augen gezogen. Sie flüsterte, dass Janko sie schicke. Wie soll ich wissen, dass das stimmt?, antwortete ich vorsichtig. Wie soll ich sonst wissen, welches dein Fenster ist?, gab sie die Frage zurück. Das stimmt, überlegte ich halb im Schlaf, Janko weiß, wo ich schlafe, wie hätte das die Unbekannte wissen sollen. Sie blickte sich um und befahl: Licht aus. Das Licht fiel auf ihren Kopf, ihr Gesicht konnte ich wegen des Kopftuchs trotzdem nicht erkennen. Ich machte das Licht aus und blieb im Dunkeln, um zu hören, ob jemand im Haus wach geworden war. Dann kehrte ich wieder zum Fenster zurück.

Was hast du?, flüsterte sie hastig.

Ich sagte, ich sei nicht so oft oben gewesen. Aber wenn du oben warst, sagte sie, was hast du gesehen? Nichts Besonderes, antwortete ich. Ein bisschen blöd kam es mir vor, dass ich hier zu einer Frau unter meinem Fenster über Leute tratschen sollte, die auf die Burg kamen. Sie wurde ungeduldig. Genosse Janko vertraut dir und verlässt sich auf dich, sagte sie fast laut. In ihrer Stimme war schon fast etwas wie Zorn. Gut, sagte sie nach einiger Zeit, als ich noch immer schwieg, ich werde Janko berichten, dass du nicht mitarbeiten willst. Ich wollte nicht, dass mein Freund hier wieder mit der Maschinenpistole und zwei Begleitern aufkreuzte, die in der Dunkelheit unter dem Birnbaum herumlungerten. Es war eine Dame aus Ljubljana, sagte ich, und einer, der auf dem Klavier geübt hat. Den ganzen Tag hat er gespielt. Wie heißt er? Mir fiel ein, dass er Vito hieß. Manchmal kam er raus und zündete sich eine Zigarette an. Er hat sich beklagt, dass das Klavier alt und schlecht sei. Sie werden ein neues kaufen müssen. Sie werden ein neues Klavier kaufen, sagte ich zu der Frau unter dem Fenster. Was kümmert mich das, sagte sie, was kümmert mich ihr Klavier. Wer kommt noch hinauf? Ansonsten unsere Leute, die, die wir dort arbeiten. Und was ist mit den Deutschen? Ihre Geduld schien am Ende zu sein. Sicher musste auch sie jemandem eine Information überbringen, mit einem Laibacher, der auf dem Klavier spielt, war ihr nicht groß geholfen. Deutsche waren eher wenige darunter, sagte ich. Ein Mann mittleren Alters, ich denke, dass er Arzt ist. War er allein? Zwei Sanitäter waren auch mit, sie haben unten in der Küche gewartet, Jožì hat ihnen einen Imbiss gemacht. Er war vermutlich oben im Speisesaal beim Essen. Wie lange? Weiß ich nicht, an die zwei Stunden vielleicht, ich habe im Garten gearbeitet, ich habe nicht gesehen, wann sie weg sind. Wallner war nicht da? Damals wusste ich noch nicht, wer Wallner ist. Sonst habe ich keinen gesehen, sagte ich. In dem Moment polterte es im Haus, auf der anderen Seite wurde eine Tür geöffnet, und die Frau unter dem Fenster ging in die Hocke. Es ist nichts, sagte ich, Vater geht um diese Zeit … Sie wissen schon, wohin. Sie kam hoch. Ein bisschen mehr Mühe musst du dir schon geben, sagte sie. Das ist nichts. Dann ist das eben nichts, dachte ich, ich bin ein bisschen stur, wie alle bei uns zu Haus. Ich weiß noch nicht, ob wir dir einen Meldepunkt anvertrauen. Dann vertraut ihr mir eben keinen an, dachte ich wütend, ich biete mich ja nicht an. Grußlos verschwand sie zwischen den Bäumen, während mein Vater die Klotür am Stall schloss.

Lange her ist es schon seit damals, fast ein halbes Jahrhundert ist vergangen und manches habe ich vergessen, aber interessant, wie sich diese verdeckte Unbekannte unter das Fenster gehockt hat, das habe ich nicht vergessen. Als auch ich bereits im Wald war, erzählte ich Janko, wie seine Vertraute unter meinem Fenster gehockt hatte. Ich dachte, sie pinkelt. Sie war vor meinem Vater erschrocken, der tatsächlich schiffen gegangen war, wie jede Nacht. Wir haben Tränen gelacht. Manches habe ich vergessen, aber solche Kleinigkeiten nicht. Natürlich, damals hat alles angefangen, solche Dinge bleiben einem in Erinnerung.

Ich habe Janko, den sie heute beerdigt haben, nicht vergessen. Sie haben für ihn *Počiva jezero* gesungen, *Still ruht der See*, ein Lied, das er selbst so oft im Wald gesungen hat, am Lagerfeuer oder einfach so, wenn er ein Glas Wein getrunken hatte und sentimental wurde, und als die Worte des Liedes … *ko bo svoboda zasijala … und leuchtet einstens uns die Freiheit …* uns allen viel bedeuteten und es manchen die Kehle zuschnürte, so wie es heute mir die Kehle zugeschnürt hat mitten an diesem heißen Tag, als mir etwas in die Brust eingeschossen ist in dem Augenblick, als sich unsere Fahne über das Grab senkte, in dem der kleine Körper des früher einmal großen tapferen Mannes lag. Eines Freundes, der mir das Leben gerettet hat. Und eines Menschen, den ich in einem Moment inständig gehasst habe. Ihretwegen, Veronikas wegen.

Vieles habe ich vergessen, Janko werde ich nie vergessen. Sein Lachen, sein Singen. Und auch Veronika nicht, nie. Ihren Gang, den Duft ihrer Haut, wenn sie in meiner Nähe stand. Andere Sachen sind mir durcheinandergekommen, bei den beiden aber erinnere ich mich an jede Einzelheit, jedes Wort, ich höre ihre Stimmen, wenn ich nachts wach liege, allein im großen Haus, auch jetzt, wo sich dieser Abend, von dem Tag, an dem wir Janko Kralj in die Erde gelegt haben, in die Nacht hinüber neigt.

Als ich auch selbst unter den Genossen im Kampf stand, haben wir gekämpft und sind geflohen, haben Versammlungen abgehalten und gelacht, haben um die Gefallenen getrauert und sind schnell weiter. Als wir den Gendarmerieposten in Bukovje überfallen haben, bin ich zwischen den Körpern getöteter Deutscher und Slowenen in Wehrmannsuniform herumgestiegen, einen habe ich sogar erkannt, obwohl er ganz grün im Gesicht war. Nächte ohne Schlaf, Lagerfeuer, Berg, Schlucht, ein Pfad zwischen den Felsen, Nachtmarsch am Waldrand gleich über dem Dorf, Überfälle und Schüsse, all das hat sich mit der Zeit vermischt zu einem Geflecht, das kein Datum und keinen Namen von Bergen und Dörfern trägt, vieles habe ich vergessen. Es ist zwar vieles aufgeschrieben in einer ganzen Reihe von Büchern, die ich auf dem Regal im Wohnzimmer habe. Es ist aber nicht alles genau und es ist auch nicht unbedingt jede Einzelheit aufgeschrieben, nicht drin ist die Frau, die Pilze sammelte und die wir erschossen haben, weil wir dachten, sie sei eine Spionin, auch der Verräter Milan nicht, der sich unter uns gedrängt hat und für die Deutschen an verabredeten Stellen Nachrichten hinterließ, wenn er auf Patrouille war und sich „verirrt" hatte, wie er während des Verhörs behauptete. Und weinte, ich liebe euch, Genossen, sagte er. Den haben wir niedergeknüppelt, denn schießen durften wir nicht, um nicht unsere Position zu verraten. Das und vieles andere steht nicht in diesen Büchern. Trotzdem nehme ich sie an manchem Abend gern vom Regal und suche in ihnen nach Ereignissen, bei denen ich dabei war. Über die ganze Wand im Wohnzimmer habe ich mir einen Wald und eine Gruppe Partisanen malen lassen, die an einem Sommerabend am Lagerfeuer sitzt. Janko, mein Sohn, schaute ganz verblüfft, als er aus Ljubljana kam und das Bild sah. Er sagte, ich müsse schon entschuldigen, aber das sei lächerlich. So eine ungeschickte Kleckserei. Außerdem, fügte er hinzu, wie weit hast du es denn bis zum Wald? Da musst du ihn doch nicht an die Wand gemalt haben. Geh in den Wald, lachte er, setz dich auf einen Baumstumpf und erinnere dich. Er versteht das nicht, er versteht manches nicht. Wenn ich allein bin, schlage ich mitunter ein Buch auf, schenke mir ein Glas Wein ein und sitze unter den Genossen, die dasitzen oder über die Wand gehen, höre Partisanenlieder, von denen ich Aufnahmen besitze, und mir ist es schön und schwer zugleich, das ist etwas, was mein Sohn Janko nie verstehen wird, schön und schwer, beides zugleich.

Obwohl die Frau, die in der Nacht unter meinem Fenster hockte, gesagt hatte, dass fraglich sei, ob sie mir einen Meldepunkt anvertrauen, und obwohl es mir damals ziemlich egal war, ob sie es tun, kriegte ich ihn, ohne dass ich darum gebeten hätte. Der Meldepunkt war auf der Eisenbahnstation, nirgends sonst als beim Stationsvorsteher selbst, bei dem, den ich schon in meiner Kindheit bewunderte hatte, wenn er das Stöckchen mit der runden Scheibe oben dran hob. Und der in meinen Augen große Macht hatte, war er doch derjenige, der die Züge aus dem Bahnhof entließ. Wenn er mit der Kelle unterm Arm an den Zug trat, fing die Lokomotive an zu schnaufen, begannen die Schaffner zu rufen, dass auch die letzten Reisenden, die sich auf dem Bahnsteig verabschiedeten, einsteigen sollten, die Türen krachten, und wenn er die Kelle hob, setzte sich der Zug in Bewegung, begannen die Räder sich zu drehen. Ich konnte mich nie sattsehen an diesen Szenen. Als ich ein Kind war, nannte ich ihn Onkel. Wie war Onkel Štefan überrascht, als ich eines Nachmittags in seine Schreibstube trat und sagte, dass ich derjenige sei, auf den er warte. Das war der verabredete Satz. Er sagte nur, gut, dass du gekommen bist, grüß deinen Vater und komm wieder vorbei. So hatte ich jetzt tatsächlich Verbindung, schon Ende zweiundvierzig.

Ich sah die unterschiedlichsten Leute auf die Burg kommen, Laibacher Herrschaften, Bürgermeister aus den umliegenden Dörfern, aber gemeldet habe ich keinen. Ich wollte die Leute von der Burg, die mir Arbeit gaben, die mich bezahlten, zu mir freundlich waren und die ich sogar irgendwie gernhatte, nicht denunzieren. Und dann: Was hätte ich erzählen sollen? Wenn ich mich mit einer Arbeit bis zum Abend in der Nähe der Burg aufhielt, hörte ich manchmal Lachen und mitunter auch Singen durch die offenen Fenster. Ich war tatsächlich ärgerlich darüber, solche Dinge beim Meldepunkt melden zu sollen. Zu Onkel

Štefan ging ich erst, nachdem mich Frau Veronika mit ihrem Benehmen wirklich verletzt hatte, als es sich mir von der Szene, die ich mit ansehen musste, fast vor den Augen drehte. Damals habe ich ihm von Veronika und von ihrem Tun und Treiben und von allem, was dort oben vor sich ging, erzählt. Und dann gab er mit der Kelle das Signal zur Abfahrt des Zuges, der auf sie zu und über sie hinweg raste.

Davor war ich für ein paar Tage in Kranj im Gefängnis gewesen.

An einem kalten Novembermorgen, ich erinnere mich genau, es war Samstag, das Eis auf den gefrorenen Pfützen bekam Sprünge unter den Füßen, als ich aus dem Stall kam, kamen zwei Militärtransporter ins Dorf gefahren, vor ihnen ein kleiner Personenwagen. Ich trat an den Zaun, um zu sehen, wohin sie fuhren. Die Autos hielten im Dorf, gut hundert Meter von unserem Haus entfernt, bei Košniks Anwesen. Aus dem Personenwagen stiegen zwei in Ledermänteln, gleichzeitig sprangen schon Soldaten von den Wagen. Ich verstand nicht, was los war, ich dachte, sie suchen jemanden, ich hatte ein bisschen Druck überm Magen, weil ich an meine nächtlichen Besucher denken musste, an Janko und an die Unbekannte. Ich ging ins Haus, und noch bevor ich Vater und Mutter sagen konnte, was vor sich ging, stürzten drei mit Gewehren in den Händen durch die Tür herein. Einer zeigte auf mich und sagte auf Slowenisch, ich solle mich anziehen und meine persönlichen Papiere nehmen, denn ich ginge mit. Zu den andern beiden sagte er ein paar Worte auf Deutsch, die beiden nickten. Vater und Mutter saßen am Tisch, Vater stand auf und sagte: Er hat nichts getan. Der eine sagte nur, gehen wir!, nichts weiter. Vater drehte sich zu den andern beiden um und sagte auf Deutsch, wir sind loyal, wir sind katholisch. Katholisch, ja, wiederholte einer der beiden Deutschen, und alle drei fingen an zu lachen. Weil Vater immer noch irgendwas sagte und mit den Armen fuchtelte, drückte ihn der, der Slowenisch konnte, zurück auf die Bank. Setzt euch, Vater, vielleicht ist ja nichts und er ist in ein paar Tagen wieder zurück. Wird er eingezogen?, versuchte Vater irgendetwas zu erhaschen, was ihn beruhigen würde. Natürlich wurde ich nicht eingezogen, die Deutschen führten die Einberufungen so durch, dass sie zuerst einen Brief durch einen Kurier schickten, und erst wenn jemand dem bis zu einem bestimmten Tag nicht Folge leistete, kamen sie ihn holen.

Draußen standen neben dem Transporter schon mehrere Burschen und ältere Männer aus unserem Dorf. Rasch stiegen sie auf den mit einer Plane bedeckten Lastwagen, auch ich kletterte hinauf, und hinter uns die Soldaten. Zusammengepfercht saßen wir oben und sahen uns schweigend an. In Kranj pferchten sie uns in einen Keller, wir waren an die fünfzig, doch hörten wir, wie neue Automobile in den Burghof gefahren kamen, und anhand des Lärmens der Schritte und Stimmen wussten wir, dass sie noch erheblich mehr zusammengetrieben hatten, als sich hier in diesem Kellerraum zusammendrückte. Dann begannen sie uns zu zweit oder zu dritt aus dem Keller zu holen. Offenbar kannten sie unsere Namen nicht, die, welche zurückkamen, erzählten, dass sie zuerst in den Schreibstuben die Ausweise zeigen und Angaben machen mussten, die mithilfe unserer Papiere umgehend überprüft wurden. Auch bei mir war es so, in zehn Minuten war die Sache erledigt. Dann begann das Warten. Wachposten kamen und riefen mehrere von uns namentlich auf. Die wurden dann verhört. Manche auch geschlagen. Wir hörten Schläge, Schreie und Stöhnen. Die einen kamen mit einem Lächeln zurück, andere blutig und mit rasch aufquellenden Blutergüssen. Sie erzählten, sie schlügen mit Ochsenziemern. Das sind getrocknete Bullenpenisse, unter ihren Schlägen platzt die Haut. Geraume Zeit wussten wir nicht, was überhaupt vor sich ging. Dann verbreitete sich in dem Keller das Gerücht, dass sie uns als Geiseln genommen hätten. Die Partisanen hatten aus dem Hinterhalt einen hohen deutschen Offizier, der mit seiner Begleitung irgendwo in Richtung Bled unterwegs war, überfallen und erschossen. Es waren auch mehrere Soldaten gefallen. Allen war klar, was das bedeutete. Sie würden die Geiseln erschießen, die sie aufs Geratewohl in den Dörfern zusammengefangen hatten. Ihre Namen würden auf roten Plakaten aufscheinen, die wir manchmal auf der Eisenbahnstation studierten. Auf ihnen stand der unheilkündende Schriftzug, den wir alle kannten: Bekanntmachung! Bevor das geschah, würden sie versuchen, noch irgendeine Information aus uns herauszupressen. Und dann zog sich die Sache mit dem Aufrufen der Namen, dem Abmarsch und der Rückkehr den ganzen Tag hin bis spät in die Nacht.

Noch nie hatte ich so viel Angst wie in diesen drei Tagen und Nächten im Gefängnis von Kranj. Ich wartete darauf, dass man mich aufrufen und fragen würde, was ich über Janko Kralj wisse und wer die Frau sei, die nachts an mein Fenster geklopft habe. Wer mein Verbindungsmann sei. Ich dachte an den Stationsvorsteher, der auf der Eisenbahnstation die Kelle hebt. Jemand sagte, dass sie einen an die Wand stellen und dass sie ihm dann im Tausch gegen sein Leben eine Erklärung zur Unterschrift vorlegen, dass er mit ihnen zusammenarbeiten wird. Dann geht er durch die Welt wie ein Judas, sagte ein anderer. Ich war fest entschlossen, nichts zu sagen, aber der Mensch weiß nie, wo die Grenzen seiner Standhaftigkeit sind. Unter uns ging ein schreckliches Flüstern um über Folterungen, Schläge mit dem Ochsenziemer, über das Ausziehen der Fingernägel und Schläge auf die Fußsohlen. Man brauchte gar nicht zu flüstern, wir sahen mit eigenen Augen einige dieser armen Kerle, die in den Keller zurückgebracht wurden. Dann ging wieder die Nachricht um, dass man uns gleich alle erschießen werde wegen der Ermordung des deutschen Offiziers, sie würden keine Auswahl mehr treffen. Ich hockte an der Wand, ich sah meinen Namen auf dem Plakat, das an die Mauer der Eisenbahnstation geklebt war, *Ivan Jeranek, Bauer, Poselje,* Onkel Štefan würde ihn als Erster lesen und es meinen Leuten zu Haus mitteilen, ich verabschiedete mich von Mutter und Vater, von Pepca, auch von den freundlichen Menschen auf Podgorsko, von den Tieren und den Bäumen, vom alten Birnbaum und dem Rasen, von den Wäldern überm Dorf und von den Kühen im Stall.

Am dritten Tag rief ein Bursche aus Gorenja vas, ich kannte ihn vom Sehen: Da, der Wallner. Er stand auf der Bank am Kellerfenster und sah hinaus. Ich trat zu ihm und sah im Hof einen Menschen in schwarzer Uniform mit gewichsten Stiefeln, der sich mit jemandem unterhielt. Das ist Wallner, flüsterte der Bursche, von der Gestapo. Wenn der dich in die Hände kriegt, bist du kalt. Meine Aufmerksamkeit zog aber der andere auf sich, er trug einen aufgeknöpften weißen Arztkittel, darunter eine Militäruniform.

Den kenne ich, sagte ich.

Wallner?

Nein, den Doktor. Der kommt oft nach Podgorsko.

Der Halunke, sagte der Bursche aus Gorenja vas, die sind alle gleich.

Wallner deutete mit der Hand zu unserem Kellerfenster, auch der Arzt drehte sich um, sodass wir beide zurücksprangen.

Mittags haben sie mich rausgelassen. Verdammtes Glück habe ich gehabt. Ich habe kein Verhör erlebt. Den Keller betrat ein Slowene in deutscher Polizeiuniform und rief: Ivan Jeranek. Ich stand auf, meine Beine waren schwer, als hätte ich Bleigewichte an ihnen. Gehen wir, sagte er. Langsam ging ich hinter ihm her, mitfühlende Blicke begleiteten mich. Aber schon auf dem Gang, als er die Tür hinter sich zugesperrt hatte, sagte er, du hast Glück, Jeranek, du bist frei. Von mir fiel eine Last ab, als hätte ich einen großen Balken geschleppt, der jetzt einfach zu Boden gefallen war. Es war ja, ganz rational betrachtet, auch richtig, dass sie mich freiließen, was hatte ich denn genau genommen getan, außer dass ich gesagt hatte, sie würden ein neues Klavier kaufen. Aber sie hätten mich auch dabehalten können, denn wenn sie Geiseln brauchten, stellten sie keine langen Ermittlungen an, wer schuldig ist, das heißt, wer in Verbindung steht und wer nicht. Ich hatte verdammtes Glück. Ich war nicht der Einzige, sie ließen noch andere frei. Manche kamen frei, andere wurden erschossen. Ich lief fast bis zum Bahnhof, wo ich gut zwei Stunden auf den Zug aus Ljubljana wartete und dort vor Novemberkälte zitterte, vor Kälte, aber auch vor Glück, weil ich rausgekommen war. Mehrere aus dem Keller haben sie erschossen, auch den Burschen aus Gorenja vas, mit dem zusammen ich aus dem Kellerfenster in den Hof gesehen hatte, wo Wallner und dieser Doktor standen, der immer auf die Burg kam. Ihre Namen fanden wir auf den roten Plakaten mit dem unheilkündenden Namen *Bekanntmachung*, die in der Stadt und in den Dörfern hingen, eines auch bei uns in Poselje auf der Eisenbahnstation.

Ganz benommen kehrte ich nach Hause zurück. Mehrere Tage lang sprach ich mit niemandem. Ich war glücklich, dass ich am Leben war, und erschrocken bis ins Mark. Das wollten sie ja, dass diejenigen, die rauskamen, so erschrocken waren, dass uns eine Zusammenarbeit mit den Banditen, wie die Deutschen unsere Leute nannten, nicht in den Sinn käme.

Nach einiger Zeit fing ich wieder an, nach Podgorsko zu gehen, Jožì war mich holen gekommen, die Haushälterin auf der Burg, die dort oben für alle sorgte, was sie essen und trinken, was im Garten und auf den Feldern wächst, sie sorgte für die alte Dame, beaufsichtigte die Küche und die Zimmermädchen, arbeitete im Garten und mischte sich auch in alles ein. Sie sagte, dass die Gnädige meine Hilfe sehr vermisse, niemand verstehe so für die Pferde zu sorgen wie ich. Ein wenig zögerte ich doch, ich ging erst gegen Mittag hinauf. Sollen sie nicht denken, ich käme auf ihren Ruf hin gleich angelaufen wie ein Knecht.

Und wirklich war Veronika freundlich zu mir wie noch nie zuvor. Wo sind Sie uns denn verloren gegangen, Ivan?, sagte sie. Sie bat mich hinein in die Burg. Zum ersten Mal betrat ich sie durch den Haupteingang, wo die Leute von der Burg und ihre Gäste hineingehen. Bisher war ich immer durch den Seiteneingang hineingegangen, in die Küche, in den Raum daneben, wo wir Arbeiter jausneten. Auch im Jagdzimmer war ich schon gewesen, unter den ausgestopften Köpfen der Hirsche und Eber. Einmal hatte uns Herr Leo nach der Jagd eingeladen. Und jetzt bat sie, Veronika, mich in den Speisesaal. Wir setzten uns an den Tisch, Jožі brachte eine Flasche Wein, und Veronika schenkte mir selbst ein Glas ein. Nur mir, sie knabberte ein paar Kekse. Ich trug Arbeitskleidung, und es war mir unangenehm, an diesem Tisch zu sitzen. Sie sagte, dass sie mich vermisst habe, niemand verstehe so mit Pferden umzugehen wie ich. Sie zeigte mir mehrere Ölbilder, die an der Wand hingen, auf einem war sie; vor Jahren, sagte sie, als ich noch jung war.

Das sind Sie doch noch jetzt, sagte ich und blickte ihr in die Augen.

Sie wandte den Blick nicht ab. Aus ihren Augen ging etwas in meine Brust, etwas Warmes, mein Herz begann zu klopfen. Dann lachte sie, wie nett Sie sind, Ivan, sagte sie und drehte sich zur Tür. Ach ja, wann ist die Hochzeit?, fragte sie plötzlich. Das wissen wir noch nicht, sagte ich, vielleicht bald. Sagen Sie mir nur den Termin, sagte sie, damit ich etwas finde, die blaue Farbe mag sie, haben Sie gesagt, hell oder dunkel? Sie begleitete mich hinaus, in der Eingangshalle erblickte ich im Halbdunkel ein seltsames Tier, ausgestopft. Das ist ein kleiner Alligator, sagte sie. Meine kleine Bestie. Als ich noch in Ljubljana war, haben wir sie gekauft. Dann hat sie Leo gebissen und wir mussten sie zum Veterinär bringen, damit er sie tötet. Lange betrachtete ich das Tier. Und noch lange klopfte mein Herz, nicht wegen der kleinen Bestie, sondern wegen ihrer Nähe und ihrer Liebenswürdigkeit. Allerdings war sie auf andere Weise liebenswürdig als an dem Sonntag mit Janko. Und anders als mit ihren Gästen, wenn sie sich bei ihnen unterhakte und sie ins Haus führte.

Noch heute weiß ich nicht, ob sie wusste, dass ich unter denen war, die sie in die Gefängnisse von Kranj gekarrt hatten, oder ob sie mich tatsächlich vermisst hatte. Natürlich nur als Arbeiter, meine goldenen Hände, die alles können, und am besten ihre Pferde striegeln, wenn sie von einem Ausritt durch den Schnee zurückkommen.

Trotz ihrer freundlichen Einladung sah ich die Besucher auf der Burg von nun an mit anderen Augen. Meine Ohren hatten in diesem Gestapokeller gehört, was diese Offiziere, die niemand in unser Land gebeten hatte, mit unseren Leuten machten. Und meine Augen hatten die Geprügelten gesehen, die sie zu uns hineinwarfen wie Holzscheite. Und diese Offiziere luden die Herrschaften nach Podgorsko ein, richteten Gesellschaften für sie aus, manchmal gingen sie gemeinsam mit Leo hinauf zur Jagdhütte und knallten einen Hirsch ab. Wie sie hinter der Hofwand in den Gefängnissen mal eben einen der Unseren abknallten. Meine Augen hatten Wallner gesehen und den Arzt, der immer auf die Burg kam. Sie hatten die feuchte Wand gesehen, auf die ich gestarrt und mich von meinen Leuten zu Haus verabschiedet habe, von den Wäldern und Feldern, von allem. Für mich waren das nicht mehr nur Besuche, ich überlegte, dass ich wirklich einmal die Nummer eines Automobils und einen Namen notieren und damit zu Onkel Štefan auf die Eisenbahnstation gehen würde.

Aber das Leben ging seinen Gang, zu Hause gab es viel Arbeit, und dazu ging ich noch auf die Besitzungen von Burg Podgorsko. Nach Hause kam ich abends zerschlagen zurück und hörte meinem Vater zu, der den *Slovenski dom* las und uns davon berichtete, was in der Welt so passierte. Was sollte passieren, überall war Krieg, in Afrika und in Russland. Mitunter schrieben sie etwas über die kommunistischen Banden in unseren Gegenden. Noch mehr wurde darüber geflüstert. Sie hatten den Gastwirt aus Gorenja vas erschossen. Onkel Štefan drückte mir ein Flugblatt der Befreiungsfront in die Hand, wo stand, dass sie den Gastwirt zur Rechenschaft gezogen hätten, weil er ein Verräter war und mit dem Okkupator kollaboriert hatte. Da stand auch, dass der Tag der Freiheit kommen werde, an dem alle Okkupatorenknechte denselben Weg gehen werden. Ich war schon reif für die Einberufung, denn die Deutschen zogen immer Jüngere ein, und oft überlegte ich, dass ich das tun würde, was viele Burschen aus unserer Gegend getan hatten. Wenn sie den Zettel kriegten, waren sie statt zur vorgeschriebenen Sammelstelle für die Einberufenen in den Wald gegangen und hatten sich den Unseren angeschlossen. Keiner wusste, was schwerer war, die russische Front oder sich in Wäldern zu verstecken, die von der Wehrmacht durchkämmt wurden. Öfter dachte ich an Janko, ob er noch am Leben war und ob er eines Nachts mit seiner Lederjacke und dem roten Stern am Käppi wieder vor der Tür stehen würde. Jetzt wünschte ich mir fast schon, dass er sich zeigte, alles wäre viel einfacher gewesen. Diese Unbekannte kam auch nicht mehr. Nur der Stationsvorsteher stand noch immer auf dem Bahnsteig mit seiner Kelle unter dem Arm und fertigte die Züge mit den Reisenden ab. Wenn die langen, mit Kanonen und Panzern beladenen Garnituren vorbeirollten, trat er hinaus und hob die Hand an die Mütze, um den Lokomotivführer und den Heizer zu grüßen. Eines Abends traf ich ihn im Dorf, er hob die Augenbrauen wie zum Zeichen, dass er mich etwas fragen wolle.

Zum Meldepunkt ging ich im August dreiundvierzig, kurz vor der Kapitulation Italiens.

Das war an dem Morgen, als ich am Fischteich Veronika und ihren – Begleiter gesehen hatte.

Ich war im Morgengrauen aufgestanden und war auf dem Weg hinauf nach Podgorsko. Es war die letzte große Mahd, bei euch heißt sie Grummet, da steht man immer etwas unter Spannung, in kurzer Zeit muss alles getan werden, damit die Arbeit nicht von einem plötzlichen Unwetter zunichtegemacht wird. Den Tag zuvor hatten wir gemäht, diesen Morgen galt es bei der ersten stärkeren Sonne das Gras zu wenden. Zu Mittag wollte ich das unweit davon auf den eigenen Wiesen unterm Wald tun. Der Morgen war schön, keine Wolke am Himmel, und alles deutete darauf hin, dass dieser Tag ohne die Gefahr vorübergehen würde, dass uns der Regen die Heuernte vernichten könnte, und dass es sich gerade ausgehen werde. Deshalb war ich guter Dinge, obwohl ich den ganzen Weg angestrengt überlegte, ob wir genug Helfer hätten und wie ich mir selber die Zeit einteilen würde, um auf beiden Seiten alles erledigen zu können. Ich pfiff mir eins, ging zum Heuschober und nahm unten das Gerät heraus, stieg dann in den oberen Teil hinauf, um Platz zu schaffen für das Heu, das wir bald dort aufschichten würden.

Als ich hinaustrat, sah ich sie.

Sie, Veronika. Und ihn, den deutschen Offizier. Sie standen am Wasser, und er hielt ihre Hand. Sie stand zu ihm gewandt und sah ihm direkt in die Augen. So wie sie mich im Speisesaal angesehen hatte. Damals, als mir ihr Blick in die Brust hineingegangen war, dahin, wo die Seele sitzt, die unruhig wird, dass einem das Herz laut zu pochen beginnt. Auch jetzt schlug es mir, wie eine Trommel schlug das Herz da drinnen in der Brust, und es reichte von dort bis in den Kopf, ich fühlte, wie es mir in den Schläfen schlug. Das sind also diese Besuche. Gestern Abend waren Automobile zur Burg gefahren, um Mitternacht waren sie wieder abgefahren, keines stand mehr vor der Burg oder unten auf der Straße. Also hatte der Deutsche auf Zarniks Burg übernachtet. Bei ihr? Bei Zarniks Frau? Bestimmt wird sie ihn zurückfahren. Und wo ist ihr Mann? Vermutlich in Ljubljana. Ich überlegte, dass man ihm sagen müsse, was in seinem Haus vor sich ging. Ich stieg über die Leiter hinauf auf den Heuboden und setzte mich auf die Bohlen. Ich war wie betäubt von dieser Erkenntnis. Ich zitterte sogar ein bisschen. Alles war klar. Nicht nur, dass sie bereit gewesen war, Janko mit dem Motorrad zu fahren und seine Hände an ihrem Körper zu dulden. Nach der langen Nacht, die sie mit einem Deutschen verbracht hatte, ging sie mit ihm im Morgengrauen am Fischteich spazieren.

Eine Hure, sagte ich fast laut, eine Deutschenhure.

Leise trat ich an die Holzwand und sah durch einen Spalt zu ihnen hinüber. Jetzt gingen sie am Wasser, mir zugewandt. Deutlich sah ich sein Gesicht. Das ist er, der Arzt, der bei jeder Gelegenheit bei der Burg herumläuft. Der mit Leo im Jagdzimmer trinkt. Der mit Blumen und Wein kommt. Das ist er, im aufgeknöpften Arztkittel hat er im Hof des Gestapogefängnisses in Kranj gestanden und sich mit Wallner unterhalten. Wen der in die Hände kriegt, dieser Wallner mit den gewichsten Stiefeln, der ist kalt, hatte der Bursche aus Gorenja vas gesagt. Meine Wut steigerte sich noch: nicht nur eine Deutschenhure, eine Gestapohure.

Den ganzen Nachmittag war ich damit beschäftigt, das Heu zu wenden. Ich sah zur Burg hinüber, früher war sie oft während der Mahd oder dem Einfahren gekommen und hatte eine Jause, Wasser und Schnaps gebracht. Wasser für den Durst, Schnaps für die Kraft. Dieses Mal kam sie nicht. Natürlich, nach so einer Nacht. Dafür kam Joži. Ich fragte sie, wer dieser Doktor sei, der auf die Burg komme. Ach, sagte sie, das ist ein guter Mensch. Er war an der russischen Front. Was kümmert mich, dass er an der russischen Front war, dachte ich, schade, dass sie ihn da nicht abgeknallt haben. Ich fragte, wie er heiße. Horst Hubmayer, er ist Bayer. Jetzt wusste ich alles.

Am Abend ging ich zum Meldepunkt und meldete, was ich gesehen hatte.

Onkel Štefan saß in seiner Schreibstube, über die Papiere gebeugt, jemand machte über den Fernsprecher eine Meldung über einen Güterzug, der kurz zuvor vorbeigedonnert war. Er hob den Blick und machte mir ein Zeichen, dass ich warten solle, bis er fertig sei. Dann legte er den Hörer auf und wartete wortlos, was ich sagen würde. Ich erzählte, was ich gesehen hatte. Nun ja, sagte er verschlafen, nichts Besonderes. Wie, nichts Besonderes?, fuhr ich auf. Dieser Offizier, Horst Hubmayer, dieser Bayer ist ein Nazi, der mit der Gestapo zu tun hat. Ich habe ihn im Gefängnishof gesehen, er hat sich mit Wallner unterhalten. Wallner war das Wort, das ihn wachrüttelte. Er stand auf und begann auf und ab zu gehen. Bist du dir sicher?, fragte er. Völlig, antwortete ich. Ich werde es weitermelden, sagte er, und du hältst den Mund, verstanden? Keine Sorge, sagte ich entschlossen, ich weiß, worum es geht. Ich wusste nicht genau, worum es ging, aber um etwas ging es, das sah ich daran, wie der Stationsvorsteher aufgestanden war und den Raum durchmessen hatte, als er den Namen Wallner hörte. Ich wollte schon gehen, als mir noch etwas einfiel. Ich würde gern mit Janko sprechen, sagte ich. Das wird schwer werden, sagte der Stationsvorsteher, der ist beim Bataillon.

Ich will mich anschließen, sagte ich.

Eine Zeitlang sah er mich an. Du willst in den Wald? Ja, sagte ich, so bald wie möglich. Gut, sagte er, geh nach Haus und tu so, als ob nichts wäre. Auch auf Zarniks Burg geh weiterhin. Wenn es an der Zeit ist, werden dich unsere Leute aufsuchen. Der Fernsprecher begann zu läuten, er nahm den Hörer ab. Geh jetzt, sagte er, ein Zug kommt. Noch etwas, sagte ich. Er nahm Mütze und Kelle und trat hinaus auf den Bahnsteig. Ich folgte ihm. Werdet ihr ihn liquidieren, den Hubmayer? In der Ferne pfiff die Lokomotive, der Zug kam. Das ist nicht meine Sache, sagte er leise, etwas nervös, er wollte mich loswerden. Der Zug kam kreischend zum Stehen. Mehrere späte Reisende stiegen unter Geplauder aus. Am Bahnsteigende sah ich, wie er mit dem Lokomotivführer sprach. Dann trat er ein paar Schritte zurück und hob das Stöckchen mit der runden Scheibe an der Spitze, seinen berühmten Signalstab, den ich schon die ganze Kindheit hindurch bewundert hatte. Das war nicht Onkel Štefan, das war ein mächtiger Mann, der über Ankünfte und Abfahrten entschied, der eine große Lokomotive und eine ganze Garnitur schwerer Waggons dahinter in seiner Gewalt hatte. Die Lokomotive fauchte, die Räder rutschten auf den Schienen durch und begannen sich zu drehen, der Zug setzte sich in Bewegung. Immer schneller, ich sah ihn, wie er sich mit hellen Augen in die Dunkelheit entfernte, hinter der Kurve verschwand und sich hinter dem Hügel wieder zeigte, jetzt jagte er schon dahin, ich hörte die Schienen sirren, der Zug raste, als könnte ihn nichts mehr aufhalten. Er raste auf Veronika zu und über sie hinweg.

Januar vierundvierzig war ich wieder auf der Burg. In einem alten österreichischen Soldatenmantel, den ich meinem Vater entwendet, und mit einem italienischen Karabiner, den mir Janko gegeben hatte.

Es war ein kalter Winter, die Kompanie lagerte weit oberhalb von Zarniks Jagdhütte. Bataillonskommandeur Kostja hatte aus Jankos Kompanie zwanzig Mann für die Aktion auf Zarniks Burg ausgesucht. Zehn, die die Zugänge bewachen und an der Straße einen Hinterhalt errichten sollten. Die Schutzwache sollte Kommandant Janko führen, mit den anderen zehn würde Kostja gehen und in der Burg das tun, was zu tun war. Zweck der Aktion: die Verbindung zwischen den Verrätern im Haus und der Zentrale des Okkupators zu kappen. Das Spitzelnetz zu entlarven. Auch eine Requirierung sollte durchgeführt werden. Mehr brauchten wir nicht zu wissen, das andere wussten Kostja und die zwei VOS-Leute, die sich uns angeschlossen hatten, einer hieß Peter. Wir wissen alle, dass der Industrielle Zarnik ein Unterdrücker der arbeitenden Bevölkerung ist, er beutet seine Arbeiter in der Fabrik aus, übernahm Peter das Wort, jetzt wissen wir, dass er auch ein Agent des Okkupators ist. Das haben wir nach längerem Sammeln von Informationen festgestellt. Unter dem Personal haben wir unsere Leute. Unser Informant, fuhr Peter fort, hat uns schon Ende August gemeldet, dass sich seine Frau mit dem Gestapomann Hubmayer trifft.

Er sah zu mir herüber. Ich hatte das Gefühl, als würden mich alle anstarren. Aber das taten sie nicht. Ich atmete auf. Diesen Peter hatte ich noch nie gesehen, aber er wusste, dass ich ihr Informant war. Unsere Bewegung war voller Geheimnisse, nur er wusste, dass ich diese Information geliefert hatte, vielleicht auch Janko, obwohl Janko mir das nie gesagt hat, weder damals noch später. Dazu sagten wir Konspiration. Wir wussten nicht einer vom andern, aber die Führung wusste alles, auch die Sicherheitsleute wussten alles. Das waren besondere Leute, gefährlich, wenn die im Bataillon auftauchten, wurde es ungemütlich. Immer konnten sie einen von uns im Verdacht haben. Den Verräter Milan hatten die VOS-Leute entlarvt, verhört und liquidiert, vor der ganzen Kompanie hatte er gesagt, dass er uns liebt. Bevor wir ihn erschlugen, denn schießen durften wir nicht. Es überlief mich kalt, als ich die klaren Worte des VOS-Offiziers Peter hörte und in seinem Blick las, dass in gewisser Weise ich geholfen hatte, diese Aktion auszulösen. Jetzt war ich auf einmal einer von ihnen, ein VOS-Informant. Ein Spitzel. *Der größte Schuft, ein Denunziant.* Als ich Štefan Mitteilung machte, dachte ich, dass ohne mich geschehen würde, was immer geschehen würde. Mit dem Hubmayer, ich habe nicht gedacht, dass Veronika etwas passieren könnte. Wenn ich überhaupt etwas gedacht habe in dieser Wut auf den Arzt, auf Veronika, auf alle. Jetzt wollte ich sagen, dass der Hubmayer möglicherweise doch kein Gestapomann sei und dass ich das nicht gemeldet hätte, Onkel Štefan hatte ich gemeldet, dass er ein mobilisierter Arzt sei, der an der russischen Front gewesen war. Der Gestapomann war Wallner, es stimmte aber, dass er sich mit ihm unterhalten hatte. Und das im Hof des Gefängnisses.

Mit dem Gestapomann Hubmayer, fuhr Genosse Peter fort, der schon unsere slawischen Brüder in Russland gemordet hat. Wir können uns nur denken, sagte er, was ihm sein Liebchen im Bett geflüstert hat. Die Kämpfer grinsten. Er ist ein Agent, schloss Kostja, sie ist eine Gestapohure. Wir werden sie verhören, und dann werden wir sehen, was die beiden Verräter am slowenischen Volk dem Okkupator auf die Nase gebunden haben. Schon wollte ich zu Janko treten, ich wollte ihm sagen, dass ich lieber nicht mitgehe, dort unten kennen mich alle. Aber das hätte ausgesehen wie Angst vor der Aktion, vielleicht sogar wie Sympathisieren mit den Verrätern und Gestapoagenten. Peter sagte, sie hätten eine Untersuchung durchgeführt, meine Information über Hubmayer konnte also nicht den Ausschlag gegeben haben. Mit diesem Gedanken tröstete ich mich auch dann, als wir über den bewaldeten Hang durch den hohen Schnee abstiegen. Zu Janko sagte ich, dass ich gern in der Abteilung sei, die Wache steht. Gut, sagte Janko, du gehst mit mir. Kommissar Kostja, der das gehört hatte, lachte: Du willst nicht zu deinen Herrschaften, was? Ich steh lieber Wache, sagte ich trocken. Wir wussten ja beide, dass das nicht stimmte, ich wollte nicht dabei sein, wenigstens für mich waren sie keine schlechten Menschen, und was sie sich sonst hatten zuschulden kommen lassen, wusste ich nicht. Das weiß ich auch heute nicht. Das wissen Peter und Kostja, vielleicht wusste es auch Janko. Er hatte vielleicht verstanden, ich wollte nicht, dass die Kämpfer meine Weichheit oder mein Mitleid mit dem Feind sahen. Wenn mich die Frau oder er irgendwie angesprochen hätten, hätte ich wahrscheinlich nicht brüllen können, sie sollen mich nicht ansprechen, wo sie doch nicht schlecht gewesen waren, zumindest zu mir nicht, was sie der slowenischen Nation und dem arbeitenden Volk angetan hatten, das ist eine andere Sache, der Kommissar weiß das genau.

So stand ich wieder vor Burg Podgorsko. Nie hätte ich mir vorstellen können, dass ich dort am Eingang einmal mit dem Gewehr stehen würde. Unsere Leute gingen hinein, man hörte laute Worte und Befehle, das Trampeln von Schritten auf der Holztreppe, die ängstlichen Fragen der Zimmermädchen und des anderen Personals, die sie in die Küche gesperrt hatten. Dann gingen oben die Lichter an und wieder aus. Nach einer Zeit hatte sich alles beruhigt, es herrschte Stille, vereinzelte Stimmen kamen aus dem Keller, wo sich die Unseren an Salami und Käse, auch am Wein gütlich taten. Das weiß ich deshalb, weil plötzlich Joži im Burghof erschien, ich weiß nicht, ob sie raus wollte und Hilfe holen, oder einfach so, wie eine verlorene Gans irrte sie herum. Ich richtete das Gewehr auf sie, du gehst nirgends hin, sagte ich. Sie sah mich mit weit aufgerissenen Augen an und rief: Das bist ja du, Ivan! Sie war total nervös. Sie wollte wissen, was vor sich ging. Dann redete sie wirres Zeug, einmal, dass ich hineingehen und alles erklären soll, dann, dass sie auch mir Salami und Käse und Wein bringen werde, dann fing sie fast an zu schreien: Ihr werdet ihnen doch nichts tun! Ich hatte Angst, dass sie jemand hören könnte, ich stand Wache, das ist kein Vergnügen, sondern höchste Verantwortung, ich zischte, sie solle verschwinden, sie solle sofort dorthin verschwinden, woher sie gekommen war.

Sie stotterte etwas, lief zurück, stolperte und fiel in den Schnee und verschwand dann im Haus.

Nach diesem Zwischenspiel begann es sich hinzuziehen. Ich stapfte im Schnee herum, nicht nur wegen der Kälte, auch deshalb, weil ich mir wünschte, dass alles zusammen endlich vorüber war und wir von hier verschwinden würden. Von dem Ort, wo ich jeden Strauch kannte, das große Tor, die Mauer, die Pferde unten im Stall. Auch alle Menschen, die jetzt in der Burg eingesperrt waren. Ich wusste nicht, was sie mit ihnen vorhatten. Vielleicht würden sie Zarnik verhören, vielleicht suchten sie nach irgendwelchen Dokumenten. Ich hoffte, dass sie Veronika keinen allzu großen Schrecken einjagten. Trotz allem wünschte ich ihr das nicht, ich wünschte ihr nichts Böses, obwohl ich böse auf sie war, vor allem seit jenem Morgen, als ich sie am Fischteich gesehen hatte. Ich spähte hinunter zur Straße, wo Janko mit seinen Kämpfern im Hinterhalt lag. Mir war, als würde ich jeden Moment das Dröhnen der deutschen Automobile hören. Oder es würden einfach Schüsse fallen, häufig genug war das passiert, Stille, und dann plötzlich Schüsse. Und Flucht. Manchmal auch Kampf, aber in diesem Fall wäre es Flucht, wir waren fast im Tal, hier hätten wir den Kampf nicht aufnehmen können. Aus dem Haus war wieder das Trampeln von Schritten auf der Treppe und im Gang zu hören, hin und wieder ein lauter Befehl, Weinen und das laute Sprechen einer Frau, ich glaube, dass ich sie erkannt habe, es war die Köchin Fani. Dann begannen die Lichter auszugehen, als würde die Fassade eines großen Gebäudes die Augen schließen, eines nach dem anderen. Nach ein paar Minuten lag der ganze Bau im Dunkeln.

Nur in einem Fenster brannte Licht, das hatten sie offensichtlich vergessen auszumachen.

Jetzt kamen unsere Leute mit vollen Rucksäcken aus der Tür. Einige legten sie im Burghof im Schnee ab, ich wusste, dass die von den Wachen geschultert würden. Ich atmete auf, die Aktion ging dem Ende entgegen. Ich atmete auch deshalb auf, weil ich dachte, es handle sich nur um eine Requirierung. Aber in dem Moment erschienen in der Tür die beiden Burgbesitzer, Veronika und Leo, hinter ihnen kam Kommissar Kostja aus der Tür. Sie trugen Winterkleidung, an den Füßen hatten sie Bergstiefel. Sie hatte eine Wollmütze auf dem Kopf. Obwohl das Haus im Dunkeln lag, sah ich deutlich ihr vom Mondlicht erhelltes Gesicht. Sie sah vor sich hin, ich hatte Angst, sie würde den Kopf heben und mir in die Augen blicken. Ich gebe zu, es zog mir das Herz zusammen. Jetzt wusste ich, dass sie mit uns gehen würden und dass das nicht gut enden würde. Leo sah zu mir herüber, ich trat in den Schatten der Mauer zurück. Die Nacht war hell, fast silbrig. Alle schwiegen. Ich wünschte mir, ich wäre nicht dort gewesen. Wenn mir Janko das vor wenigen Stunden gesagt hätte, hätte ich vielleicht beim Bataillon bleiben können, und das hier wäre ohne mich abgelaufen. Das tat es aber nicht, alles geschah in meiner Anwesenheit. Jemand lief hinaus und die Straße hinunter, wir warteten, dass er den Wachtrupp holte und wir uns alle zusammen Richtung Berg in Bewegung setzten.

In dem Moment war aus der Burg ein Singen zu hören.

Das war tatsächlich etwas Seltsames, etwas, was man schwer vergessen kann. Alle standen im Burghof da und warteten und schwiegen, Kommissar Kostja ging auf und ab und sah auf die Uhr, Veronika zitterte vor Kälte oder vielleicht vor Angst. Leo hielt sie um die Schulter gefasst und rieb ihr mit der behandschuhten Hand den Rücken, als wollte er sie wärmen. Sie hörte auf zu zittern und sah ihn dankbar und zugleich besorgt, verängstigt an. Da drang in diese Stille hinein das Singen hinter den geschlossenen Fenstern. Alle sahen hinauf zu dem Fenster, in dem das Licht brannte. Es war eine Frauenstimme, die monoton ein Lied sang, kein Wort war zu hören, nur das monotone Wiederholen einer unbekannten Melodie. Erst jetzt erinnerte ich mich, dass es das Fenster der alten Dame war. Oft hatte ich sie an Sommertagen dort sitzen sehen, seit sie nicht mehr gehen konnte, saß sie am Fenster, manchmal sang sie auch leise vor sich hin oder sprach mit jemandem hinter sich im Zimmer. Ich sah, dass Veronikas Hand zu den Augen fuhr, wieder begann sie zu zittern, vielleicht weinte sie. Kostja wurde unruhig, er rief einen der Kämpfer zu sich und schickte ihn ins Haus. Im selben Moment kamen schon die Wachen aus dem Hinterhalt mit Janko an der Spitze in den Burghof gelaufen. Der Kämpfer, der gerade hatte hinaufgehen wollen, blieb stehen, Kostja winkte unwillig ab, lassen wir das. Wir warfen uns die übrigen Rucksäcke über die Schulter und schritten rasch aus zum Wald.

Noch heute scheint mir, als hörte ich das Singen der alten Dame. Ihre Tochter steht erschrocken im Burghof, unmittelbar vor dem Abmarsch, und sie singt dort oben, als wüsste sie von nichts oder wäre ein bisschen konfus. Ein bisschen konfus hörte sich alles zusammen an, so seltsam war es.

Später habe ich sie noch einmal gesehen. Wieder am Fenster. Es war in Ljubljana im Mai fünfundvierzig, an jenem Tag, als der Marschall sprach. Aus unserer Gegend hatten wir uns in einer Vorstadtstraße gesammelt, ich glaube, es war in Moste, die Stadt ist groß und ich kenne sie nicht so gut. Als sich der Zug mit der Musik und den Fahnen in Bewegung setzte, sah ich auch zu den Fenstern hinauf, von wo uns die begeisterten Städter zuwinkten. An einem der offenen Fenster eines alten Hauses, von dem der Putz abfiel, saß die alte Dame. Aufmerksam war ich geworden, weil nur ihr Fenster nicht mit Frühlingsblumen und Fahnen geschmückt war. Ich erkannte sie kaum wieder, jetzt war sie wirklich alt anzusehen, eine richtige Greisin mit aufgelöstem, ungewaschenem Haar. Auch sie sah zu mir, als ich stehen blieb. Ich hob schon die Hand, um ihr zu winken, aber ich ließ sie sofort sinken, es hatte keinen Sinn. Ich fragte mich nicht, was sie hier tat, wir waren glücklich, ausgelassen, die Musik spielte, wir gingen auf den Hauptplatz, wo der Marschall sprechen würde. Das Leben schreitet voran, manche bleiben zurück.

Wir reihten uns in die Kolonne ein und verbissen uns in den verschneiten Berg. Ein schmaler Pfad war ausgetreten, weil wir die vorangegangene Nacht in der Jagdhütte übernachtet hatten, dort hatten wir uns auch tagsüber aufgehalten, am Abend waren wir dann durch den Tiefschnee zur Burg abgestiegen. Auf demselben Weg gingen wir jetzt zurück, nach einer Stunde Wegs hielten wir wieder an Zarniks Jagdhütte. Weil ich schon Wache gestanden hatte, teilte mich Janko nirgends mehr ein. Die Wachen waren weiter unten verteilt, oben war niemand, dahin zogen wir uns gewöhnlich zurück, wenn wir in der Hütte gerastet, gegessen oder etwas weiter weg unsere Läuse geknackt und in der wärmeren Zeit im nahen Bach, tiefer im Wald, sogar Wäsche gewaschen hatten. Kommissar Kostja, VOS-Mann Peter und mehrere seiner Leute gingen mit denen von der Burg in die Hütte, Janko, ich und ein gewisser Primorec, der ein paar Tage darauf bei einem Kesseltreiben fiel, blieben draußen.

Ich stand ein paar Meter von der Jagdhütte entfernt. Jedes Wort hörte ich. Zuerst verhörten sie diesen Pferdezüchter, den wir gestern in der Burgküche vorgefunden hatten. Die VOS-Leute vermuteten, dass genau er der Verbindungsmann zwischen Zarnik und der Gestapo in Kranj war. Jemand befahl ihm, alle Taschen umzukehren und den Rucksack auszuleeren. Wir hörten das Poltern von Gegenständen, die auf den Tisch fielen, Metallspangen oder so, Münzen. Dann war es eine Zeitlang still. Da ist nichts, sagte jemand. Dann nahm Kostja die Sache in die Hand. Was wollte er auf der Burg? Wer hat ihn geschickt? Wie lange kennen er und Zarnik sich schon? Er antwortete mit angstvoll stotternder Stimme, dass er wegen eines verletzten Pferdes gekommen sei, sie hätten über einen Neukauf beziehungsweise einen Verkauf gesprochen. Zarnik bestätigte das. Gib zu, dass du der V-Mann bist, schrie Kostja. Was für ein V-Mann?, stöhnte der Mann, gleich darauf fiel eine Ohrfeige. Und noch eine. Der V-Mann der Gestapo. Es folgte ein dumpfer Schlag. Man hörte sein Ächzen und Stöhnen. Sieh mal, sagte jemand, er hat sich angepisst. Und wenn du dich anscheißt, sagte der VOS-Mann, es wird dir nichts helfen. Lass ihn, Peter, sagte Kostja. Dann gab wieder Zarnik lange Erklärungen ab über Pferde. Er sagte, dass Veronika Pferde liebe, es habe sie sehr getroffen, dass eines von ihnen sich ein Bein gebrochen habe, man müsse es erschießen, deshalb habe man sofort diesen Herrn gerufen, damit er ihnen ein neues Pferd empfiehlt, vielleicht einen Lipizzaner. Wird der noch lange über Pferde quasseln?, sagte der VOS-Mann, dessen Name Peter war. Hör auf, über Pferde zu quasseln und sag lieber, welche Verbindungen du zur Gestapo hast. Zarnik sagte mit leiser und besonnener Stimme, so sprach er immer, wenn er neue Arbeiten in Auftrag gab, dass er hoffe, dass sie nicht die Lebensmittel vergessen hätten, die er in die Jagdhütte geliefert habe, die Kleidung und die Druckmaschine, die er unter großen Schwierigkeiten heimlich gekauft und die sie schon vor Jahr und Tag im Burghof übernommen hätten. Das war nur Tarnung, sagte Kostja, du hast uns die Druckmaschine geliefert, damit du deine Kollaboration mit der Gestapo besser verschleiern kannst. Wir wissen, sagte Peter, dass an jenem Abend auch Gestapomann Hubmayer auf Burg Podgorsko war, er hat gesehen, was abläuft, und so getan, als würde er nichts sehen. Das heißt, auch er hat von der Tarnung gewusst.

In dem Moment mischte sich Veronika ein. Herr Peter, sagte sie, Herr Horst Hubmayer ist kein Gestapomann, er ist Arzt. Für mehrere Augenblicke herrschte Stille. Es kam mir mutig vor, dass sie in diesem Augenblick den Mund aufmachte. Denn sie war ja noch wegen nichts verdächtigt worden. Offenbar wollte sie ihren Mann schützen, das war mehr als offensichtlich. Und die Stille, die nach diesem überraschenden Eingreifen herrschte, wollte sie nutzen, um die angespannte Situation irgendwie aufzulösen. Sie heißen Peter?, sagte sie mit freundlicher Stimme, ich sah sie direkt, wie sie dabei liebenswürdig lächelte. Ihr Lächeln und ihre freundliche Stimme waren entwaffnend. Auch mein Vater hieß Peter, sagte sie leise. Ich erinnerte mich, wie mir früher, wenn ich mit ihr sprach, bei dieser Stimme und diesem Lächeln immer ein wenig die Knie weich wurden. Von der Wärme, die diese Frau verströmte, ja, von ihrer Weiblichkeit. Du Gestapohure, schrie Peter, was habe ich mit deinem Vater zu tun? Ich dachte …, sagte sie. Hättest du früher gedacht, Hure, schrie Peter, als du mit der Gestapo rumgehurt hast … Es fielen mehrere Schläge, dieses Mal galten sie offenbar ihr, obwohl sie nicht einmal aufstöhnte. Es entstand eine Stille, jemand schnaufte laut auf. Los jetzt, sagte dann Kostja, machen wir mal ein bisschen Ordnung. Über alles werden wir uns unterhalten, wir haben viel Zeit, mindestens bis zum Morgen. Du, sagte er zu jemandem, du verschwinde. Kümmere dich um deine Schindmähren. Das galt offensichtlich dem Pferdezüchter. Und wenn du nur ein Wort ausspuckst, wo du warst, finden wir dich und knallen dich ab wie einen Hund. Peter setzte hinzu: Du weißt ja, wir finden jeden. Kein Wort, ich schwöre, kein einziges Wort, wiederholte der und schluchzte wie ein Kind, kein Wort zu niemandem. Die Tür ging auf und der Mann mit dem Grauen in den Augen flog in den Schnee. Janko lachte. Was hast du denn, sagte er, sei froh. Ich bin ja froh, ich bin so froh, wirklich froh, brabbelte der Pferdezüchter. Janko drehte sich zu mir um. Bring ihn runter bis zum Weg, dort gib ihm einen Tritt in den Hintern, damit es schneller geht.

Gehen wir, sagte ich, und wir gingen bis etwa zur Mitte des Berges, von wo aus der ausgetretene Pfad weiterführte. Nach oben hin blieben nur unser beider Spuren, denn nach alter Gewohnheit hatten wir Zweige hinter uns her gezogen, um die Spuren zu verwischen. Die ganze Zeit drehte er sich erschrocken um und stolperte. Wahrscheinlich dachte er, ich würde ihm in den Rücken schießen. Wir erschossen keine Unschuldigen, nur Agenten und Verräter. Der hier hatte sich wirklich durch Zufall dort befunden und hatte großes Glück, dass wir ihn laufen ließen. Genau genommen ist mir heute noch nicht klar, warum sich Kostja so entschieden hat. Vielleicht war er auch einer von uns, vielleicht war er gerade deshalb schon vor uns auf der Burg gewesen. Und man musste ihn danach mittels Scheinverhör, sogar mit Ohrfeigen, in tiefer konspirativer Deckung halten. Ich weiß es nicht. Wenn er unser Mann war, war er ein guter Schauspieler, keiner, der bei der Aktion mitwirkte, konnte wissen, dass er mit uns zusammenarbeitete. Wenn er keiner von uns war, hat er unwahrscheinliches Glück gehabt. Als wir die verschneite Lichtung oberhalb der Straße erreicht hatten, stieß ich ihm den Gewehrlauf in die Rippen und befahl ihm zu verschwinden. Ich sah, wie er den Weg hinunterrannte, stürzte, kollerte und ganz nass und weiß vom Schnee wieder hochkam. Als er schon sehr weit weg war, drehte er sich noch immer um. Er konnte nicht glauben, dass er am Leben geblieben war. Von einer Fichte brach ich einen großen Ast ab und zog ihn hinter mir her, als ich zu Zarniks Jagdhütte zurückkehrte. Janko zeigte schon von Weitem seine weißen Zähne, und als ich nah genug war, flüsterte er übermütig: Hast du ihn in den Hintern getreten? Komisch kam mir vor, dass er flüsterte. Wir waren weit oben, kaum ein Lichtschein war aus dem Tal zu sehen, uns umgab sicherer Wald und tiefer Schnee, es gab keinen Grund zum Flüstern. Aber Janko zog eine Grimasse und schüttelte die Hand, wie einer, der sich die Hand verbrüht hat. Da drinnen geht es schlimm her, flüsterte er. Erst jetzt sah ich Primorec, der an einem Baum lehnte und sich die Ohren zuhielt.

Jetzt hörte auch ich einen dumpfen Schlag gegen einen Körper und Zarniks Aufschrei, dem ein langes Stöhnen folgte. Ein Poltern, als hätte jemand einen Stuhl umgeworfen, Schritte hin und her, Keuchen, Schläge, ein Körper, der gegen eine Wand prallt. Alle Rippen werde ich dir brechen, sagte Peter keuchend, alle Rippen.

Ich hörte Veronikas Schluchzen. Bitte, stammelte sie leise, lassen Sie ihn … was soll er denn sagen, was soll er denn sagen?

Bringt endlich jemand diese Deutschenhure zum Schweigen?, sagte Kommissar Kostja wütend. Wie sollen wir ihn denn befragen, wenn das Weib die ganze Zeit jammert? Bringt sie raus. Die Tür ging auf und im schwachen Licht sah ich den umgeworfenen Stuhl, von dem Leo Zarnik gestürzt war. Er lag an der Wand, neben ihm stand Peter und zog ihn zurück in die Mitte des Raums. Das Gesicht hatte er ganz blutig, nur mit einem Auge blinzelte er, zwischen seinen Lippen brodelte blutige Spucke.

Ein anderer VOS-Mann, ein schwarzhaariger Bursche mit aufgekrempelten Ärmeln, drehte Veronika den Arm auf den Rücken und stieß sie durch die Tür. Bewacht sie, sagte er. Zuerst werden wir uns mit diesem Gestapospitzel beschäftigen. Dann kommt sie dran. Eine Zeitlang stand er breitbeinig in der Tür. Was ist denn mit dem?, knurrte er. Er hatte Primorec gesehen, der am Baum lehnte und sich die Ohren zuhielt. Zart besaitet, was?, sagte er und drehte sich zu Janko um, schick ihn runter auf Wache, dass er sich nicht noch anpisst. Er trat hinaus und säuberte sich im Schnee die blutigen Hände. Schnee warf er sich auch ins Gesicht und wusch sich damit, ihm war heiß. Dann ging er hinein und zog die Tür hinter sich zu. Veronika stand im Schnee und sah vor sich hin. Ich schob den Schnee von der Bank vor der Hütte und warf eine Decke drüber. Dankbar sah sie mich an. Erst jetzt erkannte sie mich. Ich wartete, dass sie sagen würde, Ivan, was ist das alles? Vielleicht sogar: Ivan, du bist einer von uns, hilf. Sie sagte nichts, sie saß auf der Bank, ihre Schultern bebten.

Drinnen ging es jetzt weiter. Kennst du Wallner? Hast du Remškar gekannt? Seit wann? Hast du gewusst, dass Remškar ein Agent ist? Wir haben ihn liquidiert, auch dich werden wir liquidieren, wenn du nicht redest. Wusstest du, dass er für Wallner arbeitet? Zarnik antwortete etwas Unverständliches. Wer ist Hubmayer? War er die Verbindung zwischen dir und Wallner? Schläge fielen. Ich weiß nicht, wie lange das dauerte. Ich hatte noch nie von Remškar gehört. Auch andere Namen fielen, sie wussten schon, wovon sie redeten. Und es fielen dumpfe Schläge, die Schreie des Verhörten gellten in die Nacht. Weniger als eine Stunde hatte ich gebraucht, den Pferdezüchter bis an den Weg ins Tal zu bringen, und als ich zurückkam, war hier ein Schlachthaus. Ich weiß auch nicht, wie viel Zeit noch verging, bis sie müde wurden. Ich hörte Kostja, der sagte: Jetzt werden wir die Hure befragen, was sie in Berlin gemacht hat.

Veronika hatte seine Worte gehört. Erschrocken und flehend sah sie zu mir. So wie Joži, als ich am Eingang Wache stand. Mit einem Blick, der denkt, dass ich hier helfen oder wenigstens aufklären kann. Ich trat im Schnee von einem Fuß auf den anderen und sah ins Tal. Die spärlichen Lichter blinzelten weit unten.

Mir schienen sie schon mehr geworden zu sein. Auf den Höfen stehen sie jetzt auf und trinken heiße Milch, begeben sich in die Ställe, bald wird es Morgen. Janko warf eine Decke auf die Bank neben Veronika und setzte sich. Er zog die Handschuhe aus, nahm ihre Hände in seine und blies hinein, um sie zu wärmen. Er fasste sie um die Schulter. Ich sah ihm verwundert zu: Was ist das jetzt? Und er sagte leise etwas zu ihr, so als würde er sagen, dass alles gut wird. Sie nickte, seine Hand glitt an ihre Hüfte. Er redete immer weiter, ich dachte, dass er was von Kostja zu hören kriegt, wenn die Tür aufgeht, ich dachte, dass so wie mit Kostja mit Peter nicht zu spaßen war, der wird toben, wenn er sieht, wie Janko freundlich ist zu der Beschuldigten. Aber nichts dergleichen geschah.

Drinnen ging es wieder los. Bei jedem Schlag und jedem Schrei riss es Veronika am ganzen Körper. Manches hatte ich erlebt und gesehen und gehört in diesen Monaten, als wir in den Oberkrainer Bergen kämpften, aber das hier konnte ich nicht ertragen. Wie offenbar auch dieser Primorec nicht, der an den Baum gelehnt dastand und sich die Ohren zuhielt und flehte, dass man ihn auf Wache schicke, weit weg von hier. Auch ich wäre gern weit weg gewesen von hier. Es war mir schwer, diese Leute waren ja fast Einheimische. Am liebsten wäre ich von dort geflüchtet, den Weg hinunter, wohin ich den Pferdezüchter gebracht hatte, und zu Hause ins Heu gekrochen. Ich bin nicht geflüchtet, nur über die Schneeebene bei der Hütte bin ich dann doch so weit weggegangen, dass ich nichts mehr hörte. Sollte das ohne mich abgehen. Ich brach ein paar Fichtenzweige ab, setzte mich drauf und lehnte mich an einen Baum. Vor Müdigkeit schlief ich ein. Als ich wieder wach wurde, kam es mir vor, als hätte ich nur ein paar Augenblicke geschlafen. Ich sah auf die Uhr und sah, dass volle zwei Stunden vergangen waren.

Als ich zur Hütte zurückkehrte, machte man sich dort im Morgengrauen fertig zum Abmarsch. Es hatte überhaupt keiner bemerkt, dass ich so lange Zeit nicht da gewesen war. Wir waren müde wie Jagdhunde nach einer langen Hatz, die ganze Nacht hatten wir nicht geschlafen. Ich hörte, dass Kostja und Janko miteinander stritten, Kostja sagte, dass es das Beste wäre, den Tag hier in der Nähe zu bleiben und loszugehen, wenn es Nacht würde. Janko sagte, dass uns die Wehrmänner mit Sicherheit jagen werden, zuerst werden sie uns hier suchen. Sofort hinauf und durch die Schlucht zum Bataillonslager. Kostja sagte „Abmarsch!“, und wir gingen los. Ich wagte nicht zu fragen, wo die Verhörten seien. Ich hoffte, dass man sie ins Tal gejagt hatte, wie ich den Pferdezüchter. Die ganze Zeit hatte ich ihr Gesicht vor mir. Wie sie aus der Hütte kam und ich für sie die Bank sauber machte, damit sie sich hinsetzen konnte. Das Licht aus der Hütte war auf ihr Gesicht gefallen, unter der Mütze hatte ihr blondes Haar hervorgestanden, sie hatte sich bedankt, sie hatte mich erkannt und mich angesehen, als könnte ich etwas für sie tun. Ich wusste nicht, was danach passiert war. Bevor ich mich in den Wald verzogen hatte, hatte sie sich noch einmal zu mir umgedreht, mir hatte geschienen, dass sie sagte, ich höre, dass du dich verheiraten willst, Ivan. Als ich sie das letzte Mal sah, saß sie neben Janko auf der Bank. Ich hätte ihn gern gefragt, was danach passiert war. Aber wir keuchten den Berg hinauf und mir wurde schwarz vor Augen vor Erschöpfung. Vor Augen war mir Leos blutiges Gesicht. Wenn er sich so nach Haus geschleppt hat, wird er es sich bestimmt hundertmal überlegen, bevor er wieder einen deutschen Offizier zu sich einlädt. Als wir endlich den Kamm erreicht hatten und sich vor uns die sonnenbeschienene verschneite Ebene weit unten öffnete, lehnte ich mich an einen Baum neben Janko, der dahockte und in seinem Rucksack kramte. Er sah mich an und zwinkerte mir zu, obwohl er kaum die Augen offen halten konnte.

Ja, da brauchte man nicht erst mit dem Motorrad zu fahren, sagte er anzüglich.

Der kalte Schweiß lief mir den Rücken hinunter.

Du hast die arme Frau doch wohl nicht ..., keuchte ich.

Sie war einverstanden, sagte er.

Ich drückte mir eine Handvoll Schnee in den Mund, um das heiße Brodeln zu ersticken, das aus meiner Brust aufstieg. Ich wollte nicht verstehen.

Und wo sind sie jetzt?, fragte ich mit gepresster Stimme.

Frag Bogdan, sagte Janko mit seltsamer Stimme und stand auf mit der Feldflasche in der Hand, er war mit ihr als Letzter.

Was als Letzter, was als Letzter, was als Letzter?, schrie ich. Das heißt, dass auch die anderen, zuerst Janko, dann auch die anderen, sie, Veronika. Der Letzte war Bogdan gewesen, der Straßenarbeiter mit den kleinen Augen und den Schaufelhänden. Janko versuchte ein Lachen, aber seine Stimme klang gepresst, frag ihn, frag Bogdan. Was soll ich ihn fragen, sagte ich, ich stöhnte, plötzlich hasste ich sein Lachen, seine Stimme, ich stürzte mich auf ihn. In dem Anprall warf ich ihn in den Schnee, schlug auf ihn ein und krallte meine Nägel in sein Gesicht und seinen Hals, ich drückte zu, dass ihm die Augen hervortraten. Ich würgte ihn, aus seiner Gurgel kam ein so kehliger Laut, als wollte er um Hilfe rufen. Ich hörte Kostja, wie er rief: Seid ihr verrückt geworden? Die Kämpfer kamen durch den hohen Schnee hastig zu uns gestapft, mehrere Hände packten mich und zogen mich von Janko herunter. Zwei bogen mir die Arme auf den Rücken, drückten mich in den Tiefschnee, einer setzte sich auf mich, er saß auf meinem Kopf und presste mir das Gesicht in den Schnee, ich kriegte keine Luft, ich fühlte, wie mir jemand das Gewehr von der Schulter riss und den Gurt mit dem Revolver abknöpfte. Ich hörte Kostja, der sagte: Ist er entwaffnet? Der Druck des Körpers auf mir ließ nach, ich hob den Kopf aus dem Schnee. So, sagte Kostja. Du bist festgenommen. Du hast einen Genossen während eines Kampfauftrags angegriffen. Im Bataillon werden sie entscheiden, was mit dir wird. Janko und ich kamen hoch.

Verdammt, keuchte Janko, du verdammter blöder Bauer, bist du verrückt geworden? Als er sah, dass die Gewehrläufe auf mich gerichtet waren, versuchte er die Sache etwas abzumildern, das war eine freundschaftliche Rangelei, sagte er und versuchte durch die blutigen Lippen ein Lachen.

Für solch eine freundschaftliche Rangelei, sagte Kostja scharf, geht man ab ins dreizehnte Bataillon.

Ich wusste, was das dreizehnte Bataillon bedeutete, ein Schuss in den Rücken.

Die Waffen gaben sie mir nicht zurück. Ich marschierte in der Mitte der Kolonne, direkt hinter mir ging Bogdan mit angelegtem Gewehr, wenn ich stehen blieb, stieß er es mir zwischen die Rippen. Gegen Mittag kamen wir ins Bataillonslager unter einem Felsüberhang. Noch immer wusste ich nicht, ob sie Veronika am Ende freigelassen hatten. Und was war mit dem schrecklich zugerichteten Leo. Ich weiß nicht, warum ich hoffte, dass sie ihm nur eine Lektion erteilt hatten, eine schreckliche Lektion, und dass man ihm jetzt in der Burg die Wunden verband.

Ich öffnete eine Konserve, schluckte ihren Inhalt hinunter, legte mich ins Zelt und schlief sofort ein.

Als ich wach wurde, war es bereits Nacht.

Jemand neben mir schnarchte laut. Ich musste ihn lange rütteln, bis er für einen Moment aufhörte, doch dann fuhr er fort, noch lauter. Schließlich tastete ich in der Finsternis nach seinem Gesicht und drückte ihm die Nase zu. Er stöhnte und kam hoch auf die Ellbogen. Ich riss ein Streichholz an, es war Bogdan, stöhnend, erschrocken, mit blinzelnden kleinen Augen. Ach du Scheiße, sagte er, als er mich erkannte, was weckst du mich denn?

Bogdan, flüsterte ich, was ist in der Jagdhütte passiert?

Mit dir rede ich nicht, knurrte er.

Alle waren wütend auf mich, weil ich mich auf Janko gestürzt und ihn fast erwürgt hatte. Nach einer Zeit setzte er hinzu: Du weißt ja, dass du dran bist.

Schon möglich, sagte ich. Habt ihr diesen … Gestapoagenten, habt ihr ihn hinuntergejagt ins Tal? So wie den Pferdezüchter?

Eine Zeitlang schwieg er. Bogdan war langsam von Begriff. Er musste nachdenken, wieso weiß ich nicht, was passiert ist, wo ich doch selbst bei der Aktion dabei gewesen bin. Aber allmählich begriffen seine langsamen Gehirnwindungen dann doch: Du warst … bei der Hütte … auf Wache?

Ja, log ich. Ich konnte ihm nicht sagen, dass mir fast schlecht geworden war. Dass ich mich sozusagen fern von der Hütte versteckt hatte.

Du weißt nicht, was war?

Nein.

Er ist verreckt, sagte er. Peter ist ein bisschen zum Tier geworden, als der Schurke nicht reden wollte. Einmal hat er ihn zu viel geschlagen, und da ist er nicht wieder aufgewacht. Wir haben ihn mit Wasser übergossen und mit Schnee abgerieben, aber er war schon hinüber.

Und sie?

Mit ihr hatten wir ein bisschen unser Vergnügen.

Wer?

Zuerst Janko, und dann noch andere.

Du auch?

Er gab keine Antwort. Er sagte, dass man sie nicht laufen lassen konnte nach dem, was passiert war.

Und jetzt hör auf, mich auszufragen, sagte er. Bereite dich lieber vor, denn morgen früh wirst du Rede und Antwort stehen müssen. Vor dem Militärgericht.

Ich fragte nicht mehr. Ich wollte nicht wissen, wie man auch sie umgebracht hatte, jetzt, wo ich wusste, wie ihr Mann gestorben war. Jedenfalls nicht mit einem Schuss, denn wir waren nicht mehr im Einsatz. Schon auf dem Rückzug. Da wird nicht geschossen.

Die ganze Nacht konnte ich nicht einschlafen. Ich hörte Bogdans Schnarchen und zitterte bei dem Gedanken daran, was mit Veronika passiert war. Das hatte ich nicht gewollt, als ich dem Stationsvorsteher erzählte, was ich nun mal erzählt habe. Das, was ich aus Bogdans Worten erahnte, obwohl ich keine Einzelheiten kannte, überstieg mein Fassungsvermögen. Schon das war zu viel gewesen, was mir Janko gesagt hatte. Schließlich hatte ich sie zusammen auf der Bank sitzen sehen, seine Hand war zu ihrer Hüfte hinabgeglitten. Er hatte gesagt, es sei nicht nötig gewesen, mit dem Motorrad zu fahren. Aber wenn sie mit dem Motorrad gefahren und das geschehen wäre, wäre das etwas völlig anderes gewesen. So aber ... Ich hatte durchgedreht, hatte ihn angegriffen, ihn gewürgt. Diese Nacht war ohne Schlaf. Meine Gedanken sprangen von Janko zu Veronika, zu dem schnarchenden Menschen Bogdan neben mir und zurück. Und zu dem Verfahren, das mich am folgenden Tag erwartete.

Wenigstens zu dem Verfahren kam es nicht. Es war noch nicht richtig hell geworden, als uns ein einsamer Schuss aufspringen ließ. Eine Zeitlang war es still, dann ratterten mehrere Maschinengewehre los. Alle waren schon vor den Zelten, als der Posten angerannt kam und schrie: Deutsche.

Den ganzen Tag krochen wir über den Hang, wir stiegen ab in eine Schlucht, die ich nicht kannte. Dort rasteten wir ein wenig an einem vereisten Wildbach. Es dauerte nicht lange, bis es wieder knallte. Die Schüsse kamen aus einer Richtung, aus der wir sie am wenigsten erwarteten, von oben. Die Vorhut, die sich schon auf den Weg gemacht hatte, war auf Wehrmänner gestoßen, ich konnte sehen, wie sich auf beiden Seiten der Schlucht Gestalten zwischen den Bäumen eilig bewegten. Alles war grün von ihren Uniformen, und es hatte offensichtlich keinen Sinn, ein Gefecht zu riskieren. Wir stiegen ab, zurück in das Tal, woher wir gekommen waren, sprangen über Felsen und fielen in Eisspalten, zogen auf unserer Flucht den Wachtrupp hinter uns her, und nach gut zehn, was weiß ich, zwanzig Minuten, als wieder Stille eingekehrt war, nahmen wir den Weg über den Steilhang zwischen den verschneiten Fichten hindurch. Auf dem Hintern rutschten wir vom Kamm in die nächste Schlucht ab und stiegen wieder hinauf, es war nicht möglich, dass es auch hier einen Hinterhalt gab, wenn wir hinunterstiegen, würde es bedeuten, dass wir bis zur Straße runter müssten, was das Gleiche wäre, als würden wir uns dort unten abschießen lassen. Also krochen wir wieder hinauf, keuchten, nass, zerschlagen, man hat das Gefühl, sich die Seele aus dem Leib zu keuchen. Erst gegen Abend fanden wir uns unter dem Felsüberhang wieder. Hier gab es ein wenig angewehten Schnee und fast trockenes

Geröll. Kostja schickte Patrouillen aus, alle kamen mit guten Nachrichten zurück, von den Grünen waren keine in der Nähe, die waren in eine andere Richtung gezogen. Wir schlugen unser Lager auf. Janko sagte, dass wir hier wohl ein paar Tage bleiben würden, wenn es das Glück wolle, das sei eine gute, übersichtliche und zugleich sichere Stellung. Ihm schien es vernünftig, dass wir uns so hoch zurückgezogen hatten. Obwohl wir uns in jenem Winter schon ziemlich selbstbewusst über die Waldhänge bewegten und sogar bis in die Dörfer abgestiegen waren, war es nach der Aktion auf Burg Podgorsko klar, dass sie versuchen würden, uns zu finden und zu umstellen. Hier oben wäre das sehr schwierig. Die Wehrmänner waren nicht weiß Gott was für Soldaten, im Großen und Ganzen waren das ältere Männer aus unserer Gegend oder aus Kärnten. Die, die wirklich schießen konnten, waren in Italien oder Russland. Kostja las uns oft die Tagesmeldungen über das Vorrücken der Roten Armee und über den Rückzug der Deutschen aus Italien vor. Aber wenn sie eine große Ansammlung von Wehrmännern zusammengezogen hatten, war auch mit denen nicht zu spaßen, ihre Gewehre töteten nicht weniger als die Waffen der SS-Männer. Außerdem überließen sie nichts dem Zufall, wenn sie ein Kesseltreiben veranstalteten, schleppten sie schwere Maschinengewehre und Granatwerfer mit.

Unter diesem Felsüberhang herrschte Ruhe.

Mich machte noch immer besorgt, wann sie mich verhören würden, jetzt wäre die Gelegenheit dazu. Aber dann kam Janko zu mir, lachte, klopfte mir auf die Schulter und sagte: Was ist, Jerko, hast du vor was Angst? Ich wusste, was er sagen wollte. Nicht, dass ich Angst vor den Deutschen gehabt hätte, aber vor dem Verhör wegen des Aufstands während einer Aktion. Wegen tätlichen Angriffs gegen einen Genossen im Kampf. Keine Angst, sagte er, noch bevor ich antworten konnte, er lachte freundschaftlich, wie früher: Ist schon alles geregelt. Ich habe Kostja und dem Bataillonskommandeur erzählt, sagte er, dass ich als Erster zugeschlagen habe. Und dass du ein harter Bauernschädel bist und zurückgeschlagen hast.

Ich weiß nicht, ob ich mich bei ihm bedankt habe. Ich habe nur aufgeatmet. Und bin einen Moment später eingeschlafen. Vor Erleichterung vergaß ich Veronika und alles, was dort bei der Jagdhütte geschehen war. Wenn es beim Menschen um das Leben geht, ist das die erste Sache, nichts anderes ist mehr von Bedeutung. Auch bei mir ging es zweimal um das Leben, dort oben hätten mich die Schüsse der deutschen Jäger hinmähen können. Wie sie jenen Primorec hingemäht hatten, dessen Körper im tiefen Schnee liegen geblieben war, so hätten sie auch mich hinmähen können, oder Janko, denn wir waren wie wilde Tiere, die bei der Jagd gehetzt werden, und sie waren wie erbarmungslose Treiber und Jäger. Und wenn die nicht, dann hätten es unsere getan, was noch wahrscheinlicher gewesen wäre. Davor hat mich Janko gerettet. Nicht nur vor dem Verhör und der sehr wahrscheinlichen Verurteilung. Mit dem geschickten Zurückweichen am Berg und durch seine Schluchten, die er gut kannte, hat er uns alle gerettet. Zweimal hat er mich gerettet. Später haben wir nie mehr darüber gesprochen. Weder darüber, was in der Jagdhütte geschehen war, noch darüber, dass er mir mit seiner Lüge mit Sicherheit das Leben gerettet hat. Für solche Sachen ging man damals ins dreizehnte Bataillon, das haben wir alle gewusst. Etwas Großes hat er für mich getan. Obwohl uns die Wehrmänner jagten, beruhigte ich mich nach seinen Worten völlig, ich verkroch mich auf die Fichtenzweige unter dem Zeltdach, neben den großen warmen Körper Bogdans, der bereits im Schnarchen bebte, und schlief sofort ein.

Aber genau in dieser Nacht unter dem Felsüberhang hatte ich zum ersten Mal eine Erscheinung, die mich nie wieder loslassen sollte. Noch viele Jahre nach dem Krieg kam sie zu mir, so gegen vier Uhr morgens, zu jener eigenartigen Stunde, wenn die Nacht noch nicht abtreten und der Tag noch nicht anbrechen will. Damals kam sie, im Schlaf auf den Fichtenzweigen unter dem Felsüberhang. Noch jetzt kommt sie, noch heute liege ich auf den Fichtenzweigen, Bogdan ist nirgends mehr da, ich sehe ins Tal hinunter, wie in jener Nacht. Zuerst sehe ich weit unten ein dunkles Knäuel Federn, das auf dem Wipfel einer Fichte hockt. Es ist helle Nacht, der fast volle Mond bescheint die Landschaft unter mir. Keine Spur mehr von Bogdan, der kurz zuvor noch neben mir geschnarcht hat, von Janko, von Kommissar Kostja und den anderen Genossen, ich denke, sie sind einfach weggegangen und haben mich dort auf dem Kamm allein gelassen, wo es keinen Wald mehr gibt, sondern nur noch verschneite Felsen,

Eis und Kälte. Dann schälen sich aus diesem grauen Federknäuel Flügel heraus, es ist ein großer Vogel, der seine Schwingen breitet, es ist, als hätte er große, schaufelartige Hände. Er schwingt sie und erhebt sich in die Luft. Eine Zeitlang kreist er über dem Wald, dann sehe ich, dass er mich bemerkt hat. Es ist seltsam, weil er so tief unten über dem Wald ist, und doch sehe ich seine Augen, gelbe, blinzelnde Lider, alles zusammen mitten im Kopf, der eine Art Kreuzung ist zwischen Vogel und Ratte. Sein Schnabel mit den Rattenzähnen ist groß, scharf, ich weiß, schon seit Kinderjahren weiß ich, dass die Raubvögel damit das Fleisch verirrter Lämmer reißen. Ich denke, dass Adler und Bussarde gebogene Schnäbel haben, dieser Vogel hat einen völlig geraden und an den Rändern kleine, scharfe Zähne. Ich erinnere mich, wo ich einen solchen Schnabel gesehen habe: an der Wand in der Eingangshalle der Burg, wo der ausgestopfte Alligator hängt. Dieser Kopf, der mir wie eine Kreuzung zwischen Vogel und Ratte vorkommt, ist der Kopf des Alligators, überzogen mit einer ältlichen, dicken, rauen Haut, er blickt nach allen Seiten, dann dreht er sich wieder zu mir um und kommt mit großen Flügelschlägen langsam näher. Ich laufe, vor mir öffnet sich ein weites Felsplateau, fieberhaft suche ich mit dem Blick einen Ort, wo ich mich verstecken könnte, eine Höhle oder eine Öffnung unter einem Felsen. Und über mir kreist dieses große gefiederte Tier. Lange laufe ich, als würde diese Flucht ewig dauern, dann verfange ich mich in dem Aderngeflecht der Vegetation zwischen den Felsen und stürze. Ich liege auf dem Rücken, wie ein Schaf vor dem Schlachten, wie ein Lamm, von dem der große Vogel Stücke Fleisches herunterreißen, sie fressen und sie seinen Jungen bringen wird. In dem Moment erinnere ich mich an etwas. Nicht mich, rufe ich, nicht mich. Da unten liegen zwei Tote, sage ich hastig, dorthin musst du. Ich zeige zur hohen Baumgrenze, dort liegen Veronika und Leo, ihre blutigen Leichname. Ihr Fleisch ist noch warm, sage ich, zu denen musst du, dort reiß und friss. Der Vogel wendet den Kopf mit seinem Ratten-, Vogel-, Alligatorgesicht, noch einmal beschreibt er einen Kreis, dann fliegt er in die Richtung, die ich ihm gezeigt habe. In meiner Kehle steckt ein Schrei, ich stoße undeutliche Wörter aus, an den gestirnten Himmel will meine Seele Worte der Freude rufen, weil der Vogel weggeflogen ist, aber sie kann sie nicht sagen, weil sie auch

Worte des Schmerzes sind. Ihretwegen, Veronikas wegen, die mit ihrem blonden Haar dort liegt, ihre Wollmütze liegt im Schnee, deutlich sehe ich ihr Gesicht, offene und leere Augen, die mich ansehen.

Als ich aufwachte und aus dem Zelt sah, sah ich, dass die Felsen, der Wald und unser Lager von silbrigem Mondlicht überflutet waren. An den Felsen gelehnt stand eine Gestalt im Mantel, es war die Wache, der die Augen zufielen. Bogdan schnarchte noch immer.

Weil in den umliegenden Dörfern Gerüchte umliefen über das Verschwinden der beiden Burgbesitzer, schrieb Kommissar Kostja einen Bericht über ihre Exekution. Damit man es weiß, sagte er, als er ihn uns vorlas, und damit sie es sich merken. Die Angeklagten waren Kollaborateure des Okkupators, mithilfe von Verbindungsleuten haben sie für die Gestapo gearbeitet, vor allem für den berüchtigten Blutsauger des slowenischen Volkes Wallner. Unter der Maske geschäftlicher Treffen hat Zarnik die schlimmsten Verbrecher unter sein Dach geladen, und seine Frau hat ihm dabei geholfen. Niemand soll sich durch die Gerüchte verführen lassen zu meinen, sie hätten dem Befreiungskampf geholfen, denn das war nur Tarnung und eine Maske für ihr verräterisches Tun. Die Masken sind gefallen und das Volksgericht hat sein Urteil gesprochen.

Das Flugblatt wurde in einer geheimen technischen Abteilung auf der Druckmaschine gedruckt, die uns Zarnik geliefert hatte. Die Frage ist, wie viele Menschen es in die Hand gekriegt haben, denn noch lange nach dem Krieg kamen mir Gerüchte zu Ohren, wir hätten zwei unschuldige, anständige Menschen umgebracht, so sagten die Leute, das waren zwei anständige Menschen, die gut gesorgt haben für ihre Leute. Und den Partisanen geholfen haben. Und auch dieses Geschwätz, dass wir sie noch immer in den Wäldern der Gottschee gefangen halten und dass sie zurückkehren werden. Ein Agent, denn nach dem Krieg haben wir das Informantennetz beibehalten und noch ausgebaut, brachte ein Gerücht mit, wie es unsere Leute besonders gern hören.

Im Jahre vierundvierzig habe ein Waldarbeiter aus Jasna im Wald nahe bei Zarniks Jagdhütte einen verwesenden Frauenkopf mit blondem Haar gefunden, den aus dem flach ausgehobenen Grab ein Fuchs ausgescharrt und herumgeschleppt habe. Solche Gerüchte haben die

Leute in jenen Gegenden besonders gern, je hässlicher und schrecklicher sie sind, desto lieber verbreiten sie sie. Während des Krieges wurde so manches geredet, was man später wieder vergessen hat, aber die Gerüchte über diesen Frauenkopf verstummten auch nach der Befreiung nicht. Im Jahre sechsundvierzig machten wir uns auf die Suche nach diesem Waldarbeiter in Jasna, aber einen solchen Menschen fanden wir auch nach mehreren Monaten nicht. Dafür haben wir einen ewig betrunkenen Knecht aus Gorenja vas eingebuchtet, der davon im Gasthaus geschwafelt hatte. Auch er kannte diesen Waldarbeiter nicht. Also hatte er gelogen. Nach kurzem Verfahren kriegte er zwei Jahre wegen Lügenpropaganda. Ich habe ihn nie wiedergesehen. Auch geglaubt habe ich ihm nicht. Langsam vergaß ich das ganze Geschwätz, es gab viel zu tun, alles musste neu aufgebaut werden.

Ein paar Jahre später war es Bogdan, der mit seinem Blödsinn alles zusammen aufs Neue aufwühlte und bewirkte, dass wieder des Langen und Breiten über diese Ereignisse geredet wurde. Im September vierundfünfzig, das war schon die Zeit, als wir bereits in alle Winde verstreut waren und uns nur noch zu den Feiern trafen, fuhren wir mit dem Zug nach Ostrožno. Dort sprach wieder der Marschall, wie im Mai fünfundvierzig in Ljubljana. Er hielt eine entschlossene Rede, die große Menge war begeistert, dann aßen wir Kesselgulasch, tranken ein bisschen Wein und weckten Erinnerungen. Auf dem Weg zurück ging Bogdan mit einer Korbflasche Wein in seinen Schaufelhänden durch den Zug und protzte mit seinen Auszeichnungen. Zum Schluss setzte er sich zu einer Gruppe junger Leute aus unserer Gegend, ich sah ihn, wie er erzählte, und sie hörten ihm mit großen Augen zu. Solche Szenen gab es noch lange Jahre nach dem Krieg, alle wollten von uns wissen, wie wir gekämpft und was wir erlebt hatten. Alles schön und gut, wenn Bogdan nicht so viel getrunken und Sprüche geklopft hätte, was ihm alles so in den Sinn kam.

Ein paar Tage danach kam ein Mann aus Ljubljana zu mir, er zeigte seinen OZNA-Ausweis und sagte, dass ihn Genosse Peter schicke. Er hoffe, ich weiß, wer Genosse Peter ist? Natürlich weiß ich das, ich kenne ihn noch aus der Kampfzeit. Alle kennen wir Genossen Peter. Er fragte mich, ob ich auch Genossen Bogdan gut kenne, den Angestellten der Straßenverwaltung. Wieso denn nicht, versuchte ich es scherzhaft, viele Nächte hat er im Wald neben mir durchgeschnarcht. Gerade deshalb, sagte der OZNA-Mann, Genosse Peter meint, dass es das Beste sei, wenn zuerst sein Mitkämpfer mit ihm spricht, bevor wir die Sache in die Hand nehmen.

Es stellte sich heraus, dass Bogdan in jenem Zug den jungen Leuten erzählt hatte, er habe im Winter des Jahres vierundvierzig den Auftrag bekommen, die hingerichtete Frau zu begraben. Im Wald lag viel Schnee und die Erde war gefroren, er hatte nicht die Zeit, eine Grube auszuheben, die lang genug gewesen wäre. Deshalb hatte er der Frau die Beine gebrochen, und die Sache war rasch erledigt gewesen.

Peter gab mir den Auftrag, zu Bogdan zu gehen und ihm klarzumachen, dass es nicht gut sei, Blödsinn zu reden und zu erfinden, sondern dass es angezeigt sei, das Maul zu halten. Ich ging zu ihm und sagte es ihm. Mit seinen kleinen Augen sah er mich blinzelnd an. Seine großen Hände lagen auf dem Tisch und mir schien, dass sie ein wenig zitterten. Vielleicht auch deshalb, weil auf dem Tisch kein Glas stand. Ich sagte zu ihm, außer das Maul zu halten, wäre es gut für ihn, weniger zu trinken. Das bestimmt nicht, sagte er. Wir haben viel durchgemacht in den verdammten Wäldern. Das war alles, was er sagte. Ich fragte ihn nicht, ob es stimme, was er damals im Zug gequatscht hatte. Vielleicht wollte ich die Antwort nicht hören.

Mir erschien aber in jener Nacht, als ich von seinem Geschwafel erfahren hatte, im Traum wieder der schwarze Vogel, der über meinem Kopf kreist, während ich hoch oben auf dem Felsplateau hocke. Den Traum hatte ich auch damals, nach der Aktion auf Podgorsko, als ich neben Bogdans großem warmem Körper schlief.

Vielleicht haben wir damals Scheiße gebaut, wie Genosse Janko Kralj vor vierzehn Tagen sagte, als ich ihn in Ljubljana besuchte. Wir hatten keine unumstößlichen Beweise, das stimmt. Aber man muss verstehen, dass wir jung waren und verrückt von den unaufhörlichen Kämpfen, sie haben uns gejagt wie die Tiere, wie Genosse Janko immer sagte, und wir mussten manchmal erbarmungslos zurückschlagen. Recht hatte er. Mein Sohn Janko, der den Namen meines Freundes trägt, wird es verstehen, wenn ich es ihm einmal erzähle. Dass wir es wussten und dass wir zurückschlagen mussten. Nicht das, was mit den beiden von der Burg in der Jagdhütte passiert ist, das braucht er nicht zu wissen. Es reicht, wenn er weiß, was in den Büchern auf meinem Regal geschrieben steht, sie wurden der gerechten Strafe zugeführt. Er soll wissen, dass wir die ganze Zeit zwischen Leben und Tod standen, die ganze Zeit zu jener Stunde, wenn du nicht weißt, ob es Nacht ist oder Tag. Wenn auf der einen Seite noch die Mondsichel hängt und auf der anderen schon die Sonne aufgeht. Als ich jung war, bin ich zu dieser Stunde zur Heuernte aufgebrochen und habe zum Himmel aufgeblickt, ob von irgendwo Wolken aufziehen. Dann wird er, mein Sohn, auch verstehen, warum ich an der Wand diese, wie er sagt, Kleckserei habe und warum ich manchmal mit einem Glas Wein in der Hand unter den Genossen sitze, die nicht mehr sind. Wie auch Janko nicht mehr ist, den wir heute begraben haben und dessen kleiner Leichnam im Sarg liegt, in unserer immer kühlen Erde.

TransferBibliothek CXXV

Titel der Originalausgabe: *To noč sem jo videl*, Ljubljana: Modrijan založba 2011

3. Auflage 2019

Lektorat: Joe Rabl
Grafische Gestaltung: Dall'O & Freunde
Druckvorstufe: Typoplus, Frangart
Printed in Europe

ISBN 978-3-85256-800-3

www.folioverlag.com

e-Book: ISBN 978-3-99037-047-6